Förord

I den första boken "En familj" får vi följa Georg, från att modern är sjuk och dör. Här kommer en parallellhistoria där vi i stället följer lillebror Valter. Inledningen är samma tidpunkt, år 1905, men utifrån Valters perspektiv. Georg som var tolv år och tog ansvar för sina småsyskon i en svår tid, såg det annorlunda än lilla Valter med sina fyra år. Bröderna skiljs tidigt åt i livet och i "Lillebror Valter" får vi följa med i Valters liv och se hur en sådan tung start i livet sätter sina spår. Boken går att läsa fristående från första.

Carina Clarvind, 2024/2, Ort Vadstena.

Från förfäder, generation till generation

Minnesceller och blodsband

Väver oss samman till samma väv

Historien finns i vår hud, i dna:t

Men så tar någon sig loss och blir sitt eget jag

Carina Clarvind 2023

Kapitel 1 (År 1905)

Vid spisen står storebror Georg och lagar kvällsmat åt småsyskonen. Valter sitter på kökssoffan. Han funderar över var far och mor är. Georg har sagt att far är och hälsar på mor på ett ställe som heter *santorie* eller något liknande. Han förstår inte riktigt vad det är, men far har sagt att mor behöver vila och bli stark där. Valter vill bara att de ska komma hem.

”Här är din mat Valter”, säger Georg och ställer en tallrik med varm soppa framför honom.

De andra syskonen kommer också och sätter sig runt bordet. När alla sju satt sig ner och börjat äta säger Georg:

”Tyvärr måste jag berätta en tråkig nyhet för er. Vi behöver vara starka och hålla ihop nu.”

Valter fortsätter slurpa i sig av soppan. Han är hungrig och lyssnar med ett halvt öra på storebror.

”Mor klarade sig inte. Hon är i himlen nu”, fortsätter Georg.

Valter släpper skeden och blickar upp på brodern. Georg ser ner i bordsskivan.

”Kommer mor aldrig hem igen?” frågar Valter.

Storasyster Gerda lägger en arm runt Valter och skakar på huvudet.

”Mor är död. Vi får aldrig mer träffa henne.”

Hennes ögon tåras.

Valter gråter över tanken på att aldrig få träffa mor mer. Hans ett år äldre syster Svea börjar också gråta. Gerda tittar på Georg och frågar:

”När kommer far hem?”

Georg drar efter andan.

”Han kommer inte heller hem. Han har lämnat oss. Jag tror inte han klarade av att mor dött.”

Nu ser alla syskonen på honom. Valter blinkar bort tårarna. Förstår inte riktigt vad Georg menar. Varför vill far inte komma hem?

Inez reser sig från bordet utan ett ord och går in i sängkammaren. Svea springer efter. Sedan följer även Gerda efter sina systrar. Till slut är det bara Georg och Valter kvar i köket. Alla försöker ta in informationen på sitt sätt. Efter en stund kommer Svea tillbaka ut i köket och hon och Valter börjar leka medan Georg diskar undan. Vid sängdags vill ingen tala om det. De äldsta är ovanligt tystlåtna. Svea och Valter vill höra en saga av Georg. Han stryker dem över håret och börjar berätta:

”För länge sedan fanns det en riddare som hette Leo...”

Valter är trött efter all gråt och somnar innan sagan är slut. När han vaknar är det fortfarande mörkt ute. Han kan höra ljud från köket och ser att Georg redan gått upp. Han tassar efter. Det är kallt med de nakna fötterna mot golvplankorna. Han kryper upp i kökssoffan och ser på när Georg fixar med frukosten, tänder i spisen och hämtar in vatten från brunnen.

De andra syskonen vaknar så småningom till liv och kommer ut i köket. Ingen säger något. Men så knackar det plötsligt på dörren. Valter rycker till. Hinner tänka att det kanske är far som trots allt kommit hem. Men varför skulle han knacka på sitt eget hem? Mitt i Valters funderingar öppnar Georg dörren. Gerda har rest sig och står bredvid Georg i dörröppningen. Utanför står två män som Valter aldrig sett. Han hör dem tala om auktion, skulder, inventering. Så många konstiga ord som han inte förstår.

Georg och Gerda kommer tillbaka in i köket. Genom fönstret ser Valter de båda männen gå in i fars verkstad ute på gården.

"De är här för att sälja fars ägodelar. Vi kan inte bo kvar här eftersom vi inte har pengar." Georg blinkar för att hålla tårarna tillbaka inför syskonen.

”Vart ska vi ta vägen?” frågar Inez.

”Imorgon bitti ska vi få flytta hem till prästbostaden där Herr Kullbom och Frida tar emot oss. Men det är bara tillfälligt. Kommunnämnden kommer bestämma var vi ska bo sen”, svarar Georg.

”Vad är kommunnämnden för något?” frågar Valter.

”Det är några gubbar som bestämmer över vad som händer här i trakten”, förklarar Gerda.

”Ja, precis”, svarar Georg. ”De ska ordna en auktion där olika människor som vill ta hand om oss får tala om hur mycket betalt de vill ha av kommunen.” Inez ser oförstående på sin bror.

”Menar du att vem som helst får betalt för att ha oss?”

”Ja på sätt och vis. Om jag förstod det rätt är det den som vill ha minst betalt för att ta hand om oss som får oss.”

”Det känns läskigt”, säger Verner.

Linnéa instämmer.

Valter blir ändå glad över att de ska få komma till prästen Kullbom och hans fru Frida. Frida är jättesnäll och så har de två söta hundar också som han gillar att leka med.

Dagen därpå går de upp tidigt. Direkt efter frukosten packar de sina få privata tillhörigheter och börjar sedan gå mot prästgården i Röks församling. Under tiden de går talar de om mor. De tycker synd om henne som dött ensam utan familjen på sanatoriet. De försöker tillsammans förstå hur far kunde dra iväg och bara lämna dem själva.

”Han kanske blev ledsen när mor dog och bara ville vara ensam. Jag brukar vilja vara själv när jag är ledsen eller arg”, säger Inez.

”Tror ni han kommer tillbaka igen när han inte är ledsen mer?” frågar Valter och ser på storasyskonen.

Gerda tar hans hand i sin.

”Vi får hoppas och be om det.”

Barnen knatar vidare under tystnad. När de kommer fram till prästgården springer hundarna Sally och Bella och möter dem. Valter sätter sig på huk och får pussar i hela ansiktet. Dörren öppnas och ut kommer prästfrun Frida.

”Kom in kära barn. Jag ska visa er var ni ska sova och var ni kan ha era saker.”

Kapitel 2

Valter sitter på golvet i köket med Sally i knät. Bredvid sitter hans syster Svea och kliar Bella bakom örat. Som tack får hon sig emellanåt en slick på näsan. Valter skrattar när Svea rynkar på näsan åt de blöta pussarna. Alla de äldre syskonen, förutom Georg, är i skolan. Valter vet inte riktigt var Georg är, men han tror han är med prästen Kullbom någonstans.

”Frida?” säger Valter.

Hon vänder sig om och släpper morötterna hon håller på att skiva upp.

”Ja?”

”Tror du vår far kommer tillbaka?”

Frida funderar över hur hon ska svara.

”Jag tror er far kommer vara borta ganska länge. Men jag tror också att han kommer sakna er mycket och en dag kommer han säkert tillbaka igen. Under tiden får ni be om att han mår bra och har det fint. Jag ska be för att ni alla syskon får bo hos bra familjer tills er far är tillbaka igen.”

Valter nöjer sig med det svaret. Frida ser säker ut så han tror hon har rätt. Han bestämmer sig för att be för sin far varje kväll innan han ska sova.

Några dagar senare vill storebror Georg att syskonen ska samlas i köket. Han har något att berätta för dem.

Valter hoppar upp i Gerdas knä. Alla sitter samlade vid bordet och tittar på Georg.

”Det är bestämt nu var vi ska bo.” Han ser oroligt på dem. ”Vi kommer inte få bo tillsammans.”

”Va?” utropar Inez. ”Så kan de väl inte göra?”

”Lugn”, säger Georg. ”Jag tror inte det är lätt för en annan familj att plötsligt ta emot sju barn. Vi får försöka vara tacksamma att vi får komma till människor som vill ta hand om oss, ge oss mat och kläder. Fast att vi inte är deras barn.”

”Ja, men jag vill inte vara utan er hos främlingar”, snyftar Inez.

”Nej, det vill inte jag heller. Men det finns inget vi kan göra just nu. Jag och Valter kommer flytta först.” Georg ser på Valter. ”Vi ska få bo på ett torp hos en man som heter Carl Johan
Axelsson. Han kallas CJ.”

”Var ska vi bo då?” undrar Gerda. ”Får jag bo med någon av de andra?”

”Jag vet inte var ni ska bo”, svarar Georg. ”Jag fick bara veta namnet på han som Valter och jag ska bo hos.”

Ett par dagar senare är det dags för Georg och Valter att bli hämtade av CJ. Valter känner sig både orolig och nyfiken. Han fantiserar om deras nya hem och om den mystiska CJ. Hoppas han är snäll. Valter tänker att han nog är en snäll människa som tar hand om andras barn och ger dem mat. Då kan man inte vara elak. Han frågar Georg vad han tror.

"Jag tror han är snäll", svarar Georg och ler mot lillebror.

"Nu kommer han", ropar Frida.

Hon öppnar dörren och Bella och Sally springer skällandes ut och möter CJ.

Georg och Valter står på trappen och ser på deras nye tillfälliga far. Han har brunt hår och mustasch. Keps på huvudet. Gröna kalla ögon som ser på dem utan att le. Frida ger dem en lätt knuff i ryggen för att de ska gå fram och hälsa. Pojkarna går fram och bockar. CJ nickar tillbaka och säger:

"Ta era saker och hoppa upp. Jag har inte hela dan på mig. Det är mycket att göra hemma på gården."

Syskonen springer fram till Valter och Georg för att ta farväl. Valter hör hur Gerda viskar till Georg.

"Jag kommer och letar efter er så fort jag får möjlighet. Vi måste få träffas snart."

Svea gråter och kramar sina bröder hårt.

"Hoppa upp nu."

CJ ser otåligt på dem.

Bröderna lyder. De vinkar så länge de kan se sina syskon. Sedan vänder de sig framåt. CJ piskar hårt på hästen. Bröderna håller varandras händer under hela resan till sitt nya hem.

Det första intrycket av CJ är inget vidare. Valter har en klump i magen när de rullar in på gården. Han ser på storebror att han känner samma sak. Men så får han syn på en hundkoja framför huset. Valter skiner upp. Han älskar hundar. Sally och Bella var till stor tröst för honom när de var i prästgården.

”Har du en hund CJ?” utbrister han och ser på CJ med ett leende.

”Det är en byracka som vaktar huset. Den kan du inte klappa eller leka med”, säger CJ utan att le tillbaka.

Valters leende försvinner också. Han hoppar ner från vagnen och går tillsammans med storebror mot huset.

”Far, ni ska kalla mig far!” ropar CJ efter dem.

Valter gråter. Han vill inte alls kalla den där gubben för far. Han har redan en far och han är säker på att han kommer tillbaka för att hämta dem snart. Han knyter sina händer av ilska och känner storebrors arm om sina axlar.

”Vi kallar honom nye far”, säger Georg. ”Inte för att han är det, men så vi inte retar upp honom i onödan. Vi ska bo här nu och måste göra det bästa av det.”

Valter nickar, men det är svårt att acceptera att de ska bo hos den otrevliga CJ. För att ändå göra det bästa av det bestämmer sig bröderna för att laga mat till sin nye far. De kikar runt i köket för att se vad som finns. Sedan går de ut på gården för att hitta brunnen och hämta in vatten. Valter börjar veva upp hinken, men det är tungt. Georg hjälper till och till slut får de upp den fyllda vattenhinken som de bär in tillsammans. De bestämmer sig för att koka ärtsoppa. Georg minns hur deras mor brukade göra och han instruerar Valter. När de tänt eld i vedspisen och hällt i ärtorna i kastrullen och det börjat koka, sätter sig pojkarna vid köksbordet. Båda är trötta efter den känslosamma dagen och till slut somnar de. Georg halvligger lutad över bordet, medan Valter lutar sig mot sin bror.

De vaknar av att nye far kommer in. Elden har slocknat och soppan kokat torrt. CJ ser arg ut. Valter är knäpptyst och vågar knappt andas. Han blir skickad till sängs. Han ligger inne i mörkret och hör otäcka ljud från köket. Valter är rädd att Georg får stryk. Han vill springa ut och hjälpa honom, men vågar inte. Han sätter händerna för öronen och försöker tänka på Sally och Bella.

Kapitel 3 (År 1907, två år senare)

Valter står för sig själv på den tomma skolgården. Det har ringt in, men han står kvar. Kan inte förmå sig gå till klassrummet. Snart kommer fröken säkert ropa efter honom. Kanske han får något straff för han inte gick in när hon ringde i klockan. Han bryr sig inte. Vilket straff han än får kommer det inte göra lika ont som det storebror just berättat.

Tidigare under matrasten kom Georg till skolan. Först blev Valter glad, men när han såg broderns ansiktsuttryck blev han orolig. Han tittade frågande på Georg.

"Valter, jag har blivit utslängd av nye far. Jag måste flytta genast. Du bor kvar. Men jag hämtar dig så fort jag fått arbete och bostad."

Valter hade svårt att ta in orden. Han förstod, men ändå inte. Georg stod kvar och la en arm på lillebrors axel. Såg honom i ögonen.

"Du måste vara stark nu. Undvik nye far så gott du kan. Jobba och lyd honom. Förstår du?"

Valter fann inga ord. Han nickade och begravde ansiktet i storebrors tröja. Lät tårarna rinna.

Sedan hade Georg gått sin väg.

Nu står han kvar ensam på skolgården och kan bara inte gå in och fortsätta som vanligt.

"Valter!" ropar fröken Wagner.

Han försöker gömma sig, men ser att hon redan sett honom. Fast han vill gå till henne står han som fastfrusen. Hon går emot honom. Han ser skamset ner i backen. Vill inte visa sitt rödgråtna ansikte.

”Valter?” Hon sätter sig på huk och försöker fånga hans blick. ”Har det hänt något? Har någon varit elak?”

Han skakar på huvudet. Får inte fram några ord även om han vill berätta allt. Han vill berätta om CJ. Hur elak han är. Och om Georg som nu gett sig av. Han vill berätta om hur rädd han är. Men inget av det kommer ut. Fröken stryker bort tårar från hans kinder och frågar om han vill följa med in i klassrummet eller gå hem. Han sliter sig loss och springer bort från skolan. Följer grusvägen som leder hem.

Valter stannar till när han ser torpet. Sätter sig ner i skydd av ett träd. Lutar huvudet mot den skrovliga barken. Ute på åkern ser han CJ gå bakom plogen som är fastspänd i oxen. I handen håller han piskan. Den piskan har både Valter och storebror fått känna på flera gånger. Han tycker synd om oxen. Vilket liv. Som oxe ska du stå fastspänd i en ladugård eller användas för att dra tungt. Drar du inte tillräckligt fort eller för fort får du smaka på piskan. En gång hade Valter frågat prästen om varför Gud lät djuren lida. Prästen hade svarat att djuren var skapade åt människan. Deras uppgift var att hjälpa människor genom arbete och mat. När de fick uppfylla sin uppgift var de nöjda. Valter hade nickat, men var ändå inte helt nöjd med svaret. Om de nu var sådan hjälp borde vi väl vara snälla mot dem också.

Tankarna vandrar till CJ, nye far. Alla de gånger han slagit dem. Hur de ändå haft varandra att ty sig till. Nu är han ensam. Helt ensam utan sin storebror som skydd. Här under trädet med utsikt över torpet och nye far kommer för första gången en tanke om att avsluta sitt liv. Han har ingen aning om hur han ska göra det. Men han vill verkligen inte leva längre. Det går inte att hitta en annan utväg. Ödet eller Gud har fört honom till CJ. Kanske är det någon sådan där prövning som prästen Kullbom talat om i predikan. Men den känns övermäktig.

Valter knäpper ihop sina barnhänder. Vänder blicken mot himlen och ber.

Käre Gud. Om du finns. Jag är nog för liten för den här prövningen. Den var svår även tillsammans med Georg. Nu, helt ensam, är den omöjlig. Hjälp mig härifrån. Jag dör hellre och kommer till dig än är kvar här hos CJ.

Han stannar kvar under trädet hela dagen tills det är dags att komma hem från skolan. Då tar han mod till sig och går mot torpet. Där inne är det tomt och han antar att CJ är ute i ladugården. Valter minns vad storebror sagt om att jobba och lyda, så han sätter i gång och tänder kökspannan för att kunna laga mat.

Efter någon timme kommer CJ in. Maten står färdig på spisen och det är varmt och skönt i stugan. Valter ställer sig upp och tar fram tallrik till nye far. Han hämtar maten från spisen och slevar upp. CJ står och ser på. Han ser varken glad eller arg ut. Inget i ansiktet visar några känslor. Valter däremot är nervös och fumlig, men kämpar för att inte spilla eller tappa den tunga grytan.

Utan att säga något går CJ till tvättfatet och häller upp det vatten som Valter har hämtat in. Han står länge och tvättar sig noggrant. Valter är rädd att maten ska hinna kallna. Just när han är på väg att värma på den kommer CJ och slår sig ned vid bordet. Tar skeden och lassar på. Tuggar länge. När tuggan är svald ser han på Valter.

"Ta du också."

Valter tar fram en tallrik till och tar för sig av maten. Kanske hälften av vad CJ fått. De äter under tystnad.

Efter kvällsmaten diskar Valter innan det är dags att lägga sig. Något han bävar inför. Att ligga ensam med CJ utan storebror emellan som en sköld.

När Valter kryper ner i sängen ligger redan nye far där. Valter är noga med att lägga sig så långt bort från honom han kan. Han kniper ihop ögonen och försöker somna. Efter en kort stund hör han hur CJ stönar. Flämtar. Först tror Valter att han håller på att kvävas. Sedan känner han en trevande hand. Han ligger stilla och håller andan. Vet att han inte kan kämpa emot. CJ trycker ner hans ansikte mot kudden. Sätter sig på honom och tränger in. Valter skriker av smärt och rädsla. CJ trycker honom ännu hårdare mot kudden. Nu finns ingen luft kvar. Ett ögonblick tror han Gud hört bön och ska låta han dö. Men så lossar greppet igen.

Kapitel 4 (År 1908, ett år senare)

Redan innan Valter kommer fram till skolgården ser han dem stå där vid staketet. Han kommer inte kunna undgå dem. De är två år äldre och betydligt större än Valter. I början var det små knuffar och gliringar. Sedan har det eskalerat. Vid ett tillfälle satte en av pojkarna sig på hans rygg medan de andra tvingade in sand i munnen, höll för och fick honom svälja. Han kräktes och tårarna rann medan pojkarna stod en bit ifrån och skrattade.

Hjärtat bultar. Valter ser ner i marken och hoppas kunna passera dem utan att de säger eller gör något med honom. Precis när han känner att en av dem tar tag i hans arm kommer fröken Wagner ut på trappan och ringer i klockan. Greppet om armen lossar och någon viskar:

”Vi ses på lunchrasten.”

Under lektionen har Valter svårt att fokusera. Han tänker på hur han ska kunna smita ut innan pojkarna och gömma sig tills det är dags att gå in igen. Igår gömde han sig på dasset. Men de hittade honom, slet av hans jacka och doppade den i skiten. De gamla bekanta tankarna om att inte längre finnas till kommer tillbaka. Kanske han bara ska springa hem och hänga sig i ladugården. Då slipper han både CJ och dem. Tanken på att inte längre finnas till känns befriande.

Fröken Wägner slår ihop boken.

”Då var det lunchrast. Plocka lugnt ihop era saker och gå ut. Spring inte”, förmanar hon.

Valter lyssnar inte. Han rafsar ihop pennan och skrivblocket. Tar sin påse med matsäck och går så snabbt han kan mot dörren. Han hör hur Wagner säger åt honom att ta det lugnt. Väl ute springer han över skolgården, ner på grusvägen. Vänder sig inte om utan har fokus framåt.

Inte förrän vid sitt favoritträd, nästan framme vid torpet, stannar han. Svetten rinner och han flåsar. Påsen slänger han på marken och ramlar sedan ihop. Ligger en stund med ansiktet mot jorden. Drar in den trygga doften av gräs och fuktig jord. Visst vill han egentligen leva. Bli vuxen och ta hand om sig själv. Han längtar efter sin familj. Syskonen, far och mor. Tänker att det är en mardröm han fastnat i och snart kommer han att vakna. Kanske är det något hos honom som gör att CJ vill slå och förgripa sig på honom. Och att de fyra pojkarna i skolan valt ut just honom till offer. För att han är vek. Kämpar aldrig emot. Låter det bara ske. Han är ett lätt offer som får skylla sig själv.

Han måste ha somnat till där under trädet. Väcks av att någon står lutad över honom.

”Vem är du? Varför ligger du här?”

Valter ser upp. Där står en pojke i hans egen ålder. Med en märklig dialekt. Ljust tjockt hår och blå ögon. Inte mager som han själv.

”Hallå? Kan du inte tala?” fortsätter pojken.

Valter sätter sig upp. Borstar bort jord från kinden.

”Jag heter Valter. Jag bor där”, säger han och pekar mot torpet.

”Då är vi grannar. Jag bor där”, säger pojken och pekar
mot gården närmast torpet.

Gården har stått tom ett tag. Nu är gården såld och ett
yngre par har flyttat in.

”Erik, heter jag”, fortsätter pojken. ”Har du syskon?”

Valter sväljer och kliar sig i ögonen för att inte Erik ska
märka tårarna som är på väg upp när han tänker på sina
syskon. Erik sätter sig bredvid Valter.

”Är du ledsen?”

Den medkännande tonen får det att brista för Valter. När
han efter en stund samlar sig, berättar han för Erik om
mor och far, auktionen, CJ, Georg och om de fyra
pojkarna i skolan. Men ingenting om övergreppen.

Erik lägger en arm runt hans axlar.

”Jag har alltid velat ha syskon, men mor kan inte få fler
barn.”

”Så trist.”

”Vill du följa med hem till mig?” frågar Erik.

Valter nickar och de reser sig och går till gården där
Erik precis flyttat in med sin mor och far. Erik visar runt.
Han har eget rum och en egen säng. Eriks mor Alice
hälsar på Valter.

”Är ni hungriga pojkar?” frågar hon. ”Tvätta er så ska
ni få smörgåsar och mjölk.”

Valter sitter i köket hemma hos Erik och äter de nybakade smörgåsarna med färskmjölk till. Han blundar och tar in smakerna. På kvällen när han ligger i sängen känner han för första gången på länge att livet är värt att leva ändå. CJ har somnat tidigt och snarkar tungt. Valter tänker att Gud hört honom den här gången. Han har sänt en vän i sista stund. Den nyfunna vänskapen har gett honom livsviljan igen. Den omtanke och kärlek han känt i köket är tillräcklig för att vända döden ryggen ett tag till.

Kapitel 5 (En månad senare)

Idag börjar vårterminen. Erik står och väntar vid grinden.

”Skynda dig Valter”, ropar han.

Valter ler och skyndar på stegen. Det är Eriks första dag i skolan och även han är glad över att slippa gå ensam och möta alla för första gången.

De går en bit under tystnad i egna tankar. Gruset är fruset på vägen, men det är ingen snö.

De pinnar på för att slippa frysa.

”Tyckte du om den förra skolan du gick i?” frågar Valter efter en stund.

”Jag hade kompisar där som jag saknar, men jag gillade inte att sitta still och lyssna på fröken.”

”Vad gjorde ni då? Du och dina kompisar?” undrar Valter.

”På rasten brukade vi spela fotboll eller leka kull. Vad brukar du göra med dina kompisar?” ”Jag har inga kompisar”, svarar Valter.
Framme vid skolan ser Valter att pojkarna redan är där. De står och hänger bredvid trappan in. Han börjar gå saktare. Erik märker det och följer hans blick. Han ser grabbgänget på trappan och anar att det är dem som Valter berättat om.

"Kom nu. Nu har du mig", viskar han.

När de passerar dem säger Erik högt:

"Hej grabbar! Är ni med på fotboll sen?"

Pojkarna kommer helt av sig och ser osäkert på varandra. Någon nickar mot Erik. När det blir dags för rast och de kommer ut på skolgården står Erik och Valter där med en boll.

"Kommer ni då?" ropar Erik.

Det är inte bara de som vill vara med. Några andra grabbar kommer fram och frågar om de också får vara med och spela. Till slut är de fem i varje lag. Matchen är tuff med knuffar och svordomar. Men ingen är värre mot Valter än mot någon annan. För första gången får han vara med, precis som ett vanligt barn.

Efter skoldagens slut frågar Erik om Valter vill följa med hem och leka en stund till.

"Jag måste hjälpa CJ med djuren först. Kanske senare om jag hinner", svarar Valter. "Annars imorgon. Då är jag ledig på förmiddagen. Det är min födelsedag och jag brukar slippa arbeta fram till lunch."

"Va? Är det din födelsedag imorgon?" Erik gör ett glädjeskutt. "Men ska du inte till skolan?"

"Nej, jag får bara gå två dagar i veckan för CJ. Han behöver hjälp på gården."

Erik nickar. Så hade det varit i hans gamla skola också. En del barn gick inte alla dagar. En del gick bara några år. Därefter behövdes de hemma på gården. Erik är lyckligt lottad som har föräldrar som kan ha anställda på gården så han kan gå i skolan alla dagarna.

”Vi kanske kan ses en stund innan jag går till skolan imorgon då? Jag kan komma förbi hos dig.”

Valter skakar snabbt på huvudet.

”Jag kan komma till dig”, säger han.

”Då säger vi så. Ses imorgon.”

Erik vinkar och springer hem till sig.

Morgonen därpå vaknar Valter med en god känsla i kroppen. Han nynnar på en visa mor lärt honom och kokar kaffe åt CJ.

”Någon är på gott humör”, konstaterar CJ när han kommer ut i köket.

”Det är min födelsedag och jag tänkte gå till Erik en stund innan han ska till skolan.” ”Erik? Är det den där grannpojken som börjat ränna här?” grymtar CJ.
Valter hör att det är dags att passa sig och välja orden noga.

”Jo, vi går i samma klass.”

”Jag gillar inte att du slösar arbetstid på att leka. Du är ingen småunge längre. Det räcker med att ni tramsar i skolan två dagar varje vecka”, ryter CJ.

”Du har rätt, far. Men skulle jag kunna få träffa Erik
en liten stund? Om jag lovar att jobba hela dan sen? Fast
det är min födelsedag.” Valter håller andan och väntar på
CJ:s svar.

”Spring iväg då. Men snabba dig hem sen. Korna
behöver mjölkas. Du vill väl inte att de ska plågas för att
du ska kunna leka med grannpojken?”

CJ vet hur han ska ge Valter dåligt samvete. Han vet att
han ömmar för djuren.

I granngården lyser fotogenlampan i fönstret och Valter
ser Eriks mor Alice där inne. Han knackar på. Dörren far
upp och där står Erik med ett stort leende.

”Grattis kompis!” utropar han. ”Kom in. Mor har bakat
en födelsedagskaka till dig.”

Pojkarna går ut i köket där Alice ställt fram en
sockerkaka och saft. På bordet står också nio tända ljus.

”Grattis på födelsedagen, Valter.”

Så här firad har han inte blivit sedan mor dog. När de
sitter och äter av kakan kommer Eriks far in.

”Oj då, vilken fest så här på morgonen”, skrattar han.
”Är det du pojk som firas idag?” säger han och ser på
Valter.

Valter nickar.

”Då får jag gratulera”, svarar Eriks far och slår sig ner
vid bordet.

Alla tar för sig av kakan. Erik berättar om hur de spelat fotboll dagen innan. Hans far berättar om hyss som han gjorde som barn och de alla skrattar. Mitt i all kärlek och värme kommer Valter att tänka på CJ. Han får bråttom att tacka för kakan och firandet. Ursäktar sig och säger att han måste tillbaka hem.

”Klart din familj vill ha dig hemma och fira dig en dag som denna. Men vi är glada att du ville fira med oss en stund också”, säger Alice när han tar på skorna i farstun.

Valter går direkt till ladugården. CJ kommer in just när han ska börja mjölka.

”Vad gjorde ni då?” frågar CJ.

Valter blir ställd av frågan. CJ brukar aldrig engagera sig i vad Valter gör eller tänker. Inte en gång har han frågat om vad han lärt sig i skolan eller om han har vänner där. Varför är han nu plötsligt intresserad av hans och Eriks vänskap?

”Eriks mor hade bakat en födelsedagskaka”, svarar han.

”Kunde just tänka mig att det var sådana föräldrar”, väser CJ.

”Sådana?”

”Ja, sådana som klemar bort barnen. Gör dem veka och odugliga.” Innan Valter hinner stoppa sig säger han:
”Men Erik är inte alls vek eller oduglig.”

Första slaget är med handflatan hårt över örat.

"Säger du emot mig unge?"

Strax därefter kom knytnäven som träffar pannbenet. Valter ramlar baklänges på det hårda ladugårdsgolvet. Kon trampar oroligt. Valter blir rädd att hon ska råka kliva på honom. Han ålar sig bort. Då kommer sparken rakt på höften. Det blixtrar till av smärta. Han hör CJ gå ut och slå igen dörren bakom sig.

Kapitel 6

Valter är hemma från skolan ett par veckor. Höften fick sig en rejäl smäll och det är svårt att gå. CJ har i alla fall lämnat honom ifred en tid. Kanske det finns någon skam i honom ändå.

Nu står Valter vid grinden och väntar på Erik. Idag ska han prova att gå till skolan. Han är trött på att vara hemma. Höften känns bättre även om han fortfarande känner av den vid belastning.

Erik verkar vara sen idag. Valter går till gården och knackar på. Alice öppnar.

”Hej Valter. Det var ett tag sen. Är allt bra med dig?”

”Det är bara bra”, säger han. ”Jag väntar på Erik för att gå till skolan. Är han färdig snart?”

”Åh, Erik är sjuk. Han har hostat hela natten så det blir till att stanna hemma och vila sig några dagar.”

”Stackars Erik”, svarar Valter. ”Hälsa honom så mycket.”

Valter börjar gå själv mot skolan. Det tar längre tid än vanligt. Ibland stannar han till ett slag för att låta höften vila. När han kommer fram har de andra redan gått in. Han knackar på klassrumsdörren och fröken Wagner öppnar.

”Valter, det var ett tag sen. Hur mår du?”

”Jag mår bara bra. Var sjuk ett tag, men nu är allt bra. Fast Erik är sjuk nu.”

”Så bra att du är frisk igen. Kom in och sätt dig. Vi ska precis börja med matematiken. Ta fram det blåa häftet och pennan.”

Valter sätter sig på sin plats och ser sig runt i klassrummet. Längst bak sitter de fyra pojkarna.

Han undrar om han kan spela boll nu med sin ömma höft.

På lunchrasten lämnar han klassrummet sist av alla. Höften har blivit stel och ännu ömmare efter promenaden till skolan och stillasittandet på den hårda bänken. Han haltar när han tar sig nedför trappan och ut på skolgården. På gräsplätten mot skogsbrynet ser han dem sparka boll med några andra pojkar.

”Öh, du. Ska du var med?”

Det är en av de fyra som ropar. Det tar en kort stund innan Valter inser att det är honom han menar. Han blir glad. Tänk att nu är han inte någon slagpåse längre. Nu är han en av dem. En kort stund glömmer han bort höften.

”Ja”, svarar han och går bort till gräsplätten.

”Du får stå i mål. Det är mellan det där trädet och så busken där”, säger Göran, som är den minst skrämmande av dem.

Valter går och ställer sig i målet. Glad över att få vara med, men rädd för att inte kunna fånga bollen. Aldrig tidigare har han varit målvakt. Alla de fyra är i hans lag. De är duktiga spelare och de första minuterna är spelet på den andra planhalvan. Sedan vänder spelet. En av de längre pojkarna dribblar snyggt förbi Valters medspelare. Nu kommer han i full fart mot Valter. Skottet går mot trädet som utgör den ena stolpen. Bollen studsar på stammen och ändrar riktning. Kommer rakt i magen på Valter. Han tappar luften, men det gör inget. Hans lagkamrater jublar.

"Snygg räddning Lill-Valle!"

Lill-Valle, tänker Valter, nu har han fått ett smeknamn och är verkligen en i gänget. Matchen fortsätter och Valter njuter. Ännu en gång får samma långa pojke fatt i bollen och dribblar mot mål. Valter gör sig redo. Sträcker upp händerna. Följer bollen med ögonen. Men den går förbi honom. Rakt in i mål. Stämningen i laget vänder och det muttras. Valter försöker höra vad de säger.

"Varför ropade du på honom att komma och vara med? Vi vet ju hur klen han är?"

Valter känner hur den tidigare lyckan rinner av honom. Nu längtar han bara efter att klockan ska ringa in och matchen ta slut. Först får hans lag övertaget och passar bollen mellan sig mot motståndarmålet. Göran får en snygg passning och sparkar den vidare rakt i mål. 1–1 står det. Strax därefter vänder spelet igen och nu kommer motståndarna in på deras planhalva. De har ett fint passningsspel och kommer nära mål. Men Valters lag gör motstånd och det blir hörna. Eftersom planen är liten känns det som att hörnan skjuts på väldigt nära avstånd från Valter och målet. Pojken som ska lägga hörnan springer för att ta sats. Han skjuter iväg bollen hårt och får till en snygg skruv. Valter har inte en chans att fånga den.

”Vafaan!” skriker Leif, som är den största av de fyra. Han som slängde Valters jacka i skiten.

Valter rycker till, men står kvar. Just då ringer fröken i klockan och rasten är slut. Valter pustar ut och börjar gå mot skolan. Då känner han hur någon tar tag i kragen på hans jacka och drar han bakåt. Det är Leif.

”Det är ditt fel att vi förlorade!” vrålar han.
De andra stannar upp och ser på. Valter fryser till is. Vill bara försvinna. Han får ett knytnävslag på kinden. Det gör fruktansvärt ont, men han har lärt sig att tigande ta emot. Oftast går det över fortare så. Han får ett slag till innan fröken kommer springandes. Då släpper Leif taget och Valter går så snabbt han kan därifrån. Fröken går fram till Leif och tar han i armen.
Hon ropar efter Valter, men han fortsätter gå därifrån.

Kapitel 7

Jag ska aldrig mer gå till skolan, tänker Valter. Tårarna bränner bakom ögonlocken. Han trycker fingrarna hårt mot ögonen. Vill inte gråta. Varken skolan eller de som mobbar honom är värda det. Vågor av ilska sköljer över honom. Han skriker rakt ut. Förvånad över sin nyvunna styrka sjunker han ner på marken. Förut har han mest känt sorg och rädsla. Självömkan till och med. Nu är allt sådant som bortblåst och ilskan fyller honom i stället. Det ger en underlig känsla av energi och styrka. Är det därför CJ alltid är arg och hård? Har han blivit mobbad och slagen?

Valter har svårt att tänka sig CJ som liten och rädd.

”Vad sitter du här för och skriker?”

Valter rycker till och ser upp. Där står CJ lutad över honom. Han har inte hört honom komma.

Valter är snabbt på benen igen.

”Äsch”, säger han. ”Jag tycker inte om skolan bara.”

CJ granskar honom.

”Du behöver inte gå dit. Bättre du jobbar här alla dar. Då gör du i alla fall nytta.”

Valter känner sig lättad. Även om han inte vill vara ensam med CJ på gården är det ändå skönare att inte behöva träffa de fyra pojkarna mer.

”Du kan kolla till korna i ladugården. Jag tror det blir kalvning idag.”

CJ går mot stallet och Valter till ladugården. Han ser på de fastkedjade korna. CJ har inte ens gett dem några namn. I smyg har Valter namngett dem. Den stora helbruna som är högdräktig kallar han Rosa och den mindre brunvita får heta Munda. Oxen kallar han för Alfred, efter sin far. Valter går fram till Rosa och stryker henne försiktigt över magen. Hon trampar oroligt.

”Ska du bli mamma idag?” viskar Valter.

Han hämtar en skottkärra och grep för att städa bort den gamla halmen som är blöt av kiss. Kör ut och tömmer och hämtar in ny torr. Även om det ibland är tungt arbete för ett barn, så trivs han alla gånger bättre bland djuren än med sina skolkamrater. Efter skolan och på helgerna finns dessutom Erik på granngården att umgås med. Han ska gå över imorgon för att se om han mår bättre och orkar ses en stund.

Dagen därpå berättar CJ att han ska till skogen för att ta hem ved.

”Ska jag följa med och hjälpa till?” frågar Valter.

”Nä, du får stanna hemma och hålla koll på den dräktiga kon. Juvren började bli svullna i morse när jag tittade, så det kan inte dröja länge nu. Du får be grannarna om hjälp om det behövs.”

Valter har varit med under kalvning förr så han är inte orolig. Om kalven behöver dras ut kan säkert Eriks far hjälpa till. När CJ åkt iväg går Valter ut till ladugården. Det har kommit slem från Rosa. Nu är det på gång. Hon ligger ner i den rena torra halmen. Valter vet att han ska lämna henne ifred och bara iaktta och finnas till hands om något går fel. Allt ser bra ut och han ser hur hon krystar. Nu ser han kalven. Tänk, ett nytt liv tar sin början. När hela kalven är ute torkar Valter av slemmet från nosen, sticker in två fingrar i munnen för att se om sugreflexen fungerar som den ska. Allt ser bra ut. Valter pustar ut. Han står kvar en stund och ser på när Rosa slickar rent sitt barn. Han tänker på sin egen mor. Det är flera år sedan hon dog. Han kommer knappt ihåg hennes ansikte längre. Inte fars heller.

Kalvningen har tagit flera timmar och Valter har blivit tagen av det. Det har väckt tankar hos honom om sin familj. Han saknar dem, men börjar få svårt att minnas dem. Utom Georg, som han fått bo med ett par år till. Han undrar vart han tagit vägen och varför han inte kommit tillbaka som han lovat. Valter går in i huset för att tvätta av sig. Vattnet är slut så han går ut till brunnen och drar upp en hink. Han tänker på första kvällen som Georg och han kom till torpet. Hur de lagat mat åt CJ, men somnat. Hur Georg fick stryk för det. Valter har inga minnen av att de fick stryk av riktiga far eller mor. Men han är osäker. Allt är suddigt.

CJ kommer hem sent med en kärra full med ved.

”Du får hjälpa mig lasta av det imorgon. Det är för mörkt nu”, säger CJ när han kommer in i huset.

Valter har lagat mat och eldat. Nu dukar han fram en tallrik till CJ. Själv har han ätit tidigare. CJ tvättar av sig och sätter sig till bords. Han slevar i sig maten med god aptit. Tittar upp på Valter.

”Gå och lägg dig pojk.”

”Ska jag inte diska när far är klar?”

”Gör som jag säger bara.”

Valter reser sig snabbt upp och byter till nattkläder. Kryper ner i sängen och försöker somna innan CJ kommer in. Han ligger så långt ifrån CJ:s sänghalva som det går. Inte ikväll, tänker han. Men det blir som han befarar. Direkt när CJ kryper ner kommer han trevandes mot Valter. Drar honom till sig. Håller honom hårt. Valter stänger av alla känslor och ligger bara kvar fysiskt. Han hittar en fläck på väggen som han fokuserar på. Väntar på att det ska vara över.

Kapitel 8 (År 1912, fyra år senare)

Eriks far har varit bortrest ett par veckor och idag kommer han hem. Erik och Valter har fått lov att följa med och möta honom vid tåget. Han har varit i Berlin, vilket både Erik och Valter tycker är spännande.

"Tror du han har med någon present till dig?" frågar Valter och ser på Erik när de hoppar upp i droskan tillsammans med Eriks mor, Alice.

"Kanske, jag hoppas det."

Droskan rullar mot Malmslätt station där tåget från Berlin ska komma klockan 12.05. Pojkarna är uppspelta och förväntansfulla. De talar om Berlin och hur de tror det ser ut. Solen skiner på dem från en pastellblå junihimmel. Åkrarna är gröna. De har mycket de vill fråga Eriks far om.

När droskan stannar till utanför stationen en timme senare hoppar pojkarna ner och Erik hjälper sin mor. De hör Kärnas kyrkklockor klämta tolv slag och skyndar på stegen. På stationen hör de stinsen ropa ut att ankommande tåg från Berlin är försenat. Ett annat tåg från Köpenhamn ska komma först. De ser stationskarlen dra i växlarna så Köpenhamntåget kan rulla in på det spår Berlintåget ska komma på senare. Erik får syn på Köpenhamntåget. Men samtidigt ser Valter Berlintåget komma från andra hållet. Stationskarlen försöker förtvivlat lägga om spåren igen. Men det är för sent. Erik, Valter, Alice och en massa andra människor blir vittnen till när tågen krockar. Vagnarna välter, människor skriker och rusar mot tågen. Det ryker och luktar bränt. Under vagnarna ligger människor i kläm. Några lever. Andra inte. De söker förgäves efter Eriks far. Nu anländer sjukvårdspersonal och konstaplar som får anhöriga att backa undan.   ”Låt oss göra vårt arbete.”

Tillsammans med de andra anhöriga sätter sig Alice och pojkarna inne på stationen. Stämningen är orolig. Några gråter. Efter en evighet kommer det in en sjuksköterska och en konstapel.

”Vi kommer ropa upp namnen på passagerarna. När ni hör namnet på er anhöriga kommer ni fram till oss så ska vi ge besked. Några har tyvärr avlidit, några är skadade och chockade och körda till Linköpings lasarett och andra är lätt sårade och blir i stunden omplåstrade här utanför.

När de hör faderns namn ropas upp går Alice fram.

”Vänta här pojkar.”

Valter och Erik står intill en vägg och ser bort mot Alice där sköterskan lägger en hand på hennes axel. De ser Alice sätta händerna för ansiktet. Hennes axlar skakar. Valter lägger en arm om sin vän. Han ordnar en droska och ser till att Alice och Erik kommer upp på den. De åker mot Linköpings lasarett dit faderns kropp har transporterats.

Inte förrän sent på kvällen kommer Valter tillbaka till torpet igen.

”Vart har du hållit hus hela dan?” undrar CJ.

Valter berättar om olyckan och Eriks far som omkommit. CJ nickar tankfullt. Det går en lång stund innan han säger något.

"Så nu är det bara Alice och Erik på gården då?"

Valter ryser till av det känslokalla konstaterandet. Vad är det CJ tänker egentligen?

"Vi ska naturligtvis hjälpa stackars Alice nu med gården."

Det är något med tonläget som gör att Valter inte tror det är medmänsklighet och välvilja som får CJ att vilja hjälpa sin granne. Jag måste berätta för Erik om CJ, tänker Valter. Samtidigt tar det honom emot. Han skäms. Hur skulle Erik se på honom om han visste vad CJ gjort med honom?

Dagen därpå ser Valter en droska rulla in till granngården. Erik och Alice kliver av och går in i huset. Valter vill rusa dit genast, men hindrar sig själv. Tänker han ska ge dem en stund först. Undra hur det känns att komma hem för dem. Vetandes att far aldrig mer kommer vara där. Sedan blir Valter påmind om att han också varit med om nästan samma sak. Men han minns inte längre. Minns inte känslan av att ha mor och far som snabbt rycks bort. Det enda han bär med sig är tomheten. Saknaden av något han inte längre minns. Han går till stallet för att mocka. Anstränger sig hårt för att bara jobba utan att tänka och känna.

Några timmar senare går han över till grannarna och knackar på. Inifrån hörs ingenting. Han knackar på en gång till. Hårdare. Då hörs steg närma sig dörren. Alice öppnar alldeles blek med sluttande axlar. Hon ser äldre ut än bara för ett dygn sen.

"Jag beklagar. Får jag träffa Erik en kort stund?"

Alice svarar inte, men öppnar dörren och kliver åt sidan så Valter kan komma in. Han tar av skorna och går uppför trappan till Eriks rum. Dörren står på glänt. Valter knackar tyst och går in.

"Erik?"

Erik ligger på sängen med öppna ögon. Han ser på Valter utan att svara.

"Erik, jag behöver berätta en sak för dig."

Erik tar ett ljudligt djupt andetag. Sätter sig långsamt upp och ser på Valter.

"Jag är så trött. Det känns som att kroppen väger bly. Varför är det så?"

Valter rycker på axlarna.

"Kanske sorgen är tung i hela kroppen och inte bara i hjärtat?"

Erik nickar.

"Vad var det du ville berätta?"

Valter berättar om oron över CJ:s planer att hjälpa Alice och Erik nu när de blivit ensamma på gården.

"Men vi kommer behöva hjälp nu", svarar Erik. "Är det inte bra att han vill hjälpa oss?"

Valter funderar på hur han ska börja berätta och hur mycket han ska säga.

”CJ kan vara ond och bakslug. Han har ingen medkänsla för andra och skulle aldrig hjälpa er utan en baktanke.”

Erik ser oförstående på Valter.

Valter drar då upp tröjan och visar ryggen. Erik kan se både gamla ärr och nya sår.

”Har CJ gjort det?”

Valter nickar och berättar om hur Georg blivit utkastad och vad som hände den första natten Valter blev själv med sin nye far. Valter tystnar och ser ner i golvet. Han skäms. Tänk att han berättade det nu. Det är Erik som har förlorat sin far och bör få omsorg och medkänsla. Inte han. Innan Erik hinner säga något springer Valter ut från hans rum. Nerför trappan och ut från huset. Skammen gnager i honom. Hur kan han lägga det i knät på sin kamrat dagen efter han förlorat sin far? Visst var tanken att skydda Erik och Alice från CJ, men han hade inte behövt berätta just det. Han trycker in sina naglar i handflatorna tills det går hål.

Kapitel 9 (År 1914, två år senare)

Sedan Eriks far dog har det blivit konstigt mellan dem. Valter har mest arbetat hemma i torpet. Erik har hjälpt sin mor och fortsatt gå i skolan ett par dagar i veckan. CJ som försökt nästla sig in hos Alice i hopp om att gifta sig och få ta del av arv och mark, har misslyckats. Alice genomskådade honom snabbt. Valter förebrår sig själv. Han borde förstått att Alice är klok och kan se igenom CJ. Han hade inte behövt tala med Erik om hur CJ var eller vad han hade gjort.

Livet på torpet går sin gilla gång. Valter arbetar och försöker hålla sig undan CJ så gott han kan. Han är tonåring nu och har börjat växa ikapp CJ. Inte lika stark än, men nästan lika lång. Det är inte lika ofta som CJ förgriper sig på honom längre, men det händer ibland. Valter är alltid på sin vakt. Spänd i kroppen och rädd i själen.

En morgon står Valter ute på gården och hämtar upp vatten från brunnen. En vagn som dras av en oxe kör förbi torpet och vidare in på Alice och Eriks gårdsplan. Längst fram sitter en man med blårandig arbetarskjorta och håller i tömmarna. Bak på kärran sitter en kvinna med vit sjal om håret. Hon håller ett spädbarn i famnen. Bredvid henne sitter en flicka i Valters ålder. Hon har rött tjockt hår som ligger över hennes axlar som en päls. Valter kan inte släppa henne med ögonen.

”Skynda på nu!” Skriker CJ. ”Ta in vattnet så vi kan få kaffe någon gång idag.”

Valter ser hur flickan vrider huvudet mot honom. Hon ler. Han drar efter andan. Tar hinken fylld med vatten och går in. Hela dagen tänker han på henne. Vem är hon? Känner Erik henne? Han vill gärna träffa henne. Men vad ska han säga?

Dagen därpå ser han henne igen när hon går från huset till dasset. Valter vill gå fram, men vågar inte. Han vet inte hur man talar med jämnåriga flickor. Inte kan han hälsa på Erik heller. Allt är konstigt mellan dem nu förtiden. Det är hans eget fel. Han skulle ha funnits där för två år sedan, när hans bästa väns far gick bort. I stället berättade han om sina egna problem. Så gör inte en vän. Skammen har fått honom att hålla sig borta från Erik.

Dagarna går och Valter tänker bara på flickan. Försöker få en glimt av henne. Försöker tänka ut olika anledningar till att gå över dit och tala med henne. Men allt blir bara dumt när han tänker på det. Han har inget intressant att tala om. Tänk om han läst fler böcker och var mer världsvan så han kunde berätta spännande saker för henne. Imponera på henne. Men han är ingen intressant person. Han ser sig själv som feg, äcklig, smutsig och obildad. Säkert skulle flickan också se honom så.

Efter arbetsdagens slut står Valter i köket och lagar mat till CJ. Han kokar potatis och skär upp några bitar fläsk som ska stekas.

”Kan du gå över till Alice imorgon med veden som ligger i kärran? Hon ville köpa den av mig eftersom hon själv inte hinner ta egen ved i år.” Valters hjärta slår fortare.

”Javisst”, svarar han.

Innan Valter somnar den kvällen går han igenom alla möjliga scenarion i huvudet. Oftast är det flickan som öppnar dörren när han knackar på i fantasin. Hon ler stort och ser glad ut över att se honom. Han talar och hon skrattar. Men så kommer de mörka fantasierna och tränger undan de ljusa. Hon skrattar när hon ser hans ynkliga uppsyn. Spottar på honom. Säger att han är äcklig. Inte värdig henne.

Efter frukosten går CJ ut till ladugården för att mjölka.

"Glöm inte veden", säger han innan han stänger dörren.

Hur skulle han kunna glömma det? Valter tänker inte på annat än att gå med veden till granngården. Han tvättar sig och kammar håret. Ser sig i den slitna spegeln som hänger ovan tvättstället. Innan han fastnar i självföraktet går han med raska steg ut på gården. Hämtar hästen och spänner för den framför vagnen. Han leder hästen upp för backen och in på gården hos Alice. Stannar utanför vedboden och börjar lasta av.

"Valter?"

Valter vänder sig om och ser Erik stå där.

"CJ sa att ni behövde köpa ved i år för ni inte hann fälla själva."

"Det stämmer", svarar Erik. "Vad snällt att du lastar in det i bon. Jag hjälper dig."

Erik kavlar upp skjortärmarna och börjar lasta in ved. En lång stund arbetar de sida vid sida utan att säga särskilt mycket. Valter staplar veden som Erik langar till honom från kärran.

”Jag har tänkt mycket på det där du berättade”, säger Erik.

”Jaså, vad har du tänkt då?”

”Att jag svek dig.”

”På vilket sätt svek du mig, menar du?”

”Jag lät dig springa ut ur huset utan att ropa. Utan att följa efter. Inte ens dagar, veckor efter kom jag till dig”, säger Erik.

Valter tänker på det en stund. Tar in orden. Så främmande från hans egna tankar.

”Det var jag som svek dig, Erik.”

”Hur då?”

”Din far hade precis dött. Du var tung av sorg. Jag öste över dig ännu mer med mina problem. Det är att svika sin vän. Sedan hörde jag inte av mig fast jag visste att du var ledsen.”

Det blir tyst. De fortsätter arbeta med veden. Försjunkna var och en i sig med den nya information de fått. Så olika de har tänkt.

Ytterdörren öppnas och ut kommer flickan. Med sig har hon en bricka med glas och en tillbringare med saft.

”Ni är väl törstiga nu pojkar som ni slitit.”

”Tack Elsa. Så vänligt.”

Erik torkar bort svett från ansiktet och tar emot det framsträckta saftglaset från henne. Han räcker det vidare till Valter.

”Tack”, säger Valter.

Mer får han inte ur sig. Inget av det han planerat säga finns kvar i huvudet. Under tystnad sveper han saften. Elsa tar de tomma glasen på brickan och går tillbaka in igen.

”Jobbar hon hos er?” frågar Valter när han är ensam med Erik igen.

”Nej, hon är min kusin. Hennes mor är syster till min mor. Deras hem har brunnit upp och de får bo här tills de ordnat ett nytt.”

Den kvällen växlar Valters tankar mellan Eriks ord om svek och Elsas vackra ansikte.

Kapitel 10

En tid efter mötet med Elsa håller sig Valter på avstånd. Så fort han ser henne utanför huset stannar han upp i sitt arbete och tittar i smyg. Skapar sig fantasier om hur de träffas och blir förälskade i varandra. Arbetet går mycket lättare att utföra. Det är inte längre tungt att gå upp ur sängen på morgnarna. Han vill ut och jobba för att få chansen att se henne.

En höstdag, fylld med gula löv, får Valter se hur Elsa åker tillsammans med sin familj på samma vagn och med samma oxe som hon anlänt med flera månader tidigare. Så snart de är utom synhåll springer han till granngården och knackar på. Erik öppnar.

”Vart åkte Elsa?”

Erik ser förvånat på Valter.

”Kom in”, säger han.

Valter kliver in och tar av sig skorna. Han hälsar på Alice som sitter på kökssoffan och stickar. Pojkarna går upp för trappan och in i Eriks rum.

”Varför undrar du över Elsa? Är du kär?”

”Lägg av. Jag såg bara att de åkte hela familjen och undrade var de skulle.”

”De har hittat ett hus att arrendera i den byn de bodde i när deras gamla hus brann upp”, svarar Erik.

”Är det långt bort?”

”Inte särskilt. En bit bortanför Malmslätt.”

Valter sväljer när Erik nämner Malmslätt. Framför sig ser han ännu en gång hur Eriks fars tåg krockar med det andra tåget. Han tittar upp på Erik och inser att det är samma sak för honom.

”Jag måste hem nu.”

”Kom gärna över någon mer dag”, säger Erik. ”Jag har saknat dig.”

Valter nickar och går tillbaka hem igen. Varför är han så himla feg? Varför har han inte vågat tala med Elsa en enda gång? Och varför har han inte talat med Erik om olyckan de båda sett? Han känner sig dålig och feg. Kanske är det inte konstigt att Georg inte ville komma för att hämta honom ändå. Han förtjänar stryk av CJ, övergreppen och att bli lämnad av Georg. Så länge han är så här feg förtjänar han allt skit i världen. Han inser det tydligt nu. Det är inte deras fel, det är hans eget.

Veckorna går och hösten övergår till vinter. Ny ved ska huggas och samlas in. Stallet ska mockas och korna mjölkas. Mat ska lagas och vatten bäras in. De flesta nätter får han sova ifred. Håller han bara tyst och arbetar hårt får han sällan stryk längre.

Valter står i stallet och mockar när dörren öppnas. En kall vind drar in och han vänder sig om. Där står Erik och ser ut som att han ska börja gråta när som helst.

”Kom in”, säger Valter. ”Stäng dörren. Det är svinkallt.”

Erik stänger dörren och kliver in.

”Det har brunnit.”

”Va? Nu? Hos er?”

Valter blir på helspänn och är på väg ut.

”Nej. Lugna dig. Inte här. Elsas hus har brunnit igen.”

”Oj, vilken otur den familjen har. Hur är det med dem? Ska de komma och bo hos er igen nu då?”

Erik skakar på huvudet.

”De brann inne. Hela familjen. En fotogenlampa hade vält när de låg och sov. De hann inte ut i tid.”

Erik snyftar till. Valter går fram och lägger armarna om honom. Den här gången vill han finnas där för sin vän. Han ska hålla inne med sina egna känslor. Vad är väl hans barnsliga förälskelse i jämförelse med Eriks sorg över sina släktingar?

”Kom”, säger han. ”Jag följer med dig hem.”

Valter stannar kvar länge hos Alice och Erik. Lagar mat åt dem och bär in ved och vatten. Inte förrän långt efter skymningen går han tillbaka hem igen. Den här gången struntar han i om CJ blir arg för han inte lagat kvällsmat åt honom. Då får han väl ge mig stryk, tänker Valter. Hellre det än att svika Erik en gång till.

När Valter kliver innanför dörren på torpet ser han CJ sitta i köket och tugga på en brödbit med en kaffekopp framför sig.

”Nu ser jag fram emot att höra din förklaring”, säger
CJ. ”Sätt dig ner och berätta vad som var så viktigt.”

Valter sätter sig på stolen mittemot honom och berättar
om branden och hur han hjälpt Alice och Erik med mat
och värme.

”Så i stället för att laga mat till mig efter en lång
arbetsdag så har du lagat mat åt våra grannar som var lite
ledsna?”

Valter förstår att logik och sunt förnuft inte är väsentliga
när man talar med CJ och medkänsla saknar han helt.

”Förlåt”, säger han i stället för att försvara sig. ”Det
var dumt av mig. Jag tänkte helt fel.

Vill du att jag lagar något till dig nu?”

CJ kastar sista brödbiten i ansiktet på Valter och ställer
sig upp. Rent instinktivt sätter Valter händerna för
huvudet och kryper ihop.

Med låg röst säger CJ:

”Jag fick komma hem till ett kallt hus utan mat ikväll.
Så du kan sova ute i natt utan kvällsmat. Det låter väl
rättvist? Eller vad säger du lilla Valter?”

Valter nickar och går ut utan att protestera. När han ser
att alla lampor är släckta i huset går han in till ladugården
och lägger sig på höskullen. Det känns i alla fall tryggare
att sova där med korna än inne med CJ, tänker Valter
innan han somnar.

Kapitel 11 (År 1916, två år senare)

Efter det att Elsa brann inne har Erik och Valter återupptagit sin vänskap och ses nu nästan dagligen. De hjälper varandra med det dagliga arbetet. Ibland grymtar CJ och tycker det är onödigt att de hänger ihop som ler och långhalm dagarna i ända. Men så länge arbetet blir utfört säger han inte allt för mycket om saken.

”Hur var det att ha en storebror?” frågar Erik när de går längst gärdesgården för att kontrollera dess skick.

”Det var...”, börjar Valter. ”Det var tryggt. Jag var aldrig ensam. Oavsett om det var bra eller dåligt runt om så var jag aldrig ensam. Efter han blev utkastad av CJ har jag känt mig ensam även då jag inte varit det.”

”Du ser ledsen ut”, säger Erik. ”Förlåt att jag tog upp det. Jag har aldrig haft syskon så jag har alltid funderat på hur det skulle vara.”

”Ingen fara”, svarar Valter. ”Jag talar gärna om Georg. Ibland är jag rädd att glömma honom. Som jag glömt det mesta av mina föräldrar och de andra syskonen. Jag har minnesfragment av dem bara. Jag kommer ihåg en gång med min syster Svea. Hon var närmast mig i ålder. Jag har en minnesbild när vi satt i prästgården med varsin hund i knät. Vi var ledsna för föräldrarna var borta, men hundarna gjorde oss ändå glada just där och då. Vi skrattade tillsammans.”

”Det låter som ett fint minne”, säger Erik. ”Du kanske ska skriva ner det du kommer ihåg av var och en så du inte glömmer det.”

”Ja, kanske. Fast jag har inget att skriva på och jag tror inte CJ skulle lägga pengar på det.”

”Jag kan fråga mor. Du hjälper oss så mycket på gården så hon kan säkert ge dig en slant till block och penna.”

Lördagen därpå får pojkarna följa med Alice till Vadstena. Alice ska sälja grönsaker på marknaden. Erik och Valter hjälper till att lasta grönsakerna på vagnen och så åker de mot staden. Redan på långt håll ser de taken på slottet och klosterkyrkan. Det är nästan en overklig upplevelse att se de stora majestätiska byggnaderna i den lilla staden. På torget är det redan full kommers när de anländer. Fiskhandlare, charkuteriförsäljning och brödstånd samsas med spetsdukar och grönsaker.

”Kom och köp. Sprattlande färsk fisk!”

”Här var det nybakat bröd!”

De hjälper Alice lägga upp grönsakerna snyggt och prydligt innan de ger sig iväg för att kolla på alla varor och folk.

”Titta”, säger Erik och knuffar Valter i sidan när de passerar en söt flicka i deras egen ålder. ”God dag fröken”, säger de i mun på varandra och lyfter sina kepsar.
Flickan fnittrar och skyndar vidare förbi torget och ner till Sjögatan. De ser henne gå in på en gård och följer efter. Precis när de kommer fram till gården ser de flickan gå in i en butik.
Carlings speceriaffär står det på skyltfönstret.

”Kom”, säger Erik. ”Vi kollar om de säljer skrivblock.”

”Ska vi inte vänta? Hon tycker nog det är underligt att vi följt efter henne.”

”Nej då”, svarar Erik. ”Vi har ju ett ärende dit. Kom nu.”

Inne i butiken står en fin äldre dam som blir expedierad vid en stor köpmannadisk. Bakom disken står en skallig man med glasögon. Den söta flickan står i kö och inväntar sin tur. Hon vänder sig om och ser på Valter och Erik. De låtsas först att de inte ser henne utan ser sig om i affären. När deras blickar möter hennes nickar de igenkännande. Den fina damen är färdig.
Tackar för sig och går ut genom dörren. Flickan tar ett kliv fram och ber om mjöl och socker. Handlaren mäter upp och häller i två papperspåsar. Skriver mjöl på den ena. Socker på den andra. När flickan betalat och gått ut ger Erik penningpåsen till Valter.

”Jag väntar utanför.”

Valter står kvar i affären med en påse pengar i handen. Han ser på mannen bakom disken.

”Har du skrivhäften?”

Mannen böjer sig ner och plockar fram svarta häften som han lägger upp på disken.

Utanför affären har Erik kommit ikapp flickan.

”Ursäkta mig”, säger han. ”Vad heter fröken?”

”Lydia Petterson. Och vem är ni?”

”Jag heter Erik Olsson och min vän heter Valter Bergstrand. Han är blyg.”

Just då kliver Valter ut från affären och ser Erik tala med flickan. Erik presenterar dem för varandra. Han berättar om sin mor som säljer grönsaker på stortorget och om Valter som behövde en skrivbok för att minnas sin familj. Lydia lyssnar och berättar i sin tur om sin mor som säljer spetsdukar på torget för att försörja sina fem barn. Far är gift med en annan och kan inte vara deras far officiellt. Men han dyker upp ibland sent om kvällarna i smyg. Han är välklädd och doftade gott. Rik som ett troll, brukar mor hennes säga. Men det är inget de märker av. Han bidrar inget till sin hemliga familjs försörjning. Lydia tror han skämdes för dem. Valter berättar om sin fars svek. Erik om sin fars död.

”Jag måste hem och ta hand om mina syskon nu”, säger Lydia.

”Det var väldigt trevligt att få träffa er fröken Lydia”, svarar Erik. Hans ögon glittrar.

Han ser på Lydia som jag sett på Elsa, tänker Valter. Han lägger en arm om Eriks axlar när de ser Lydia försvinna runt hörnet.

Pojkarna går tillbaka till stortorget och Alice grönsaksstånd. Det mesta är sålt och de hjälper till att packa ihop det som är kvar så de kan fara hem igen. Valter hoppar av när de åker förbi CJ:s torp. Han är ivrig att komma in och börja skriva i sitt nya block.

När CJ kommer in sitter Valter vid köksbordet och skriver. På spisen står en gryta och puttrar. Han fick med sig några av de grönsaker som blev över efter torghandeln.

”Vad gör du pojk?”

”Jag skriver bara.”

Han slår ihop skrivboken för att lägga upp maten till CJ.

”Sätt dig!” gormar CJ.

Valter sätter sig och CJ går fram och sträcker sig efter skrivboken. Rent instinktivt drar Valter boken till sig.   ”Får jag se! Ge hit boken!” Valter skakar på huvudet.
”Det är min bok. Jag har köpt den själv.”

”Köpt den själv? För vilka pengar?”

Valter berättar att han arbetat åt Alice och fått köpa skrivboken som lön. CJ ger honom en hård örfil. För en kort stund släpper han taget om boken och CJ rycker åt sig den. Högt läser han:

”Min storebror Georg kommer hämta mig så fort han kan...”

CJ skrattar högt.

”Ingen kommer hämta dig fattar du väl!”

Ilskan väller upp i Valter. Han far upp. Sliter åt sig boken och knuffar CJ hårt i bröstkorgen. CJ stapplar bakåt och ser mer förvånad än rädd ut. Valter rusar ut med boken handen. Ser sig om ifall CJ följer efter. Men dörren är stängd. Han hör hur nyckeln vrids om inifrån. Han är utelåst men det gör inget. Han ska sova på höskullen i natt.

Kapitel 12 (År 1917, ett år senare)

Valter har fått nog av CJ. Den senaste tiden har han blivit starkare både fysiskt och psykiskt. Han är sexton år. Lång och muskulös av allt gårdsarbete. Vänskapen med Erik har fått självkänslan och egenvärdet att växa. Den nyvunna styrkan har fått honom att våga stå emot CJ:s lynnighet allt oftare. Igår höjde CJ handen för att dela ut en örfil, men Valter tog ett kliv fram i stället för bak. Det fick CJ att rygga tillbaka. Valter ler åt tanken på CJ:s förvånade och förvirrade ansiktsuttryck. Nu är han redo att ge sig ut i världen själv och söka efter Georg och de andra syskonen.

”Vart ska du?” undrar CJ när han ser Valter packa ner kläder och skrivblock i en ryggsäck.

”Jag ska skaffa mig ett eget liv”, svarar Valter.

”Du kommer aldrig klara dig ensam. Tro inte du kan komma krypandes tillbaka hit sen. Går du nu får du aldrig mer bo här. Hör du det!”

Valter svarar inte. Han tar bara sin väska och går. Ut genom dörren. Stannar till i grindhålet och tar ett djupt andetag som han suckar ut. Han lämnar bokstavligen allt gammalt bakom sig och kliver ut i sitt nya liv.

När han tog beslutet, ett par dagar innan, berättade han genast för Erik. Erik förstod och uppmuntrade även om han skulle sakna sin vän. Så snart Valter hittat ett boende ska han skicka brev med sin nya adress. De kramades hejdå.

Valter går längs grusvägen som leder till Mjölby. Där tänker han gå runt och fråga efter arbete. Än så länge är det varmt om nätterna, så det är ingen större fara ifall han måste spendera några nätter utomhus. När han efter nästan två timmars vandring närmar sig Mjölby, passerar han en gård. Det är en stor ladugård med ett gult boningshus. Han ser två män ute på åkern. Jag kanske kan höra mig för här om arbete, tänker Valter och går mot männen. De stannar upp i sitt arbete och ser på honom. Nästan framme hos dem vinkar Valter.

"Hej", ropar han. "Ursäkta om jag stör ert arbete. Jag söker jobb och undrar om ni möjligen behöver en extra gubbe?"

"Du får höra med gubben Grönstedt", säger den ena mannen och pekar bort mot ladugården.

Valter går dit och ropar in genom de öppna dörrarna:

"Hallå?"

En äldre man med krumma ben haltar mot honom.

"Vem är ni?"

Valter presenterar sig och säger sitt ärende.

"Nä, jag har karlar på gården nu så jag klarar mig över sommaren. Men jag hörde av bror min att de söker folk på snickeriverkstan inne i Mjölby. Kan ni snickra?" Valter rycker på axlarna.

"Jag har spikat staket och bytt brädor, men inte snickrat möbler direkt."

"Berätta vad ni kan och låt dem avgöra om det räcker för ett jobb där."

Han ger en vägbeskrivning och Valter tackar och går vidare mot Mjölby. Han tror inte hans få erfarenheter kan ge honom arbete på ett snickeri, men samtidigt har han ingen annan plan. Framme i Mjölby följer han mannens vägbeskrivning till Högbergs snickerifabrik. Han går fram till dörren och kliver in. Ljudet av sågar blandas med prat och skratt. Han drar in lukten av trä och lim. Efter en kort stund kommer det fram en ung man och frågar vem han söker.

"Jag hörde att ni sökte folk och jag ville höra om jag kunde få arbete här."

Mannen synar Valter.

"Du får gå en trappa upp till förmannen, Lindell. Det är han som anställer."

Han pekar bort mot en ståltrappa som leder upp till ett kontor.

Valter går upp för trappan och knackar på kontorsdörren.

"Kom in!"

"God dag herr Lindell. Jag heter Valter och söker arbete."

"Slå dig ner och berätta vad du har för erfarenheter", svarar Lindell.

Valter berättar om sitt arbete på torpet och alla de sysslor han utfört sedan han var fyra år.

”Det låter som att du är van att ta i och lösa olika problem. Du har sågat och spikat. Vad sägs om att du får provjobba en månad och så kan vi ha ett nytt möte för att se hur det har gått?”

”Tack. Det låter jättebra. Tack.”

”Fint”, svarar Lindell. ”Då ska du få hälsa på Almqvist. Han kommer visa dig till rätta och tala om vad ska göra.”

Resten av dagen får Valter kapa av bräder i rätt storlek. Almqvist kontrollmäter. När arbetsdagen är över klappar Almqvist honom på axeln.

”Bra jobbat idag. Det här ska nog gå fint. Vi ses imorgon.”

Dagpassets arbetare strömmar ut från fabriken och möter nästa skift i dörren. Just nu finns så mycket arbete att det rullar på dygnet runt. Valter följer med strömmen ut och blir sedan ståendes. Vart ska han ta vägen? Han börjar gå sakta på måfå genom stan. Ner mot ån. Tänker på Georg. Vad har hänt honom? Hur har han det nu? Vissa perioder har Valter varit arg på honom för att han aldrig kom tillbaka. Nu känner han bara kärlek till sin bror och önskar av hela sitt hjärta att han har det bra. Så här måste det varit för honom också när han blev utslängd av CJ. Valter slår sig ner på en bänk några meter från ån. Sitter där och ser på när dagen övergår till natt. Slumrar till.

”Valter?”

Valter väcks ur sin dröm. Ser att solen är på väg upp igen. Det tar några sekunder att minnas var han befinner sig. Han kisar mot mannen som står framför honom i motljuset. Nu ser han att det är förmannen, Lindell. Valter skyndar sig upp i sittande ställning.

”Oj, jag somnade visst till. Jag var ute på morgonpromenad innan jobbet för att lära känna min nya hemstad.”

”På så vis”, svarar Lindell. ”Ska vi ha sällskap till fabriken?”

Valter och Lindell slår följe och går mot sin arbetsplats. Efter en bit kan inte Lindell hålla sig längre utan frågar:

”Har inte Valter någonstans att bo?”

Valter skakar generat på huvudet och berättar att han inte dragit jämt med sin adoptivfar och i stället vandrat ut i världen på egen hand och sökt efter arbete och bostad.

”Så snart jag fått första lönen ska jag gå runt och söka boende.”
”Kan du tänka dig bo hemma hos mig och min fru så länge? Vi bor själva i ett stort hus. Vår son har flyttat hemifrån. Du kan sova i hans gamla rum tills du har råd med något eget. Vad säger du, Valter?”

”Om jag inte är till besvär för er så låter det som ett väldigt fint erbjudande. Tack herr Lindell.”

Kapitel 13 (År 1918, ett år senare)

Valter lastar på sina få tillhörigheter i Lindells automobil. Idag ska han flytta till eget boende.

Trots hans protester har Lindell lovat skjutsa Valter och hans saker till nya hemmet.

”Har du allt nu Valter?”

”Allt är med”, svarar Valter. ”Tack för hjälpen och skjutsen.”

”Det är sällan jag åker med henne. Det är säkerligen bara bra att hon får komma ut och rulla.”

”Går hon på el?” undrar Valter.

”Jajamän, det är en Detroit Electric. Tio hästkrafter. I ett test kunde hon åka 340 kilometer innan elen tog slut.” svarar Lindell med stolthet i rösten. ”Vi tar väl ett litet extra varv på stan med henne nu när vi ändå är ute och åker?”

”Det tackar man inte nej till.”

Nya bostaden ligger nära snickeriverkstaden. Två trappor upp i ett hyreshus. En etta med kokvrå. Gasspis och utedass på gården. Valter är pirrig i kroppen. Ett eget hem. Inte illa alls. Innan Lindell åker hem igen räcker han över ett stort paket, inslaget i tidningspapper. Valter tar av pappret och ser på sakerna han fått. En sked, en kniv och en gaffel som ligger i en svart gjutjärnsgryta.

"Tack. Ni har gett mig så mycket. Jag vet inte hur jag ska kunna återgälda allt."

Valter är rörd. Paret Lindell har tagit emot honom med öppna armar i sitt hem. Nästan ett år bodde han hos dem. När han hittade egen bostad skänkte de honom en madrass, ett köksbord och en stol. Och nu husgeråd, skjuts och bärhjälp.

"Ni får säga till om ni behöver hjälp med vedhuggning eller något annat."

"Det ordnar sig med det, Valter. Nu får du finna dig tillrätta i ditt nya hem, så ses vi på jobbet imorgon."

På kvällen sitter Valter på stolen vid sitt nya köksbord. Det har tillverkats i snickeriverkstaden. Det var en lärling som råkat göra märke i bordsskivan och satt en spik på fel ställe. Lindell sa att det inte var någon fara, men bordet skulle inte gå att sälja så Valter fick det. Han stryker med handen över märket lärlingen råkat göra. Skadad tidigt i livet som jag själv, tänker han. Känslorna är dubbla. Glädje över att ha fått arbete och eget hem blandas med ensamhetskänslor och rädslor. Utanför fönstret är himlen mörk. Några gaslampor lyser upp gatan. En man i blå jacka gick förbi med en häst. Han möter en kvinna. De nickar igenkännande åt varandra och går vidare. Valter följer kvinnan med blicken tills hon försvinner runt husknuten. Tankarna vandrar till Elsa. Eriks kusin som brann inne. Valter har haft mardrömmar efteråt där han sett henne brinna utan att han kunnat rädda henne. Hört hennes skrik och vaknat upp kallsvettig.

Morgonen därpå vaknar Valter av ljud från grannen. Han som aldrig bott i lägenhet förr och inte är van vid ljudet från andra än sin egen familj, CJ eller paret Lindell.

Nu är det, för honom, okända människors ljud som tränger genom väggarna. Ett barn skriker. Porslinslammer. En man som hostar. Valter tycker det är ganska skönt ändå. Det finns en trygghet i att ha andra människor nära. Han ligger kvar i sängen ett slag och lyssnar. Försöker föreställa sig hur de ser ut. En kvinna, en man och ett litet barn, tänker han. Kanske paret inte är mycket äldre än honom själv. Han fortsätter fantisera om en egen familj. En kvinna med rött hår, som Elsa haft.

Till slut går han upp och kokar kaffe. Äter en bit bröd med flott. Packar ner ett par smörgåsar till lunchen och går mot verkstaden. Vid grindarna möter han herr Lindell.

"Hur var första natten i ditt nya hem? Har du sovit något?"

"Tack, bara fint. Jag sov gott på madrassen. Tack ännu en gång för all hjälp."

Herr Lindell klappar honom på ryggen och nickar. Så fortsätter han uppför trappan till kontoret medan Valter går till svarven. Idag ska han svarva ben till tio större ekbord. Ett värdshus har beställt nya bord till matsalen. Han ställer in maskinen och tar den första ekbiten, klämmer fast den ordentligt med en chuck i var ände. Så vevar han runt träbiten och börjar forma den med svarvstålet. Valter njuter av att se träet ta form och bli till vackra bordsben. Lukten av bearbetat trä blandas med lackdoften från arbetsstationen intill. Han är lycklig i stunden. All fokus ligger på träet och de former han tar fram.

Efter arbetsdagens slut vandrar han genom Mjölbys gator hem till sin lägenhet. I trapphuset möter han kvinnan han sett genom fönstret kvällen innan. Han känner igen kappan och håret.

De nickar åt varandra när de möttes. Valter samlar mod och säger:

”Bor fröken också här i huset?”

Det ser ut som att hon tvekar innan hon till slut svarar:

”Bara tillfälligt. Min bror bor här.”

Kvinnan pekar mot dörren bredvid hans egen.

”Valter Bergstrand”, säger han och sträcker fram handen. ”Jag bor bakom dörren bredvid er bror.

”Karin Perhsdotter”, svarar hon och tar hans framsträckta hand.

Kapitel 14

Valter vaknar tidigt. Sträcker ut sig så tårna nuddar vid sänggaveln. Det ser ut att bli en solig dag. Skönt att det är söndag och ledigt, tänker han. En vecka har han bott i sin lägenhet. Han tänker på Karin. Tänk att en så vacker kvinna ligger och sover ett par meter ifrån honom. Även om det är en vägg emellan dem och hon är i en annan lägenhet så kan det högst vara några meter. Den tanken kittlar honom. Han kan se hennes vackra gröna ögon framför sig. Hur ska någon som han kunna få någon som hon. Valter är stolt över att han ens vågat tala med henne i trapphuset häromdagen. Fast hon kändes kort i tonen och inte särskilt intresserad av att tala med honom.

Han kokar sig en kopp kaffe och tar den med sig ut på innegården. Där finns en bänk intill huset där han sitter i lä med solen i ansiktet. En grå katt med vita tassar kommer och stryker sig mot hans ben. Han klappar henne på huvudet. Hon kurrar högt. Så försvinner solen och Valter ser upp mot himlen. Det är inget moln som han trott. Det är en man som ser nyvaken ut. Även han med en kaffekopp i handen.

”God morgon”, säger mannen. ”Det brukar aldrig vara någon här vid den här tiden.”

”Har jag tagit er plats? Jag är nyinflyttad. Valter Bergstrand heter jag och bor längst upp där.”

Valter pekar.

”Jag heter Nils Persson och bor då vägg i vägg med er.” Nils ler mot Valter. ”Inte har ni tagit min plats. Bara trevligt att få sällskap. Jag bor med min dotter och syster. Min dotter håller på att få tänder och skriker ganska mycket, som ni kanske hört. Ibland på morgonen smiter jag ut för att dricka morgonkaffet i tystnad.”

”Inte min sak alls. Ni behöver inte svara. Men, var finns er dotters mor?” undrar Valter.

”Ingen fara. Det är en naturlig undran. Det är inte vanligt med en far och dotter utan en mor.” Nils drar en djup suck och fortsätter. ”Hennes mor heter Elna och det hände något vid förlossningen. Hon blev mentalt sjuk när lilla Eva föddes. Jag kom på henne med att försöka kväva Eva. Hon är på sinnessjukhuset i Vadstena nu.”

Valter ser på Nils. Han är inte mycket äldre än Valter. Tänk att finna sitt livs kärlek och få ett kärleksbarn tillsammans för att sedan skiljas åt på det där viset.

”Det är verkligen tur att jag har min syster Karin som hjälper till med Eva. Alla andra utom Karin tyckte det var självklart att Eva skulle lämnas bort. En far kan inte ta hand om ett litet barn ensam, sa de. Det är onaturligt. Men jag står inte ut med tanken att förlora Eva. Och jag hoppas fortfarande att Elna en dag ska bli frisk. Och då kan vi leva ihop som en familj.”

Valter och Nils sitter länge på bänken i solen med kaffet och samtalar. Valter berättar om sin bror Georg och frågar om Nils har hört namnet. Men han skakar på huvudet.

Senare under dagen skriver Valter brev till Erik. Han berättar om lägenheten och om sin nyfunna vänskap med grannen Nils. Några rader handlar också om den vackra Karin. Han skriver ner sin nya adress och hälsar Erik välkommen att hälsa på. De har skrivit några brev under det gångna året, men Valter ville inte åka dit för att hälsa på av rädsla för att stöta på CJ.
Och så länge han bodde hos Lindells ville han inte bjuda dit människor av hänsyn till dem.

Men nu med ett eget hem kan han äntligen bjuda hem Erik.

På kvällen ligger Valter i sängen och lyssnar på lilla Evas otröstliga gråt. Han hör hur någon går fram och tillbaka över golvet hos grannarna. Kanske är det Karin som försöker lugna henne. Valter är trött men det är omöjligt att somna när barnet gråter. Efter en stund ger han upp och kliver ur sängen, klär på sig och går ut i den nästan folktomma staden. Han vandrar runt i kvarteren och drar ner den svala nattluften i lungorna. Så hör han steg bakom sig. Valter vänder sig om. Där går Karin med en barnvagn. Eva gråter inte längre utan verkar ha somnat i vagnen. Karin ler när hon ser att det är Valter.

”Svårt att somna till barnskrik?” skrattar hon.

Valter har inte sett henne skratta förut. Hans hjärta tar ett extra skutt. Han skrattar med henne.

”Jo, det är inte den bästa vaggvisan direkt. Men det är nog mer synd om lilla Eva än om mig.”

De går bredvid varandra utan att säga mycket. Valter kan knappt tro det är sant. Här går han med Karin genom ett sovande Mjölby. Tankarna han haft tidigare om att sova för att orka upp till arbetet dagen därpå, är som bortblåsta.

”Vad fint av er att vara här och stötta Nils och Eva”, säger han efter en stund.
”Jag blev så arg när alla andra ville han skulle lämna bort Eva direkt efter att ha förlorat sin fru till mentalsjukvården. Jag kunde inget annat än att hjälpa honom. Han är en fin människa min bror.”

Karin berättar att hon annars bor i en mindre by som heter Malexander. Där bor hon med sin mor och far. Mor syr kläder som hon säljer på marknader och far arbetar på en gård. Mor har börjat få ont i sina händer så Karin hjälper till att sy Det gör hon fortfarande de stunder Eva sover om dagarna.

Valter lyssnar till Karins berättelse om sitt hem, sina föräldrar och livet i Malexander. Han känner hur varmt hon talar om det. Tänker på sin egen splittrade uppväxt. Det han minns av sitt föräldrahem. Ikväll vill han inte tala om det. Han vill bara fortsätta lyssna på Karin och hennes historia.

Kapitel 15

Solig söndagsmorgon har kommit att innebära kaffe på bakgården tillsammans med Nils. Valter uppskattar vänskapen de skapat på ganska kort tid. Han slår sig ner på bänken och inväntar sin granne. Att hans nya vän har en vacker syster gör det inte sämre. Karin tar hand om Eva när hennes bror och Valter sitter i solen och talar om livet. Hon förstår att de behöver den stunden. Men idag blir det ingen pratstund. I stället kommer Nils ner för trappan och kikar ut genom dörren.

"Valter!" ropar han. "Följer du med till Vadstena?"

Valter ser förvånat på Nils. Nu kommer även Karin med lilla Eva på armen. Det här vill han inte missa. Vad de än ska göra. En resa med Karin tänker han inte tacka nej till.

"Absolut. Jag springer bara upp med kaffekoppen och hämtar jackan."

När han kom ner igen sitter grannarna redan i en droska. Valter klättrar upp och kusken sätter fart på hästarna. Nils skrattar och klappar sin vän på axeln.

"Valter, du vet inte vad vi ska göra. Ändå tackar du ja utan tvekan. Du är en sann vän."

Valter skäms när han tänker på att det är Karins närvaro som gjort att han inte tvekat. Men han ler mot Nils.

"Naturligtvis följer jag med. Men berätta nu vad vi ska göra i Vadstena."

"Elna har fått två timmars frigång från sinnessjukhuset. En skötare kommer följa med och vi får träffas på allmän mark. Alltså inte hemma hos oss. Vi tänkte ses på en restaurang och äta tillsammans."

"Men vill du att jag är med då? Jag menar Elna vet inte vem jag är. Tror du inte det kan bli förvirrande för henne?"

"Jag har berättat om dig i brev jag skrivit till henne. Jag tror bara det skulle pigga upp henne. Om du vill förstås."

"Jodå, tror du det går bra följer jag naturligtvis med", svarar Valter.

Droskan stannar på Rådhustorget. De ska mötas på Hotell Finspong längre upp på storgatan. Valter och Karin går in med Eva. Får ett bord och slår sig ned. Nils väntar kvar utanför. Han vill få en stund med Elna ensam först.

Genom fönstret ser Valter hur en kvinna går fram och omfamnar Nils. Ett par steg bakom står en kvinna i sjukhusvit uniform.

"Det är Elna", säger Karin. "Visst är hon vacker? Det är sorgligt det hon drabbats av. Hon var sprudlande glad innan förlossningen. Såg fram emot att bilda familj med Nils. Jag förstår inte vad som hände."

Valter lägger en medkännande hand över hennes. Drar snabbt tillbaka den när dörren öppnas och Nils och Elna kliver in tillsammans med skötaren. Skötaren sätter sig vid ett bord snett bakom deras och beställer in en kopp kaffe. Nils leder fram Elna till Valter och Karins bord och presenterar Elna och Valter för varandra. Valter hälsar och möter Elnas tomma ögon och orörda min. Bakom henne viskar Nils "mediciner." Och Valter förstår att hon är medicinerad och trött. Elnas blick får liv när hon ser Eva. Det är första gången hon ser sitt barn sedan hon blev intagen på hospitalet. Hon ryggar bakåt när Eva piper till. Skötaren är snabbt på benen och ber Karin sätta sig med Eva en bit bort till att börja med. Valter ser att Nils blir besviken.

Men de gör som skötaren säger. Förstår att de måste lyda för att kunna få fler möten framöver. Karin sätter sig utom synhåll för Elna. Valter, Nils och Elna slår sig ner. En servitör kommer fram till bordet.

”Vi har färsk fisk på menyn idag. Röding från Vättern. Eller kalvstek med brysselkål.”

”Då tar vi tre portioner med Röding”, säger Nils. ”Jag bjuder.”

Valter invänder och säger sig vilja betala sin mat, men Nils står på sig.

”Låt mig bjuda dig min vän.”

Under middagen samtalar mest Valter och Nils. Elna ser inte riktigt ut att följa med i konversationen. Hon stirrar på fisken som att hon undrar om det är något man kan äta. Till slut skär Nils upp den i bitar åt henne. Hon börjar äta. När alla ätit upp vänder sig Nils mot skötaren vid bordet bakom.

”Får vi slår följe med er tillbaka till asylen?” Skötaren ser på Elna och nickar.

”Ni två kan gå med, men inte kvinnan och barnet”, säger skötaren när de reser sig för att börja gå.

Nils går bort och talar med Karin.

"Hon möter oss på Rådhustorget om en timma."

Nils håller Elna under armen när de går längst storgatan tillbaka mot asylen. Bredvid går Valter och skötaren strax bakom. De går sakta. Ser på folk och kollar i skyltfönstren. På stortorget är det fullt av olika stånd som säljer grönsaker, kött, fisk och knypplade dukar. Valter ser sig runt efter Alice. Tänker på hur han och Erik mött den där flickan några år tidigare när de fått följa med Alice till Vadstena. Han köpte skrivblocket då, som han fortfarande skriver i. Inte samma. Nu är han inne på block nummer fem eller om det är sex. Han har tappat räkningen. Valter skriver om minnen från barndomen. Om sin bror Georg. Han skriver om CJ:s övergrepp. Tiden hos Lindell och jobbet på verkstan. Nu ska han hem och skriva om Nils, Karin och Elna. Det är som befriande att skriva ner händelser, tänker Valter. I skrivandet får han bearbeta det han upplevt. Han kan bläddra i böckerna. Gå tillbaka och minnas.

När de kommer fram till asylens ingång säger Elna till Nils:

"Jag vill hem."

"Du måste bli frisk först.", svarar Nils och stryker bort en hårslinga från hennes ansikte.

Elna håller upp sina handflator.

"Jag vill inte bada mer. Jag vill hem."

Nils ser förvånat på hennes flagnande fingertoppar. Skötaren kliver fram och tar ner Elnas händer.

"Vi ska gå in nu. Kom Elna." Hon föser henne mot porten och tar fram en stor nyckelknippa. Låser upp och drar med sig Elna in. Nils och Valter står kvar och ser efter dem.

Hör porten slå igen och gå i lås.

"Såg du fingrarna hennes?" frågar Nils. "Vad gör de med henne tror du?"

Valter skakar på huvudet.

"Kom, vi går och möter upp Karin och Eva", svarar han i brist på något bättre att säga.

Sinnessjukdomar vet han inte mycket om. Ännu mindre om botemedel.

"Man får nog ha tillit till de läkare och skötare som arbetar där. De vet i alla fall mer än oss", säger Valter när de står och väntar på Rådhustorget.

"Jag hoppas det", svarar Nils.

Kapitel 16

Den här dagen har Valter sett fram emot länge. Hans vän Erik ska komma på besök. Han har planerat att visa honom stan och bjuda på middag. Karin och Nils är också inbjudna. Han vill att vännerna ska träffa varandra även om det blir lite trångt. Karin och Nils får ta med ett par stolar från sig. Det löser sig säkert.

Strax efter klockan tio knackar det på dörren. Vännerna omfamnar varandra. De tar en kopp kaffe och talar om vad som skett sedan de sågs senast. En del vet de redan genom brevväxlingen de haft. Men Erik har nyheter med sig också.

"Kommer du ihåg flickan vi mötte i Vadstena för några år sen?" frågar han och ler mot Valter.

"Javisst, fröken Pettersson. Lydia Pettersson. Vad är det med henne?"

"Vi är förlovade."

Valter tappar nästan hakan. Det där såg han inte komma.

"Gratulerar! Det var fina nyheter. Berätta! Hur gick det till?"

Nils berättar om hur de träffats igen när han följt med sin mor för att sälja grönsaker i Vadstena. Efter det hade de brevväxlat en tid. Så hade hon kommit till gården för att träffa honom och han friade. Alice grät av lycka. Hon tycker mycket om Lydia.

”Lydia har flyttat hem till oss på gården. Vi har talat om att bygga oss ett eget hus till nästa sommar.”

Valter hör hur glad hans vän är och glädjen smittas även till honom. Han lyfter kaffekoppen.

”Skål för kärleken.”

Vännerna tar på sig skorna och går ut. Nils har inte varit i Mjölby tidigare. Det blir Valter som får guida genom stan. De går längst floden. Valter berättar om arbetet på snickeriverkstan och visar var Lindells bor.

”Det var här jag bodde när jag först kom hit”, säger han och pekar på det stora vita huset.

De går vidare genom stan och ser på folk och butiker.

”Vi kan gå in här”, säger Valter när de kommer till saluhallen på Kanikegården. ”Jag behöver handla till middagen.”

Av slaktaren köper han en bit nötkött som ska bli till kalops. På hemvägen berättar Valter att han bjudit in grannarna också.

”Hoppas det går bra för dig.”

”Ja, det ska bli skoj att träffa dina vänner och få se Karin, som du skrivit så mycket om i breven.”

Samtidigt som klockan slår fem knackar det på dörren.

”Kan du öppna Erik?” frågar Valter. Han har fullt upp med att hälla ut potatisvattnet.

Erik går till dörren och Valter hör hur de hälsar på varandra i farstun. Karin kliver in i köket.

"Kan jag hjälpa till med något?" undrar hon.

"Ja, ställ gärna fram de där tallrikarna på bordet", svarar Valter samtidigt som han tar fram ett karottunderlägg.

Karin dukar medan Erik och Nils slår sig ner. Nils har Eva i en sjal fram på magen. Hon ser ut att sova tryggt där hos pappa. Verkar inte bry sig det minsta om deras prat eller porslinsslammer. Både middagen och samtalet flyter på fint. Erik och Nils har mycket gemensamt, vilket Valter anat redan innan. Själv kan han knappt släppa Karin med blicken.
Hon är vacker i sin mörkgröna klänning som fint matchar hennes ögon.

När Erik och Karin tackat för allt och gått in till sig följer Valter med Nils ner till tågstationen. Han hinner precis med dagens sista tåg. På vägen hem är Valter varm i hjärtat. Det har varit en fin dag. Han är tacksam över att vännerna gillade varandra. Tänk att Erik är förlovad med Lydia.

Hemma igen sätter Valter igång med disken. Han gnuggar tvättsvampen för att få bort kalopssås från tallriken när det knackar på dörren. Vem kommer så här sent, tänker han. När han öppnar dörren står Karin där. Mörkret i trapphuset tillsammans med den skumma belysningen i hallen gör det hela intimt. Innan Karin sagt något tar Valter hennes hand. Leder henne in och fram till madrassen. De lägger sig ner ansikte mot ansikte. Han stryker henne över kinden. Hon blundar. Han kysser mjukt ögonlocken. Smeker hennes hals och bröstkorg.

Vidrör försiktigt brösten ovanpå klänningstyget. Hon flämtar till. Första kyssen avslöjar att de båda längtat länge efter varandra.

Dagen därpå har Valter fjärilar som fladdrar runt i kroppen. Han fumlar med brädorna på jobbet. Kan inte sluta tänka på Karin och natten som var. På lunchrasten sitter han med några arbetskamrater på en bänk utanför. Valter äter smörgåsarna han brett på morgonen.

"Vad gjorde du igår Valter?" frågar mannen mittemot honom. "Du är röd om kinderna och ler trots att jobbet idag varit oerhört tråkigt."

Alla ser på Valter och han känner hur han rodnar.

"Berätta nu", säger en annan kamrat. "Har du träffat en dam?"

Valter tycker det är för tidigt att dela med sig av sina känslor för Karin. Han vill vara en gentleman.

"Om det vore så väl", skrattar han. "Nej då, jag hade bara en bra dag igår. En gammal vän var på besök och hade goda nyheter med sig."

Kapitel 17 (År 1919, ett år senare)

Det är söndag, men eftersom det regnar idag blir det morgonkaffe inomhus. Just när Valter funderar på om han ska gå in till Nils hör han ytterdörren öppnas.

"Hallå Valter", ropar Nils. "Jag har de allra bästa nyheterna!"

"Det låter fantastiskt. Kom in och slå dig ner så ska du få en kopp kaffe också."

Nils sätter sig vid bordet och Valter tar fram en kopp åt sin vän. Fyller den med nykokt varmt kaffe.

"Berätta", uppmanar han.

"Jag har fått brev från sinnessjukhuset där Elna är", säger Nils. "Hon är friskförklarad och får komma hem."

"Det var verkligen goda nyheter! Det skålar vi på."

Vännerna slår ihop sina kaffekoppar så det skvimpar över. De skrattar. Ögonen är blanka.

Valter vet vad det betyder för Nils att få hem sin älskade Elna.

"När kommer hon?"

"Nästa vecka. Karin flyttar imorgon. Jag ska ordna så hon känner sig välkommen tillbaka hem."

Valter hajar till när han nämner Karin.

”Vart flyttar Karin?”

Nils ser på honom förvånat.

”Hem till Malexander. Till mor och far.”

Valter och Karin har träffats i smyg ett tag. Allt är nytt och skört. De vill inte förstöra något genom att berätta för andra. Deras relation är deras. Men nu blev det genast knepigare. Det skulle bli svårt att ses i smyg.

”Vad tänker du på?” undrar Nils och ser på sin vän.

Valter skrattar till.

”Nejdå, inget särskilt. Jag är bara så glad för din skull och Elnas.”

”Jag kommer åka och hämta Elna i Vadstena nästa söndag. Skulle du möjligen kunna passa

Eva under tiden. Eftersom inte Karin är kvar här då?”

Valter känner sig en aning obekväm inför att vara ensam med ett sådant litet barn, men svarar:

”Javisst. Självklart.”

Söndagen därpå åker Nils tidigt. Valter står med Eva i famnen och ser genom fönstret hur han kliver upp i droskan.

”Vad ska vi hitta på idag då?” Han ser på Eva som tittar tillbaka med sina stora djupblå ögon.

"Ska vi ta en promenad?" Hon jollrar till och han tar det som ett ja.

De går ner till ån och tittar på änderna som simmar där. På hemvägen passerar de John Swennerts Speceriaffär. En äldre dam är på väg ut och håller upp dörren så Valter kan rulla in barnvagnen.

"En far med barnvagn. Vad heter tösen?"

Valter motstår frestelsen att erkänna att barnet inte är hans. I stället spelar han med.

"Det här är min lilla Eva."

Damen klappar Eva på huvudet innan hon går vidare. Valter tänker tanken att han kanske en dag ska gå med sin egen dotter eller son i barnvagn. Han köper ett par ägg och frukt. När de kommer hem kokar han fruktsoppa till Eva och steker ett par ägg till en äggsmörgås åt sig själv.

Senare samma kväll när Nils hämtat Eva sätter sig Valter vid köksbordet och skriver brev till Karin. Hennes flytt gick snabbt och de hann inte tala mycket. Han var på arbetet och när han kom hem var hon borta. Hon hade lämnat en lapp med sin adress i hans brevlåda. Skriv gärna, hade hon skrivit under adressen. Han saknar henne och det finns mycket han vill fråga om och berätta, men han vet inte riktigt hur han skulle formulera sig. Att skriva brev till en vän är en sak, men till någon man har starka kärlekskänslor för är en annan. Efter flera omskrivningar landar det ändå i följande:

Käre Karin, jag saknar våra möten. Jag saknar dig. Din doft. Dina händer. Din närhet. Jag saknar att samtala med dig om min vardag på arbetet och din vardag hemma med Eva. När jag somnar om kvällarna saknar jag vetskapen om att du ligger på andra sidan väggen. En dag skulle jag vilja uppleva att vi somnar tillsammans utan någon vägg emellan oss alls. Det känns tomt utan dig. På jobbet har jag inte längre något att längta hem till. Mitt liv är bra och jag är tacksam över att ha ett bra arbete, en god vän i din bror och ett eget hem. Men du saknas mig. Tror du vi kan ses snart igen? Din Valter.

Han går ut och lägger brevet på brevlådan längre upp på gatan. Två dagar senare väntar ett brev innanför dörren när Valter kommer hem efter arbetet. Han plockar upp det. Sätter sig vid köksbordet med ytterkläderna på. Sprättar upp och tar ut pappret. Känner igen Karins handstil och läser ivrigt:

Käre Valter, vilket fint brev du skickade mig. Det landade inte bara på hallmattan utan också i hjärtat. Naturligtvis vill jag ses så snart det går. Efter jag läste ditt brev berättade jag om oss för far och mor. De vill bjuda in dig på middag nästa söndag om det går bra. Säg att du vill komma, min älskade Valter. Din Karin.

Naturligtvis vill han det. Söndagen därpå tar han på sig vit skjorta och svarta byxor. Han har fått dem av paret Lindell. Herr Lindell hade blivit rund om magen och kunde inte längre komma i sina gamla kläder. Eftersom han inte var någon slit-och-släng-person tog han med det till arbetet för att fråga Valter om det var något han kunde ha. Det ville han. De satt pösigt på honom, men det var kläder av god kvalitet. Han får väl äta upp sig. Då kommer de sitta perfekt.

Valter hoppar på tåget som tar honom till Boxholm. Därifrån ska en buss ta honom till Malexander. Det är Nils som tipsat honom om busstrafiken. Valter hade aldrig hört talas om det. Nils hörde på radion om en buss med plats för tretton passagerare som körde längs olika sträckor i Östergötland sedan årsskiftet. Två gånger per dag går den tydligen mellan Boxholm och Malexander. Valter har åkt automobil som går på el tillsammans med herr Lindell. Men en buss som drivs av bensin är något annat. Han ser fram emot bussresan.

Bussen avgår från stationen i Boxholm. När Valter kliver av tåget står redan tre personer och väntar på bussen. En dam med en liten vit hund. En kraftig herre med mustasch och en ung pojke med tre tårtkartonger staplade på varandra. När bussen kommer går mannen med mustasch fram först. Han är så bred att han får pressa sig genom dörren. Efter honom kliver damen med hunden upp. Hon håller hunden i famnen och räcker fram en peng med den andra.

Busschauffören ser på damen och pengen.

"Det räcker inte", säger han. "Det är halv biljett för byrackan också."

Damen blänger surt och snäser:

"Då så Ludde. Har du betalt biljett får du sitta på eget säte också."

"Det går alldeles utmärkt", svarar chauffören. "Så länge han har två ben i golvet som alla andra."

Damen fnyser och kliver in.

Valter sätter sig längst bak. Bussen skumpar och kränger på den smala grusvägen som slingrar sig fram. Utanför fönstret ser han hur slätten övergår i tallskogar och marken blir stenig. Till höger skymtar han sjön Sommen. Några gånger får de stanna och släppa förbi hästekipage. Framme i Malexander är det Valter och pojken med tårtkartongerna som går av.

Kapitel 18

Snett mittemot kyrkan ligger huset. Det ser ut exakt som Karin beskrivit det. Falurött trähus med vita knutar och fönsterbågar. Till vänster en länga med dass. Några höns pickar mask i rabatten. Valter knackar på den grönmålade dörren. En vacker kvinna i fyrtioårsåldern öppnar.

Hon ler mot Valter.

"Välkommen. Maj heter jag. Du måste vara Valter."

"Tack", säger Valter och kliver in. Maj har samma intensivt gröna ögon som Karin. Håret är lite mer gråsprängt och uppsatt i knut. De går in i farstun där Valter tar av skorna och hänger av jackan på en krok. De passerar köket och går in i stora rummet där Karin och hennes far sitter. I en vit kakelugn sprakar elden. Karin ler varmt när han kommer in. Valter går först mot

Karins far och sträcker fram handen. Fadern reser sig upp och tar den

"Välkommen Valter. John heter jag. Slå dig ner där vid bordet så ska vi strax äta."

Valter och John sätter sig till bords medan Karin och hennes mor hämtar in maten för att servera. Känslan som Valter får av familjen är varm och öppen. Här bryr man sig om varandra. Han förstår varifrån Nils fått sin värme och kan lätt se Karin och Nils som små här i huset.

"Berätta om din familj Valter", ber Maj. "Varifrån kommer du? Vilka är dina föräldrar?"

Valter skruvar på sig. Vet inte vart han ska börja eller hur mycket han ska berätta. Inte ens Karin vet allt.

”Jag minns inte mina föräldrar”, svarar han. ”Jag fick en fosterfar när jag var fyra år och där bodde jag tills jag var sexton. Därefter flyttade jag till Mjölby där jag fick arbete i en snickeriverkstad. Där är jag kvar och trivs bra.”

”Vi har hört mycket gott om dig”, svarar John. ”Både av Karin och Nils.”

Efter middagen går Karin och Valter på en promenad. De promenerar genom den lilla byn och Karin berättar om människorna som bor i husen de passerar. Valter njuter av att höra henne tala. Han ser på hennes kroppsspråk att hon trivs här. När de kommer utanför byn och husen glesnar tar han hennes hand i sin.

”Om vi en dag skulle bo tillsammans. Vart skulle du vilja att det var?”

Hon ser på honom länge innan hon svarar

”Jag vill leva med dig här i Malexander.”

Några timmar senare på bussen tillbaka till Boxholm tänker Valter på hennes ansiktsuttryck när hon sa det. Hon såg lugn och bestämd ut. Nästan som hon redan kan se det framför sig. Han funderar på hur det ska gå till bara. Hur ska de ha råd med eget hus? I Malexander finns inga lägenheter att hyra. Vad kan han arbeta med där?

Veckorna går och Karin och Valter fortsätter sin brevväxling. De bedyrar sin kärlek till varandra och funderar på hur de ska kunna leva tillsammans. Ibland kommer Karin till Mjölby för att träffa sin bror och hans familj och passar på att få en stund ihop med Valter.

Efter jobbet den tjugofjärde maj ligger ett brev innanför dörren när Valter kommer hem. Han blir som vanligt glad och sätter sig direkt för att läsa.

Min Valter, Vad ska vi ta oss till? Det som inte fick ske har ändå skett. Vi som varit försiktiga. Allt tyder på att jag bär på ett barn. Jag törs inte berätta för mor och far. De skulle inte vilja att vi får barn innan giftermål. Åh, jag som vill ha giftermål av kärlek. Inte för vi måste. Vad ska vi göra? Jag är utom mig av förtvivlan Valter. Din Karin.

Valter läser brevet flera gånger. Går fram och tillbaka i det lilla köket. Kokar kaffe och läser brevet igen. Så sätter han sig för att skriva tillbaka.

Min vackra Karin, Jag kommer på söndag för att be din far om lov att gifta mig med dig. Om du vill gifta dig med mig såklart. Vill du? Jag älskar dig och vill dela livet med dig. Ett barn med dig skulle vara den största gåvan. Vi får inte tänka på vårt barn som ett problem. Barnet är skapat av kärlek och giftermålet blir också det av kärlek. Det oroar mig inte. Det enda som oroar mig är att finna ett arbete i Malexander så jag kan försörja dig och barnet. Din Valter.

Valter tar av sina besparingar och köper en trolovningsring i juvelerarbutiken. Han hoppas Karin ska tycka om den. En blå sten, formad som ett hjärta sitter på guldringen. Han känner asken i fickan när han återigen knackar på den gröna dörren. Den här gången öppnar Karin.

”Far sitter där inne”, säger hon och backar för att släppa in Valter.

Han känner hur hjärtat slår när han kliver in och ser John.

”Valter, vad trevligt att se dig igen. Hur står det till?”

Han känner sig torr i munnen och harklar sig innan han fattar mod och säger:

”John, jag har kommit för att be om er dotters hand. Vi har lärt känna varandra under en tid nu och vi har båda fattat tycke för varandra. Jag har arbete och kan försörja oss. Helst vill vi bo här i Malexander, men just nu har jag inget arbete här. Men kanske så småningom. Vi vill bilda familj och leva ihop som man och hustru.”

Valter tar ett djupt andetag och ser på John.

John ställer sig upp. Går fram till fönstret och ser ut, vänder han sig om och går mot Valter.

Lägger en hand på hans axel.

”Valter, jag ser inget hinder för att du och min dotter ska gifta er. Både jag och min hustru håller av dig. Vad beträffar arbete här så kan jag höra mig för. Jag ser gärna att ni bor här.”

Kapitel 19

Eftersom Karin väntar barn vill Valter och hon gifta sig så snart som möjligt. Därför går de med på att bo hemma hos Karins föräldrar till en början. Men Valter vill ha ett arbete innan han flyttar dit. Han vill inte leva på bekostnad av svärföräldrarna. Han sitter i köket hos Nils och Elna. Lilla Eva har nyss börjat gå och staplar runt genom att hålla sig i stolar och bordsben. Hon jollrar glatt när hon tar tag i tyget på Valters byxben. Han klappar henne på huvudet.

"Jag är glad att få dig till svåger", säger Nils.

"När flyttar du?" undrar Elna och häller upp kaffe.

Valter tar en klunk och håller ena handen under koppen så det inte ska skvimpa över och landa på Eva.

"Så snart jag hittar ett jobb där."

"Jag kan höra med David", säger Nils. "Vi var klasskamrater och nu driver han en smedja. Jag vet att han har lärlingar hos sig ibland. Vad tror du om det?"

"Det är inget jag har någon erfarenhet av, men jag är öppen för allt", svarar Valter.

Ett par dagar senare knackade Nils på hos Valter. Valter hade precis kommit hem från verkstaden.

"Nu ska du få höra. Jag talade med David om arbete i smedjan. Men han hade inte råd att ha någon just nu.

Däremot sa han att de sökte efter en lärare i småskolan. Lärarinnan är gammal och vill sluta arbete men de hittar ingen som vill ta över och undervisa de små.” Nils ser leende på Valter som gnuggar sig i ansiktet.

”Tack Nils för att du hörde dig för. Det uppskattar jag. Men jag som lärare? Jag har knappt gått i skolan själv.”

”Jo, fast du skriver ju alltid brev och i dina anteckningsböcker. Skriva och läsa kan du. Det är det du ska lära dem.”

Nils ser uppmuntrande på honom.

”Dessutom hade lärarinnan sagt att hon kunde vara kvar några veckor för att lära upp den som ska ta över.”

Valter suckar djupt. Inser att det är en möjlighet för honom och Karin att kunna gifta sig innan graviditeten börjar synas för andra. De har inte berättat för någon än. Inte ens för Nils eller hennes föräldrar. Det kommer säkert inte dröja länge innan mor hennes anar något. Om hon inte redan gjorde det. Även om han har svårt att se sig själv som en lärare är det ändå ett arbete. Han lovar Nils att han ska åka dit och träffa lärarinnan i alla fall.

Valter knackar på dörren till Lindells kontor.

”Kom in!”

Valter kliver in och harklar sig.

”Jag vill berätta för er att jag ämnar sluta mitt arbete här inom snar framtid. Jag är trolovad med en flicka från Malexander och avser flytta dit.”

”Då får jag gratulera”, utropar Lindell. ”Det måste vi skåla för.” Han går fram till bokhyllan och öppnar ett skåp. Tar fram en flaska konjak och häller upp i två glas. Räcker över det ena till Valter.

”Skål för kärleken.”

Lindell frågar om Karin, var de ska bo och var Valter tänkt sig arbeta. Han berättar om lärarjobbet och sin tveksamhet inför det.

”Det där ska nog gå bra ska du se. Du är en klok och rättfärdig ung man. Ungarna kan skatta sig lyckliga med en sådan lärare.”

”Tack, men jag är inte van vid barn. Vet inte riktigt hur jag ska vara bland dem”, svarar Valter.

Lindell skakar på huvudet.

”Var som du är. Det där kommer ordna sig ska du se.”

Valter får ledigt dagen därpå för att åka och träffa den gamla lärarinnan, Gunvor Lundholm. Han anländer till Malexander just som skolklockan ringer in. Gunvor visar in honom till klassrummet och tar fram en stol som hon placerar bredvid sin egen bakom katedern. Karin hade varit där och talat med henne om Valter, så hon visste att han skulle komma för att se hennes yrke och eventuellt ta över om det gick bra. Kommunpolitikerna behöver också godkänna Valter innan han tar anställning om det blir aktuellt. Han hoppas de kan bortse från hans knappa skolgång. Skolmiljön väcker minnen och känslor i honom. Han kommer att tänka på de fyra pojkarna. Mobbingen han behövt uthärda. Känner sig nästan illamående ett tag när han sitter och lyssnar till fröken Lundholms undervisning. Han har inte tänkt på det på flera år, men miljön gör att det bubblar upp i honom.

När barnen gått hem efter skoldagen slut sitter Valter en stund tillsammans med fröken Lundholm. Hon frågar om hans tidigare erfarenheter av arbete, barn och skola. Valter svarar ärligt som det är. Ingen erfarenhet av barn i den åldern och en torftig skolgång.

"Det kan nog bli tufft för er. Men om ni vill så ska jag rekommendera er för kommunen, men be dem skicka er på småskoleseminarium först. Jag uppfattar er som principfast, ärlig och reko. Sådana förebilder behöver barnen."

Innan Valter tar bussen tillbaka går han förbi hos Karin och berättar om hur dagen gått och om lärarinnans förslag om småskoleseminarium.

"Hur känner du inför det?" undrar Karin.

"Lite orolig, ska jag erkänna. Jag gissar att jag kommer vara ensam man där. Vad ska folk tycka om en man som småskollärare?"

Karin skrattar till.

"Älskade Valter. Det är 1919 inte 1819. Kvinnor är alltmer jämställda männen. Det är dags för män att också göra sådant som enbart kvinnor gjort tidigare. Tycker du inte?"

"Så genom att bli en manlig småskollärare stödjer jag kvinnokampen, menar du?"

"Exakt", svarar hon och ler nöjt.

"Ja men då så. Då får det bli så. Om kommunen tillåter mig."

Redan veckan därpå dimper ett brev, stämplat från Boxholms kommun, ner i brevlådan.

Valter sprättar kvickt upp det och läser:

Herr Bergstrand,

Kommunstyrelsen har kommit fram till att ni kan anställas som småskollärare under förutsättningen att ni deltar i småskoleseminarium under två månader förlagt i Skara. Om ni tackar jag kommer mer information skickas. Seminariet startar 2 juni.

Kapitel 20

Karin och Valter bestämmer sig för att ordna bröllop innan Valter ska resa till Skara för att utbilda sig till lärare. De har bokat en tid med prästen i Malexander och går förbi skolhuset och genom grindarna till prästbostaden. Innan Valter knackar på dörren tar Karin hans hand. Trycker den och ser honom lekfullt i ögonen. Han skrattar till. Det känns overkligt att de står här utanför hos prästen och ska till att gifta sig.

Prästen öppnar dörren iklädd svart tröja med den vita kragen, grå byxor. Han tar Valter i hand och nickar igenkännande till Karin.

De slår sig ner i finrummet med stora skinnfåtöljer och fönster som vetter mot kyrkan.

"Vi skulle vilja gifta oss före andra juni. Tror ni det är möjligt?" frågar Valter.

Prästen kliar sig på hakan.

"Hur gammal är du Valter?" frågar han.

Valter ser förvånad ut över frågan.

"Arton. Jag har fyllt arton", svarar han.

"Jag anade att det var så", svarar prästen. "Om du inte är myndig behöver du skriva till kungs först."

Prästen ser på Valter och Karin att de inte riktigt förstår.

"Det innebär att ni måste skriva och be kungen om lov till giftermål eftersom mannen måste vara myndig innan han ingår äktenskap enligt lagen. Konungen har befogenheter att ge dispens om konungen tycker det finns fog för det. Har ni någon särskild anledning till att inte vilja vänta med giftermålet tills Valter fyller tjugoett?"

Efter besöket hos prästen går Karin och Valter ner till bryggan och sätter sig. De ser ut över Sommen utan att säga något på en bra stund.

"Vi måste berätta om barnet." Det är Valter som bryter tystnaden. Karin nickar. Han ser en tår längst hennes kind. Torkar bort den och lägger en arm om hennes axlar.

"Kom, så går vi och talar med dina föräldrar meddetsamma."

Det är Valter som talar. Karin sitter tyst bredvid. Mittemot sitter John och Maj. Valter berättar vad prästen sagt och om barnet som Karin bär på. Maj sätter handen för munnen och drar efter andan. John reser sig hastigt. Går fram till fönstret. Står en stund med blicken ut i trädgården. Sedan vänder han sig och ser på Karin.

"Ni är för unga. Du får föda barnet och lämna bort det. Giftermål kan ni vänta med."

Valter ser på Karin. Hon öppnar mun flera gånger som för att säga något. Men det kommer inget ljud. Hon reser sig och springer ut från huset. Bort förbi kyrkan och ner till vattnet.
Valter rusar efter och finner henne på knä i sanden. Han går ner på knä bredvid och håller om.

Men hon skakar sig fri och gråter nu högljutt.

”Tror du inte han ändrar sig när barnet är fött?” frågar Valter försiktigt när snyftningarna lugnat sig.

Karin skakar på huvudet.

”Far säger inget han inte menar. Han kommer inte ändra sig.” Hon torkar tårarna med blusärmen.

”Jag förstår det bara inte. Vi älskar ju varandra och vill gifta oss. Varför får vi inte behålla barnet?” Karin ser upp och möter Valters blick. Som att han skulle ha svaret. Valter skakar långsamt på huvudet.

”Jag förstår faktiskt inte heller. Han har säkert för avsikt att skydda dig från byskvaller och dåligt rykte. Men om vi skriver till kungs och får lov att gifta oss innan födseln...” Karin avbryter honom.

”Vi gör det ändå! Vi skriver till kungs och får vi dispens så gifter vi oss. Då kan ingen hindra oss att behålla barnet. Då bestämmer du Valter och inte far.”

”Vill du verkligen det? Jag menar... Då kanske du förlorar dina föräldrar. Tror du inte din far bryter kontakten om vi går emot hans vilja?”

”Då får det vara så.”

Karin följer med Valter tillbaka till Mjölby. Dagen därpå skriver det ett brev till Konungen och ber om lov att ingå äktenskap eftersom de väntar barn och vill leva tillsammans. Därefter följer några veckor av oro. Valter fortsätter arbeta på snickeriet som han avtalat med Lindell fram till andra juni då utbildningen ska börja. Karin ber Valter tala med Lindell om att få stanna kvar på fabriken och inte börja utbildningen. Hon vill inte bo kvar i Malexander och möta sin far. Valter är inte riktigt säker. Han hade börjat se fram emot att skola sig till lärare.

Skriva och läsa är något han alltid tyckt om. Kanske han kan höra sig för om lärartjänst i Mjölby i stället så småningom. Men seminariet betalas av Boxholms kommun under förutsättningen att han tar tjänst i Malexander. Valter ligger sömnlös om nätterna. Tänker på jobb, utbildning, Karin och barnet. Och vad kommer Nils och Elna säga? Tänk om de också tar avstånd när de får veta om deras planer.

”Vi måste berätta för din bror innan din far gör det”, säger Valter.

”Ja, men det är väl bäst att vänta på svar från Konungen först så vi vet själva hur framtiden ser ut?”

”Men vad gör vi om vi får avslag från Konungen?”

Valter känner sig stressad av ovissheten. Eftersom de bestämt att inte berätta riktigt än för Nils skriver Valter i stället brev till sin gamla vän Erik. Han vill tala med en klok person som inte är inblandad. Någon som kan se det utifrån och kanske komma med ett annat perspektiv.

Valter vill inte riskera att möta CJ så de bestämmer träff i Vadstena.

Kapitel 21

Samtidigt som klosterkyrkan klämtar elva slag anländer Valter till Vadstena. På långt håll ser han Erik stå utanför rådhuset som de bestämt. Vännerna omfamnar varandra och går sedan uppför storgatan. På andra våningen ovanför charkuteributiken ligger ett café dit Valter och Erik beslutar sig för att gå. De beställer varsin kopp kaffe med mazariner till.

"Hur har du det Valter? Jag uppfattade i brevet att du hade något särskilt du ville tala om", säger Erik och ser på sin vän.

Valter berättar om graviditeten, lärarjobbet, giftermålet och Karins fars förslag om att lämna bort barnet.

"Förlåt att jag lägger mina bördor på dig. Jag vet bara inte vad jag ska göra. Tankarna snurrar och jag skulle verkligen behöva någon annans perspektiv på allt."

"Jag vet inte om det är någon hjälp. Men när jag hör dig berätta kommer jag att tänka på en annan jag känner som gjorde en flicka gravid innan giftermålet. De valde att emigrera till Amerika. På så vis kunde de starta om på nytt utan att bli dömda av släkt eller trångsynta bybor."

Valter tar en tugga av mazarinen. Ser ut på folkvimlet nedanför fönstret.

"Amerika?"

"Ja, gå utbildningen till lärare och får ni ja till giftermål så gift er först. Då kommer du till Amerika som gift lärare och har alla möjligheter framför dig."

Valter skrattar till.

”Jag tror minsann du gav mig än mer huvudbry än jag redan hade. Men det tål att tänkas på.

Det gav verkligen ett nytt perspektiv.”

När Valter kommer hem berättar han om Eriks idé för Karin.

”Amerika? Det är overkligt! Min väninna Ingrid från Malexander var förbi en sväng förut och nämnde också Amerika. Jag berättade inte om graviditeten för henne, men sa att far var emot äktenskapet. Då berättade hon om ett annat par som flyttat till Amerika.”

”Vad tycker du om idén?” frågar Valter.

”Skrämmande, men kanske också en bra lösning. Jag skulle sakna min bror och hans lilla familj. I övrigt har vi varken dina eller mina föräldrar som stöd här i Sverige ändå.”

”Då tycker jag vi gör så här”, säger Valter. ”Vi funderar fram tills vi får svar från Konungen angående giftermålet. Vi kan resa både med och utan giftermålet, men det vore såklart enklare att resa som herr och fru.”

Torsdagen därpå ligger det äntligen där. Brevet med kungasigillet. Karin vecklar snabbt upp det och läser tyst. Valter sitter vid bordet och ser på.

”Men vad står det? Läs högt.”

”Hans majestät har gett oss dispens”, utropar hon. ”Vi får lov att gifta oss!”

Valter far upp och tar tag om Karins midja. De dansar runt i det lilla köket som om de vunnit den högsta vinsten på lotteri. I stunden finns inga mörka moln. Innan de somnar på kvällen talar de länge om vad som väntar dem. Deras framtid. De ser en stor vit omålad tavla som de kan fylla med vilka färger och vilket motiv de själva önskar.

"Jag vill gärna gå småskoleseminariet", säger Valter. "Jag vill få en utbildning och ett yrke. Även om jag säkert kan få snickerijobb nu efter min tid på verkstaden drömmer jag om något annat. Att läsa och skriva har alltid legat nära mitt hjärta. Nu har jag en möjlighet."

Karin ser på Valter. Ser hans glöd när han talar om utbildning och skrivandet.

"Då gör vi så", säger hon. "Vi gifter oss. Du går utbildningen och vi flyttar en kort tid till Malexander så du kan påbörja tjänsten. Efter det flyttar vi till USA. Vi tar reda på så mycket vi kan om Amerika och vad det kostar att ta sig dit utan att berätta för en enda själ. Det här är din och min hemlighet."

Malexander är en liten socken och att hitta en ledig bostad som helst inte ligger allt för nära Karins föräldrahem är svårt. Karin hör sig för med sin väninna. Valter talar med Nils.

När Valter tackar ja till tjänsten som småskollärare och till seminariet kontaktas han av lärarinnan Lundholm. Hon vill att de ses innan och Valter åker tillbaka till Malexander. Han kliver av bussen och går till skolan. En röd, två våningar hög, byggnad förlagd alldeles bredvid kyrkan. Halva huset består av klockarbostad och den andra av skola. Det är lördag eftermiddag och barnen har slutat för dagen. Valter går in och tar trappan upp till klassrummet där de sågs senast. Lärarinnan sitter vid katedern och ser upp när Valter knackar lätt på dörrposten.

”Bergstrand, kom in. Vad glad jag är att ni vill ta över mitt arbete så jag kan få ägna mig åt annat medans jag fortfarande har ork kvar. Jag ser dåligt nu för tiden och det har blivit allt svårare att skriva på tavlan.”

Valter lyssnar på Lundholm och läser mellan raderna. Även om hon beklagar sig över jobbet har hon älskat det. Att få vara med och se när ett barn lär sig läsa är en ynnest. Att få läsa ett barns första egenskrivna berättelse är ett förtroende man ska vårda ömt.

”Kom så går vi ner och tar oss en kaffe och smörgås”, säger hon efter en stund och reser sig.

Valter öppnar dörren åt henne och följer efter. En trappa ner finns en dörr till höger som han missade förut. Den leder in till ett stort luftigt rum med högt i tak. En grön kakelugn pryder rummet och ger det karaktär. Innanför rummet finns ett mindre mörkare rum med kokspis, ett fyrkantigt träbord och två pinnstolar.

”Slå er ner ute i soffan”, säger Lundholm. ”Jag kommer strax.”

Valter sätter sig i soffan som står mitt i rummet. De ljusgröna sammetsdynorna är vackert inramade av en trästomme. Det är ett särskilt ljus i rummet som gör det både lugnt och fyllt av energi. De stora fönstren släpper in solen. Trägolven ger värme. I motvikt till det lätta luftiga står den gröna kakelugnen och tynger. Kombinationen är helt perfekt.

”Visst är det ett härligt rum”, säger Lundholm och går fram och ställer en bricka på soffbordet framför Valter.

”Det här är lärarbostaden. Jag flyttar ut när jag slutar och den står till ert förfogande om ni önskar.”

Valter blir helt chockad. Och kände sig dum. Att de inte tänkt på det. Att det kunde finnas en lärarbostad i anslutning till skolan. Han kunde knappt vänta på att komma hem och berätta för Karin.

Kapitel 22

Helgen innan det är dags att resa till Skara småskolseminarium är bröllopet planerat. Karin och Valter är överens om ett litet enkelt giftermål med sina närmaste vänner. Ända sedan Karin var liten har hennes mor sagt att den dagen hon gifter sig ska det vara i mors bröllopsklänning. Den har hennes mor sytt, Karins mormor, som inte lever längre. Nu är läget ett annat och Karin är ledsen över det, men väljer att sy sin egen klänning. Hon har ett fint gräddvitt tyg och ska sy den ankellång. Efter bröllopet kan hon färga om den för att kunna återanvända den på andra fester och tillställningar. Av ett par gamla spetsgardiner ska hon sy en lång generös slöja. Blommorna ska hon plocka vilda från skogen. De svämmar över av liljekonvalj nu och det är de vackraste blommor Karin vet.

Valter skriver inbjudningskort och postar till Alice, Erik och Lydia samt Karins väninna Ingrid och paret Lindell. Till Nils och Elna behöver han inte posta utan stoppar dem direkt i deras brevinkast.

De beslutar sig för att ha bröllopet i Mjölby kyrka och därefter får följet komma med hem till dukat långbord på bakgården. Elna har lovat hjälpa till och Alice ska baka tårta. Nu får de be till vädergudarna att solen kommer lysa på dem och deras dag.

Tidigt på bröllopsdagen knackar Elna på dörren. Hon hämtar Karin och tar med bröllopsklänningen. Samtidigt går Nils in till Valter.

”Nästa gång ses ni i kyrkan”, fnittrar Elna och stänger dörren om männen. Hon och Karin äter frukost tillsammans och sedan hjälper hon till med Karins håruppsättning.

”Har du blommorna?” frågar Karin.

”Jajamän, du kan bara njuta av din dag nu.”

Samtidigt inne hos männen står Valter vid fönstret.

”Tror du det blir regn? Det är en del moln på himlen.”

”Kom och sätt dig nu”, skrattar Nils. ”Drick lite kaffe. Vädret blir som det blir ändå. Det rår vi inte på.”

Nils och Elna hade gjort upp innan att Nils ska gå till kyrkan med Valter tjugo minuter innan flickorna. I kyrkan sitter redan deras vänner samlade. Längst fram står Valter och prästen. Alla väntar på Karins intåg. Valter har handsvett. Han ser på altartavlan. En målning av Jesus i Getsemane. Den plats där Jesus bad kvällen före korsfästelsen, tänker Valter. Då kliver Karin in. Alla ställer sig upp. Hon är vacker i sin klänning. Solljuset från den öppna porten bakom henne ger ett nästan himmelskt sken. Valter är rörd och uppfylld av kärlek. När hon ställer sig bredvid honom ser han hennes fuktiga ögon. Prästen håller lovprisning och bibelläsning innan han ber en bön över ringarna. Därefter Herrens bön och välsignelse innan de alla sjunger psalmer. Det nygifta paret går ut på kyrkbacken medan vännerna hurrar och kastar gryn. Lindell skjutsar paret i elbilen tillbaka hem. Där får de slå sig ner i trädgården medan Alice, Elna, Ingrid och Lydia hjälps åt att hämta ner maten.

”Välkommen till familjen.” Nils omfamnar Valter.

”Gratulerar! Vilken fin ceremoni”, säger Erik och klappar Valter på ryggen och ger Karin en lätt puss på kinden.

Valters glädje över giftermålet och vännernas närvaro grumlas av vetskapen att detta kan vara sista gången de ses. Han och Karin har lovat varandra att inte berätta om den kommande Amerikaflytten. Just nu känns det svårt. Han får kämpa för att bara visa glädje och inte den sorg han också känner.

Nu kommer Elna ut och har med sig en flaska bubblande vin. Alla får varsitt glas och herr Lindell ropar: ”Brudens skål!” Därefter slår de sig ned runt det dukade långbordet och påbörjar middagen. Inte förrän sent på kvällen tackar alla gäster för sig och kvar blir brudparet med Nils och Elna. Lilla Eva har somnat i sin pappas famn.   ”Berätta om era framtidsplaner”, säger Nils. ”Blir ni kvar här i Mjölby?”

Karin och Valter ser på varandra.

”Jag kommer gå utbildningen i Skara och direkt därefter flyttar vi till Malexander. Skolan har en mycket fin lärarbostad där vi får bo”, svarar Valter.

”Det låter som en fin framtidsplan”, säger Elna. ”Fast vi kommer sakna er som grannar såklart.”

”Nu tycker jag brudparet ska gå en trappa upp och njuta av bröllopsnatten”, skrattar Nils.

”Vi plockar undan här nere.”
De omfamnar varandra och Karin och Valter går upp till sig. Valter hjälper Karin få av sig klänningen. Han lägger båda sina händer på hennes mage. Om man vet kan man ana en liten utbuktning.

”Tror du det är någon som misstänker något?”

”Kanske, men vad gör det? Nu är vi gifta min älskade hustru. Vårt barn kommer födas inom äktenskapet.” Valter ser på Karin och uppfylls av kärlek och omsorg.

”Vad är ditt lyckligaste barndomsminne?” frågar hon.

Valter blir ställd av frågan. Första tanken på barndomen är inte alls lycklig. Det är övergrepp, misshandel, mobbing och självmordstankar. Men kring allt det jobbiga är han ändå känslokall. Minnena är suddiga. Han kan se saker, sekvenser, som i en film med oskärpa. Han känner ingen smärta. Som att han avskärmat sig från allt. Han försöker förgäves få fram bra minnen också.

”Det måste vara något med Georg eller möjligen Erik. De två var mina ljus i en ganska mörk tid. Men Georg försvann när jag var sex år så även de minnena börjar blekna något.”

”Vill du berätta mer om det mörka?” frågar Karin. ”Jag vet ju en del men inte allt och det kanske är skönt för dig att tala om det.”

Valter skakar på huvudet.

”Någon gång ska jag berätta. Jag lovar. Men jag är inte redo än.”

Valter börjar plötsligt kittla Karin. Hon skrattar och backar.

”Vad gör du? Sluta!” skriker hon och fortsätter skratta.

Valter följer efter och kittlar henne tills de båda faller
ner på sängen.

”Det är vår bröllopsnatt nu och vi ska inte tänka på det
mörka idag”, säger Valter och börjar kyssa sin hustru.

Först mjukt på håret, kinderna, öronen. Sedan mer
hungrigt på munnen.

Karin slutar skratta och kysser tillbaka.

Kapitel 23

I handen har Valter en lapp med alla tåg- och bussbyten han ska göra under dagen för att ta sig till Skara station. I andra handen håller han resväskan med kläder och anteckningsböcker. Det pirrar i magen. Karin följer honom till tågstationen och vinkar av.

"Lova att skriva och berätta hur det går för dig."

"Såklart jag ska", svarar Valter. "Ta hand om dig och vår lilla."

Han ger henne en lång kram och en lätt smekning över magen innan han kliver upp på tåget som ska ta honom till Hallsberg. Han ser landskapet utanför fönstret växla från öppna slätter till blandskogar. De passerar en sjö där han ser fiskare i ekor och diverse sjöfåglar. Tåget kör genom små byar och något större städer. De står stilla en stund i Katrineholm. Där går han av tåget för att sträcka på benen och få lite luft. Utanför den vita stationen står folk och väntar på sina tåg. Valter tycker om känslan av att vara på resande fot. Mellan det gamla och det nya. Nästan som att vara i ingenmansland. Man är anonym och kan vara vem och vad man vill. I Katrineholm kliver det på en flicka i hans egen ålder. Hon har en duvblå kappa som tillsammans med kjolen slutar strax under knäna. Hatten är i samma färg som kappan. Håret är modernt kortklippt. Valter får påminna sig om att inte stirra. Så mycket ben har han tidigare bara sett på sin hustru och barn. Inte kvinnor i hans egen ålder. Hon slår sig ner i samma kupé som honom. Valter hjälper henne lägga upp resväskan på hyllan.

"Tack", säger hon. "Jag ber om ursäkt för besväret. Den är ohyggligt tung. Jag ska vara borta två månader och en vet aldrig vad som kan tänkas behöva. Det är så nytt för mig. Jag ska gå en utbildning. Men oj vad jag pladdrar. Jag är nog nervös. Ursäkta." Hon ler förläget.

Valter sätter sig på sätet mittemot kvinnan.

"Ingen fara alls fröken. Då är vi i samma situation. Även jag ska på en utbildning och vara hemifrån två månader. Får jag fråga vad fröken ska gå för en utbildning?"

"Så spännande", utropar hon. "Jo, jag ska läsa till småskollärarinna i Skara. Och ni?"   "Då blir vi kurskamrater", svarar Valter. "Det är samma utbildning som jag ska läsa." Kvinnan gapar och sätter handen för mun.
"Så roligt! En man som läser till småskollärare. Det gör mig glad. Tyra Bremsen heter jag."

"Trevligt, fröken Bremsen. Valter Bergstrand heter jag."

I Hallsberg är det tågbyte. De har nästan en timmes väntan så Valter och fröken Bremsen slår följe till ett närliggande kafé för en kopp kaffe. Fröken Bremsen är en sprudlande kvinna utan hämningar. Valter får höra om både det ena och det andra. Hon är äldst av sina syskon och har tidigt hjälpt mor sin med småsyskonen. Nu är hon nitton och vill bli lärarinna. Hon är född och uppväxt i Katrineholm. Hennes far arbetar på Grönkvists mekaniska verkstad. Mor är hemmafru. De båda uppmuntrar sin dotter till studier och arbete. Hon har tur. Många av hennes väninnor förväntas bara gifta sig och föda barn.

"Inget fel i det förstås", säger hon. "Men jag vill inte bara vara hemmafru som min mor. Jag vill arbeta och tjäna mina egna pengar."

Framme i Skara väntar en buss som tar dem den sista biten till skolan. När de kommer fram står en barsk bastant dam och tar emot dem.

"Valter Bergstrand?" frågar hon.

Han nickar.

"Ni kommer få dela rum med Stig Norby, som är den andra mannen på skolan."

Hon pekar med hela armen mot en låg gul byggnad på en kulle.

"Fröken Bremsen, ni bor i den röda byggnaden till vänster. Där bor de andra flickorna också."

Själva seminariebyggnaden är en imponerande vit trevåningsbyggnad på Malmgatan. Där finns lärosalar och tjänstebostäder åt både lärare och rektorer. Året innan Valter och fröken Bremsen blev antagna fastställdes utbildningen till två läsår. Men då de båda redan fått en tjänst som det är bråttom att tillsätta och då det endast gäller småskolans första två år har de båda fått dispens från sina kommuner. Två månader på småskoleseminariet får räcka.

Om dagarna varvas föreläsningar med praktik. Eleverna turas om att vara lärare i klassen och undervisa i att läsa, skriva och räkna. Valter tycker det är roligt och börjar alltmer se fram emot att få påbörja sin tjänst och ha riktiga barn som elever. Efter skoltiden på kvällarna umgås han mest med fröken Bremsen och Stig Norby. Stig är från Skåne. Han ska fullfölja de två åren och sedan ta anställning på någon skola i Stockholm.

Norby och fröken Bremsen sitter i skolans studierum
när Valter kommer in.

”Följer ni med på invigningen?” frågar han.

De ser upp från sina böcker.

”Är den nu?” undrar Stig. ”Invigningen av museet?”

”Det börjar om tio minuter”, svarar Valter.

Invigningen av Västergötlands museum sker med
pompa och ståt i stadsträdgården. När klasskamraterna
anländer står det två rader med flickor klädda i vitt. De
utgör en allé som prins Carl går genom med en sax för att
klippa bandet och förklara museet öppnat. Sedan blir det
akrobater och musik i solskenet.

Senare samma kväll sitter Valter och skriver brev hem
till Karin. Han försöker återberätta allt i minsta detalj.
Han vill att hon ska få ta del av upplevelsen. Ett par dagar
senare får han svar från Karin. Hon tackar för hans
målande beskrivningar och uttrycker sin glädje för hans
skull. Tänk att han fick vara på samma festligheter som
självaste prins Carl! Hon berättar om graviditetens
utveckling. Hur hon fortfarande mår illa vid vissa lukter
och maträtter. Valter ler när han läser om graviditeten.
Såklart hoppas han hon snart ska slippa må illa, men han
är lycklig över tanken på att de snart är en familj. Herr
och fru Bergstrand med en liten son eller dotter.

Kapitel 24

I början av augusti är det dags för Valter att avsluta studierna och åka tillbaka hem. Han kliver upp på tåget tillsammans med fröken Bremsen. Stig Norby har följt med för att vinka av dem. De ser honom genom fönstret när tåget börjar rulla. Valter ställer sig upp och drar ner rutan till hälften, sticker ut huvudet och vinkar.

"Glöm inte skriva!" ropar Stig.

"Vi ska!" ropar Valter och fröken Bremsen tillbaka i mun på varandra.

Valter drar upp rutan igen och de slår sig ner mittemot varandra precis som under ditresan.   "Tänk att det redan gått två månader", säger Bremsen.
"Ja det är som att tiden gått ohyggligt kvickt, men samtidigt har jag lärt mig så mycket att jag nästan känner mig som en annan människa."

Fröken Bremsen skrattar till.

"Exakt så är det med mig också."

Även denna gång är det tågbyte i Hallsberg och de kliver av.

"Är du hungrig?" frågar Valter.

"Inte särskilt, men en kopp kaffe vore gott." De går tillsammans till samma kafé som sist.

"Hur ser livet ut när ni kommer hem igen?" undrar Valter.

"Då kommer jag påbörja min tjänst som lärarinna på Västra skolan i Katrineholm. Det finns ett rum åt mig där så jag behöver inte bo kvar hemma hos mor och far längre." "Och hur är det med kärleken då? Finns det någon ung herre som väntar på er?" Hon skakar på huvudet och skrattar till.

"Nej, jag har ingen som väntar på mig där hemma. Inte som ni som har en fru och snart ett barn. Det måste vara underbart."

Valter kan inte låta bli att le stort när han tänker på Karin och den lilla. Han ser på klockan att det är hög tid att återvända nu om de inte ska missa tåget mot Katrineholm och Mjölby.

När tåget några timmar senare ankommer till Katrineholm tar Valter fröken Bremsens väska och hjälper henne ut med den. De vinkar och önskar varandra lycka till.

Den sista tågsträckan sitter Valter i egna tankar. Han återskapar samtalet med fröken Bremsen. Lönen hon blivit lovad skulle precis täcka mat och det allra viktigaste. Förvisso ingick boendet. Han hade nästan skämts för att tala om sin lön. Den är betydligt högre. Då har han ändå färre elever än vad hon kommer ha. Katrineholm är mycket större kommun med fler barn. Nu har han en fru och ett barn på gång som han ska försörja med sin lön. Men det är ändå något med att de har samma utbildning och samma jobb men helt olika löner.

När tåget närmar sig Mjölby station pirrar det i Valter av förväntan. Som han längtar efter sin Karin nu! Tåget bromsar in med ett gnisslande skrik. Konduktören ropar ut Mjölby station. Avstigning höger. Valter tar väskan och går mot dörren. Hela tiden med blicken ut genom fönstren för att se om Karin står där. Han kliver ner på perrongen och börjar gå. Söker Karins ansikte bland alla människor som står där. Och där under en lyktstolpe ser han henne. Känner igen kappa. Han skyndar på stegen. Släpper ner väskan och omfamnar henne. Drar in hennes doft innan han till slut släpper taget.   ”Karin! Vad jag längtat efter dig.” Karin torkar bort några glädjetårar.

”Vad skönt att du är hemma igen.”

De går genom Mjölby tillsammans. Där hemma har Karin förberett för en välkomstmåltid och bjudit in sin bror Nils, Elna och lilla Eva.

”Gott att ha dig hemma igen”, säger Nils. ”När börjar din nya anställning som lärare?”

”Om två veckor, så flytten kommer vi göra nu i veckan. Det är skönt att komma tillrätta i bostaden lite innan.”

”Har ni talat något med mor och far?” Nils ser på Karin. Hon skakar på huvudet.

”Det kommer ni behöva göra. Ju förr desto bättre”, säger han.

”Jo, men jag ser helst att far kommer till oss. Det var han som tyckte vi skulle lämna bort vårat barn.”

”Det var klumpigt av honom, men jag är säker på att han ville er väl. Han är av en annan generation”, säger Nils.

Tidigt på söndag morgon kommer bildroskan Valter beställt. Den ska köra delar av deras bohag och en del ska transporteras med bussen. De äger inte mycket och en del finns kvar i lärarbostaden. Valter är spänd på att se Karins reaktion på deras nya hem. Hon har själv gått i den skolan, men aldrig varit i lärarbostaden. Den är helt klart bättre än det hem de har idag. Valter är säker på att hon kommer tycka om den. Den största oron är att de ser från Karins föräldrahem till skolan. Det är bara tvärs över gatan. Malexander är litet och de flesta bor nära varandra. Förr eller senare kommer de stöta ihop. Karins föräldrar vet med all säkerhet redan nu att de ska flytta dit och Valter ska bli den nya läraren. I byn vet alla allt om alla.

Valter och Karin åker med i droskan. Bussen anländer senare. Då kommer de finnas på plats för att ta emot sina saker.

”Jag är så glad för din nya tjänst Valter”, säger Karin. ”Men jag är orolig för att stöta på mina föräldrar också. Jag längtar efter dem samtidigt som jag är arg.”

Valter lägger armen om henne. Bussen skumpar fram över den smala grusvägen.

Utanför dörren till deras nya bostad lyfter Valter upp Karin i sina armar. Han stönar och vinglar till. Karin skrattar.

”Tänk på att du lyfter två personer”, säger hon och stryker sig över magen.

Han bär dem över tröskeln och sätter försiktigt ner henne innanför. Karin ser sig om. Går ut i köket. Till sovkammaren. Till rummet med kakelugnen.

”Valter! Det är helt underbart.”

Kapitel 25

”Jag mötte mor idag”, säger Karin när Valter kommer hem.

Han har varit i Mjölby för att hämta de sista sakerna och lämna tillbaka nycklarna till hyresvärden.

”Oj, talade ni med varandra?”

Han tar av sig rocken och går ut i köket där Karin står och lagar kvällsmaten.

”Ja, det var oundvikligt. Det gick bra. Hon var glad att vi bodde så nära och att vi gift oss och behållit barnet. Hon sa att hon inte hållit med far om barnet, men det är svårt att tala med honom när han bestämt sig för något.”

Valter sträcker sig över grytan och drar in doften.

”Det luktar jättegott.” Han kysser henne på kinden. ”Hur känns det nu då? När du har talat med henne.”

Karin knuffar kärleksfullt undan honom och fortsätter röra om.

”Jag känner mig lättad. Kan nog tänka mig bjuda hem mor någon dag. Det skulle kännas bra med hjälp i början när barnet är fött. Men far bjuder jag inte hem, om han inte ber om ursäkt först.”

Måndagen därpå är det dags för skolstart. Valter har klätt upp sig. Han har tvättat svarta tavlan och skrivit sitt namn högst upp. Vad konstigt det känns att vara den som står här framme nu. Han tänker på sin egen småskollärare. Henne tyckte han egentligen om, men det var en tuff tid i hans liv. Han lovar sig själv att i hans klass ska det inte förekomma översitteri. Det ska han se till. Han funderar kring det där med skamvrå och bestraffningar. Undrar om det verkligen ger något bra resultat eller om det kanske tvärtom skadar ungarna mer än fostrar.

Det finns delade meningar om det i samhället och även på lärarutbildningen har han upptäckt. Majoriteten tycker aga är nödvändigt ont då inget annat hjälper, men några röster här och där tänker mer som honom, att det kan skada barnens självkänsla. Han om någon vet vad misshandel och övergrepp är och vilka spår det sätter inombords. Valter är noga med att inte visa det utåt, men det finns många dagar och situationer som gör honom illa till mods. Ofta tar han på sig skuld och skam för sådant som kanske inte ens är hans. Om Karin är ledsen på grund av graviditetshormonerna ser han det genast som att han är en dålig make som inte varit omtänksam nog. Han inser det själv. Att han tar på sig skuld för sådant han inte kan styra över.

Men det kommer per automatik och är svårt att ändra på.

Valter sneglar på klockan och ser att det bara är några minuter kvar nu tills skolan startar.

Där ute på skolgården börjar barn och föräldrar samlas. Han tänker på sin egen första skoldag.

Hur Georg följt honom dit. De hade inte haft några föräldrar.

Valter trycker ner järnhandtaget och skjuter upp dörren. In kommer solen och ljudet av barnröster. Någon skrattar och någon gråter. En föräldraröst säger skarpt åt ett barn att det måste gå i skolan. När Valter ställer sig på det översta trappsteget och ser ut över gården tystnar det. Alla ser på honom. För en kort stund blir han stum och nervös. Känner sig som barn, men harklar sig och säger:

”Välkomna till Malexanders småskola. Magister Bergstrand heter jag. Nu får ni släppa taget om era föräldrar så går vi in i klassrummet och börjar.”

Han gör på samma sätt han minns att hans lärarinna gjorde den första skoldagen. Han står kvar på trappan och tar alla i hand. Pojkarna bockar och flickorna niger. Han räknar till 34 barn. När alla kommit in i klassrummet och hittat varsin bänk att sitta vid, sätter sig Valter bakom orgeln och tillsammans sjunger de psalmen *Din klara sol går åter upp...*

Den första dagen slutar lunchtid. Barnen går hem och Valter går in till Karin. Hon har stekt fläsk och kokat potatis.

”Berätta. Vad lärde du barnen deras första skoldag?”

Valter berättar vad de hade gjort och om några barn han redan tyckte sig se att det skulle kunna bli problem med och sedan om några han redan vurmade lite extra för.

”Det är en pojke som heter Ragnar. Han är kvicktänkt men skygg. Ser nästan undernärd ut och har smutsiga naglar. Jag vet att vi ska bedöma sådant och bestraffa orenheter så de lär sig sköta hygien, men jag tycker synd om honom. Han kom själv i morse också utan föräldrar.” Karin sträcker sig över bordet och tar Valters hand i sin.

”Kan det vara så att du känner igen dig själv som barn i honom?”

”Så kan det nog vara. Du är klok du Karin. Och du kommer bli en bra mor.”

För varje dag som går blir Valter alltmer bekväm i rollen som småskollärare. Han trivs i

Malexander och i bostaden med Karin. Karin har börjat träffa mor sin igen och tycker om

livet som lärarhustru. Hon ser fram emot att föda deras barn. En kväll efter att de lagt sig säger Valter:

”Jag har funderat på det där med Amerika.”

Karin nickar.

”Jag med.”

”Vill du också stanna här?” Hon nickar igen.

”Åh, vad skönt. Då säger vi så. Vi stannar i Malexander.”

Det blir en lättnad för dem båda att slippa tänka på och planera för en flytt i smyg till ett annat land. Även om det hade varit ett äventyr också. Men nu ser de båda fram emot att få barn här och kunna umgås med Karins mor, Nils och Elna. Karin har oroat sig över båtresan med ett litet barn också. Det kan hon släppa nu och bara fokusera på deras hem här.

Åtta veckor före beräknad förlossning vaknar Karin av ett hårt hugg i magen. Hennes skrik väcker Valter. Han sätter sig upp och tänder en fotogenlampa. Karin skriker igen och håller händerna om magen.

”Vad händer?” frågar Valter.

”Jag tror det är dags.”

”Vad ska jag göra? Telefonväxeln är inte öppen än.”
Valter känner panik.

”Hämta mor”, kvider Karin.

Valter drar på sig byxor och springer barfota ut i natten
bort mot svärföräldrarnas hus. Han bankar på dörren och
ropar.

Karins far sliter upp dörren och frågar ilsket vad som
står på.

”Karin ska föda. Det är för tidigt. Hon vill att Maj ska
komma.”

Valter är andfådd efter springturen.

Far går utan ett ord in i huset. En kort stund därpå dyker
mor upp. Hon följer med Valter till lärarbostaden. Går in
i sovkammaren. Säger åt Valter att ordna trasor och varmt
vatten innan hon stänger dörren om dem.

Kapitel 26

Valter sitter i köket med en kopp kaffe. Skolan börjar snart. Han har ingen ork till att möta barnen, men det måste gå. Karin har bott hos sina föräldrar sedan i fredags. Barnet kom ut blå i ansiktet. Maj rensade andningsvägarna, bankade barnet i ryggen och blåste luft ner i lungorna. Allt förgäves. När läkaren kom konstaterade han bara det de redan visste, att navelsträngen legat runt barnets hals och hindrat det från att andas. Barnet var döfött. Karin beskyllde sig själv. Valter och hennes mor likaså. Även fadern var tagen av händelsen och gjorde nu allt han kunde för att ta hand om sin dotter.

Valter reser sig. Stannar till i fönstret och ser bort mot svärföräldrarnas hus. Därinne ligger hans Karin. Vad kan han säga eller göra för att få henne tillbaka till sig? Han känner sig ensam i sorgen. Han förstår att han inte kan göra annat än låta det ta tid och låta henne sörja som hon behöver. Men han önskar de kunde sörja ihop. Luta sig mot varandra.

Han öppnar dörren och släpper in barnen. Stänger av känslorna tills skoldagen är slut. Efteråt minns han knappt vad han sagt där framme vid tavlan. Han sitter kvar bakom katedern och hör någon komma upp för trappan. Dörren glider upp och Karin kommer in. Hon ser på honom med rödgråtna ögon. Han reser sig upp. Går fram och drar in henne i famnen. De står så länge. Båda gråter. Håller hårt i varandra.

Bara två dagar senare begravs deras son. Prästen ger barnet sin välsignelse. Valter och John bär den lilla hemmasnickrade kistan. Nils och Elna är med. Maj håller

en arm runt Karin. När kistan sänks ner i jorden faller Karin på knä. Valter skyndar sig fram för att hjälpa henne upp. Men hon sliter sig fri. Skriker högt. Valter sätter sig ner bredvid henne. Låter henne skrika och stryker ömt hennes rygg. Det blir inget kyrkkaffe. Inga andra är bjudna till begravningen.
Karin är inte redo att tala med någon annan om Bengt. De har döpt pojken till Bengt Georg Bergstrand. Efter begravningen flyttar Karin hem igen till Valter. De ska klara detta tillsammans.

Tiden efter arbetar Valter i skolan på dagarna och tar hand om Karin på kvällarna. Hon gråter och gråter. Orkar inte ta hand om hemmet eller laga mat. Valter ordnar med allt. När det gått en månad säger Karin:

”Jag vill flytta.”

”Flytta?” undrar Valter. ”Från Malexander?”

”Från Sverige. Jag vill flytta till Amerika. Börja om.”

Valter vill inte flytta längre. Han trivs med sitt jobb. Deras sons grav är här. Han går dit varje dag. Lägger en blomma och talar med honom. Berättar om sin dag, om skolbarnen och mor Karin.

”Ska vi inte vänta med det ett tag?” frågar han. ”Är det inte skönt att ha din familj runt oss nu?”

Karin skakar häftigt på huvudet.

”Far fick som han ville”, skriker hon. ”Jag vill inte se honom varje dag. Jag vill inte bo granne med min sons grav. Allt här påminner om det. Jag orkar inte!”

Valter vet inte vad han ska svara. Han har aldrig sett Karin så arg. I stället för att argumentera går han ut. Tar en promenad ner till sjön Sommen. Sätter sig ner på den lilla sandremsan. Tänk hur snabbt livet kan ändra sig. För drygt en månad sedan hade de framtidsdrömmar. De var lyckliga. Väntade ivrigt på sitt barn. Nu är barnet dött och snart deras kärlek också. Karin kanske har rätt ändå. Att flytta till Amerika och lämna allt bakom sig kanske kan rädda dem. Men tanken på att lämna lilla Bengt i sin grav kändes svårt. Han är inte redo för det än.

Veckorna går och deras gräl tilltar i styrka. Ibland sover Karin i föräldrahemmet, men ofta slutar det med att hon kommer hemrusandes arg på far sin.

"Jag har talat med Nils", säger Karin en dag när Valter kommer hem efter jobbet. "Jag ska bo hos dem ett tag."

"Hur länge då?" undrar Valter.

"Jag vet inte." Karin går fram till Valter. Stryker honom över kinden. Han fångar hennes hand och kysser den.

"Jag älskar dig", säger han.

"Jag vet. Jag älskar dig också. Men det gör så ont och jag är arg hela tiden. Jag måste komma bort ett tag. Förstår du?"

"Jag förstår", svarar han. "Bara du kommer tillbaka igen."

Några dagar efter att Karin åkt till Mjölby kommer ett brev till Valter från militärmakten.

Han har fått en inkallelseorder att göra värnplikten. Först knölar han ihop brevet och kastar det på golvet. Sedan sätter han sig och skriver en ansökan om befrielse från värnplikten eftersom han precis tvingats begrava sin son. När ett nytt brev från militärmakten anländer tre veckor senare öppnar han med darriga händer och läser de första raderna. Avslag på begäran om befrielse. Valter Bergstrand ska inställa sig för militärtjänstgöring inom en månad. Han sätter en lapp på dörren till skolan. Där står det att han är sjuk och skolan är inställd de närmaste dagarna. Han packar en väska och åker till Mjölby.

Det är Nils som öppnar dörren.

”Valter?” Nils ser glad och förvånad ut. ”Har det hänt något?”

Karin kommer ut i hallen.

”Vi drar”, säger Valter. ”Vi drar till Amerika.”

Kapitel 27

Genom sin gamla vän Erik får Valter tag på biljetter till Amerikabåten. En emigreringsagent har varit i Åsbo. 232 kronor betalar Valter för två tredjeklassbiljetter. Som lärare tjänar han 110 kronor om året. Ångfartyget Stockholm avgår från Göteborg. Karin och Valter kommer fram på kvällen. Båten går tidigt morgonen därpå. Valter hade hoppats att Karin skulle vara entusiastisk över resan och deras nya liv. De skulle göra som hon ville och lämna det gamla bakom sig. Men hon är känslokall. Inte längre ledsen eller arg som i början. Det är som att alla känslorna tagit slut. Hon är ett tomt skal. Gör bara som han säger. Packar och följer med. Men utan glädje eller sorg. Utan att säga särskilt mycket alls. Det här är värre. Förut var han ensam utan henne, men nu känner han sig ensam med henne.

Valter och Karin tar in på ett sunkigt hotell, två trappor upp på packhusplatsen. Hotell Hembygden. Det är fullt av människor som ska lämna Sverige och andra som precis anlänt dit. I korridoren hörs många olika språk de aldrig hört förr.

”Hur ska vi förstå amerikanska språket när vi kommer fram?” undrar Karin.

”Det lär vi oss säkert. Det är många svenskar som rest dit före oss. Har de lärt sig så kan väl vi.”

De vaknar tidigt morgonen därpå. I frukostmatsalen är det redan liv och rörelse. Många ska med samma båt som dem. Varsin kaffe och knäckebrödssmörgås med fett serveras. Valter och Karin tar sin packning och går ner mot hamnen. Han går några steg bakom. Tänker att hon är vackrast av alla i sin gröna kappa. Det står massor av människor överallt. En del ska vinka av nära och kära. Andra försöker få en plats på det överfyllda fartyget. Valter visar upp biljetterna och de får gå ombord. Karin håller hårt i väskan och i Valter. De hänvisas ner under däck och in i en hytt tillsammans med många andra. Det finns våningssängar och madrasser på golvet. Kvinnor, män och barn om vartannat. Valter ser en överslaf som ser ledig ut och föser Karin dit. Samtidigt som Karin lägger sin väska på bädden kommer en kvinna med tre barn. Det minsta barnet ser nyfött ut och skriker gällt. Karin backar och ger sängen åt kvinnan i stället. De fortsätter söka efter en plats att slå sig ner på. Till slut hittar de en ledig madrass på golvet bakom några väskor. De slår sig snabbt ner och gör sig hemmastadda.

"Två veckor ska vi leva så här." Karin ser på Valter.

"Det kommer bli en prövning", svarar han. "Men vad är två veckor när vi har hela livet framför oss sen?" Valter ler och stryker Karin över håret. Hon ler inte tillbaka. Det har hon inte gjort sedan deras son föddes utan liv i kroppen.

På morgnarna den första veckan serveras det gröt till frukost uppe på fördäcket. En lång kö ringlar sakta fram till serveringsbänken. En rödhårig man slevar upp i de muggar man fått ihop med biljettköpet. En mugg per biljett. Tappar man bort sin mugg får man köpa en ny. Det är trångt, många är sjösjuka, en del kräks. Längst ner under däck, där Karin och Valter har sin plats finns det ohyra. Om nätterna skriker barn och några hostar så man är rädd att de ska få upp lungorna. Det är aldrig helt tyst. Aldrig helt stilla. Folk blir irriterade på varandra. En del slagsmål bryter ut. Men de flesta har ingen ork till att slåss. Efter den första veckan blir grötportionerna mindre. Färskvattnet sinar och portioneras ut snålt. Det är varmt och stökigt. Karin och Valter försöker hålla sig tysta och för sig själva. Sover bort mycket av tiden. Efter två veckor, som känns mer som två år, är de till sist framme. De ligger på madrassen och hör hur fler och fler ropar glatt, hurrar.

"Tror du vi är framme?" frågar Karin.

Valter hjälpte henne upp på benen.

"Kom, vi går upp och tittar."

Alla trängs för att få en första glimt av Amerika. Av New York.

Det första de möts av är den ståtliga Frihetsgudinnan. För ett ögonblick blir det, för första gången under hela resan, knäpptyst på båten. Bara motorerna hörs. De överväldigas av gudinnans storlek. Den känns som en symbol och liknelse för den storhet Amerika har. Båten lägger till vid Ellis Island och landgången fälls ner. Människor armbågar sig fram för att komma av. En kö går till färjeterminalen där de ska kontrolleras innan de får ta sig vidare med färjan till Manhattan. De blir undersökta av läkare, de får svara på frågor om sin hälsa, orsaken till att de vill bo i Amerika och hur mycket pengar de har att leva på den första tiden.

Kön går sakta och de ser flera få vända direkt och kliva tillbaka upp på båten igen. Karin och Valter håller varandra hårt i handen. Framme hos kontrollanten blir de separerade efter att ha visat sin nationalitet och pengar. Karin träffar en sjuksköterska bakom ett skynke medan Valter träffar en läkare bakom ett annat. De känner, klämmer, kollar löss och lyssnar på hjärtat och lungorna.

Till slut blir de godkända och kan återförenas på utsidan av terminalen.

”Jag skulle vilja se Frihetsgudinnan på nära håll innan vi åker vidare”, säger Karin.

Valter är på väg att säga nej. Säga att de inte har tid utan måste fara vidare innan det blir mörkt. Men så hejdar han sig. Ser att Karin ler. Ler ett stort brett leende. Han omfamnar henne.

”Det är klart vi ska se på Frihetsgudinnan”, säger han. I stället för att hoppa på färjan till Manhattan tar de den mindre båten som kör turister till Liberty Island.

De går av båten och fram till gräsplätten framför statyns fundament. En parkarbetare går runt med en gräsklippare.

”Titta”, säger Karin. ”Det finns en trappa. En kan gå upp i henne. Tänk vilken utsikt.”

”Jag är inte mycket för höjder.”

”Det gör inget”, halvt ropar Karin och är redan på väg. ”Du kan vänta där.”

I väntan på Karin slår Valter sig ner på en bänk och vänder ansiktet mot solen och havet. Det är befriande att vara av båten och känna fast mark under fötterna. Allt känns nytt och möjligt. Han känner på sig att de kommer få ett bra liv här i Amerika. Erik känner en grabb som flyttat hit ett år tidigare. Han hade skrivit brev hem och berättat om skolor med svenska barn som undervisades på svenska. Det gav Valter hopp om att kunna fortsätta arbeta som lärare här. Han har fått adressen till grabben, som heter Jacob. Eller Jan hade han hetat i Sverige, men bytt till Jacob, när han kom hit. Erik har frågat om Valter tänkt byta namn när han kommer till Amerika. Valter tyckte det skulle kännas konstigt att byta namn, men han ändrade första bokstaven till W så det blev Walter.

Walter hör ett gällt skrik bakom sig. En hög duns och sedan blir det tyst. Men snart kommer människor rusandes. Någon har ramlat ner från Frihetsgudinnan. Parkarbetaren har stängt av gräsklipparen och står med händerna för munnen. Walter reser sig och tittar vad det är alla ser på. Han känner direkt igen Karins gröna kappa. Han vinglar till. Personen bredvid honom tar tag i hans arm innan han faller.

Kapitel 28

Walter öppnar ögonlocken. Blinkar av det skarpa solljuset innan blicken fokuseras på ett par mörkblå okända ögon. Han ser grått hår och skäggstubb. Ser att munnen rör sig. Det tar några sekunder innan han uppfattar vad mannen säger.

”Är du svensk? American?”

”Svensk, jag är svensk”, säger Walter. ”Var är Karin?” Exakt då minns han.

Mannen med det grå håret står lutad över honom. Walter ligger på bänken han nyss satt på och väntade på att Karin skulle komma ner från Frihetsgudinnan.

”Föll hon eller hoppade hon?” frågar Walter.

”Fönstret uppe i kronan sitter högt upp. Det är inget man råkar trilla ut från bara. Jag är ledsen.”

Walter slår händerna för ansiktet. Mannen knuffar till honom lätt.

”Bilambulansen är redo att åka till hospitalet. Skynda dig så du hinner med.” Walter släpper ner händerna och ser förvånat på honom.
”Överlevde hon?”

”Det ser ut så. Men det är nog bråttom.” Innan mannen hinner tala färdigt är Walter på benen och skyndar sig fram till ambulansen. Han knackar på plåten precis som den börjar rulla. Föraren tittar frågande på honom.

"Det är min hustru." Han pekar mot Karin som ligger på en bår.

Mannen med det grå håret kommer ikapp och säger något på amerikanska. Föraren kliver ur bilen och öppnar bakdörrarna. Walter nickar tacksamt och hoppar in.

"Har du tid att åka med?" frågar han mannen. "Jag kan inte ett ord på amerikanska."

"Det är klart jag följer med. Per Jonson heter jag."

Ambulansen rullar mot färjan som ska ta dem till Manhattan där hospitalet ligger och Walter ser på Karin. Runt pannan har hon ett bandage som delvist är färgat rött av blod. Över mun och näsa sitter en syrgasmask. Höger ben ligger i en onaturlig vinkel. Helst vill han krama om henne, känna på henne. Men han är rädd att göra henne illa. Vem vet hur många ben som är brutna i hennes kropp? Hade hon verkligen velat dö? Tusen tankar far runt i hans huvud.

Framme vid sjukhuset blir Walter och Per hänvisade till ett litet rum utan fönster. Det är kvavt. Walter har svårt att sitta stilla. Han går av och an. För att få tiden att gå och Walter att tänka på annat börjar Per berätta om sin amerikaresa tio år tidigare.

"Vi var åtta syskon som skulle leva på gården efter våra föräldrar. Skörden var knaper och några av oss började se oss om efter andra arbeten. Men det var svårt. Jag fick höra om en man i grannbyn som hade rest till Amerika och fått jobb med så bra lön att han skickade hem pengar till familjen i Sverige. Med adressen till honom i fickan reste jag ensam på vinst och förlust."

"Det var modigt", säger Walter.

"Alla vi som gett oss av hit har haft mod. En vet inte vad som väntar. Men det har ändå lockat mer än att stanna kvar där hemma. Vad har ni för planer efter New York?"

"Vi skulle ta oss upp till Rockford, Illinois", svarar Walter. "En väns bekant arbetar på en svenskskola där. Jag är lärare och tänkte höra mig för efter arbete. Men nu vet jag inte riktigt längre. Allt beror på Karin och hur hon mår." Walter är tillbaka i verkligheten och ser ner i golvet.

En läkare knackar på och kliver in. Han talar med Per. Walter försöker lyssna för att kanske förstå något ord eller avläsa hans ansiktsuttryck. När läkaren går igen ser han på Per.

"Er hustru är svårt skadad efter fallet, men kommer överleva. Hon har flera operationer framför sig och kommer vara kvar här åtminstone fyra veckor. Det finns möjlighet för dig att stanna i ett anhörigrum, men det är dyrt."

Walter drar en djup suck av lättnad. Känner hur tårarna stiger. All den oro han känt släpper. Karin kommer överleva. Allt annat är av mindre betydelse. Per bjuder in Walter att stanna några dagar hemma hos honom.

Han arbetar på nedre Manhattan och bor i samma hus några våningar upp. Det är en tvårumslägenhet med fönster mot Hudsonfloden. Högt i tak. Varmt om somrarna och kallt om vintrarna. På en byrå står foton uppradade och en svensk flagga av trä. Var man än är i lägenheten hör man prat och ljud från gatulivet. Dygnet runt. Walter känner sig överväldigad av allt nytt. Varje dag går han till sjukhuset för att se hur Karin har det. På nätterna kämpar han mot alla tankar och känslor som väckts genom Karins självmordsförsök. Han förebrår sig själv. Tänker att det måste vara något fel på honom. Han lämnades han av sina föräldrar, av Georg och nu vill Karin lämna honom. Hon vill hellre dö, än starta nytt liv tillsammans. Ångesttårarna rinner i mörkret. Tyst för att inte väcka Per som sover i rummet bredvid. Hela tiden maler samma fråga:

Vad är det för fel på honom?

Walter måste slumrat till för han vaknar av kaffedoft och hör Per smånynna för sig själv.

"God morning", säger Per när han ser att Walter vaknat. "Kom ska du få se i tidningen. Det står om Karins fall från Frihetsgudinnan."

Walter kommer snabbt på fötterna. Han slår sig ner vid köksbordet och stirrar på bilden i tidningen. Man kan se Karins kropp ligga på magen i gräset nedanför statyn. Det syns tydligt att en benet är i en konstig vinkel och blod rinner från sidan av pannan.

"Vad står det?"

"Rubriken är mirakelkvinnan som överlevde fallet", svarar Per. "Ett vittne säger sig sett fallet och berättar att hennes kappa blev som en fallskärm. Den fylldes av luft och verkar ha blivit hennes räddning."

Kapitel 29

Efter fyra veckor och ett antal operationer har Karin fått komma ut från sjukhuset. Men hon sitter i rullstol och de kan inte bo kvar hos Per. De bestämmer sig för att försöka ta sig till Rockford, Illinois. Staden de planerat slå sig ner i om Walter bara kan hitta sig ett lärarjobb på en svenskskola. Efter olyckan har han skrivit till Eriks vän där och fått till svar att de kan stanna hos honom och hans hustru tills de hittat eget. De har ett hus som de byggt själva. Mark har de fått av staten som nybyggare. Nu är reglerna ändrade och marken är inte längre gratis, men det finns ledig mark att köpa till ett bra pris. Walter tänker att han kan arbeta ihop pengar under en tid för att senare kunna köpa en bit mark. Via järnväg och buss ger de sig av mot Rockford. 1500 km väster om New York ligger deras nya hemstad. Belägen i norra delen av Illinois. De har hört att många svenskar bor där och det känns som en trygghet. Resan är lång, varm och stökig. Det är tungt för Walter att släpa rullstolen upp och ner för tåg och bussar. Men många människor är hjälpsamma och vänliga trots att han inte förstår vad de säger.

De sista 16 milen från Chicago till Rockford blir det buss med företaget Greyhound. Walter hade hört att en svensk man varit med och startat bussbolaget några år tidigare.
Busschauffören kliver ur och hjälper till att lyfta upp Karin och rullstolen. Han pekar bakåt i bussen och de slår sig ner allra längst bak. På sätet framför dem sitter en kvinna med en bur i knät. I buren sitter två bruna hönor hopträngda. När Karin och Walter talar med varandra vänder kvinnan sig om.

”Är ni från Sverige?”

”Ja, vi kom för en månad sedan och ska till Rockford. Hur länge har ni varit här?” frågar Walter.

Kvinnan berättar att hon lever i Rockford med sin make sedan tre år tillbaka. Maken arbetar på en stor möbelfabrik som betalar bra lön. De anställer gärna svenskar där eftersom de har rykte om sig att vara noggranna och duktiga snickare.

”Har ni redan arbete eller söker ni?” frågar hon.

Walter berättar att han är utbildad lärare och helst vill arbeta på en svenskskola, men att han har erfarenhet från snickeriverkstad också.

”Då kan jag höra med min make om ni vill. Greta Johnsson heter jag och Edvin heter min make.”

”Vi är Walter och Karin Bergstrand”, svarar Walter.

När de anländer till Rockford ser de först floden som klyver staden i en östlig och en västlig del.

”De flesta svenskarna bor i den östliga delen”, förklarar Greta. ”I väst bor fler italienare.”

Greta visar var hon och maken bor och så följer hon med och visar till adressen som Walter fått från Eriks vän. Det är ett timmerhus målat med ljusgrön färg. Framför i trädgården finns rabatter med blommor i olika rosa nyanser. Allt ser prydligt och välskött ut. Walter går fram och knackar på. Karin sitter nedanför trappan i rullstolen. En kvinna i tjugofemårsåldern öppnar dörren.

”Välkomna Walter och Karin”, säger hon. ”Vi har hört så mycket gott om er från Erik. Jag ska ropa på min make så får han hjälpa er lyfta rullstolen.”

Strax därefter kommer en lång ljushårig karl ut genom dörren. Han ler brett.

”Välkomna”, säger han.

Mannen presenterar sig som Jacob och berättar om staden, svenskskolan han arbetar på och hur de byggt sitt hus där några år tidigare.

”Vet du om det finns lediga jobb på skolan nu?” undrar Walter.

”Nu är vi mitt i en termin och det finns lärare, men kanske till januari när nästa termin startar. Jag ska höra mig för.”

Walter tackar och berättar om Greta Johnsson som de mött på bussen och ett eventuellt jobb på möbelfabriken så länge.

”Ja, det låter som en god idé”, säger Jacob.

Han visar Karin och Walter runt i huset och var de kan sova tills de får in lön och kan skaffa eget. Det är höga trösklar mellan rummen för att minska golvdraget om vintern. Karin kan inte ta sig mellan rummen utan hjälp och inser att hon kommer bli väldigt låst om dagarna när Walter och Jacob arbetar. Men det är som det är och de får vara tacksamma för all hjälp de får. Karin tänker flyktigt att hon har sig själv att skylla. Än har inte Walter och hon talat ut om händelsen. De har fokuserat på boende, arbete och hennes återhämtning. Hon får en klump i magen av tanken på att behöva berätta om det för Walter. Men hon vet att det är oundvikligt.

Han har rätt att veta.

Karin väljer att förekomma Walter och tar själv upp ämnet redan samma kväll när de lagt sig för att sova.

”Jag gissar att du undrar över varför jag valde att hoppa...”, börjar hon.

Walter snurrar runt under täcket och vänder sig mot henne.

”Såklart undrar jag. Jag tänker på det hela tiden. Mest vad jag gjorde för fel. Vad hade jag kunnat göra annorlunda?”

Karin skakar sakta på huvudet. Ögonen tåras.

”Du gjorde inget fel. Det var jag som inte kunde handskas med vår sons död. Jag kände att jag svikit både dig, honom, mina föräldrar, alla. Det var bäst för alla om jag försvann.” Walter flyttar sig närmare och lägger armen om Karin. Även hans ögon är tårfyllda.

”Jag klarar mig inte utan dig. Jag har förlorat mina föräldrar, syskon, vår son..” Rösten spricker och Walter snyftar högt. ”Jag orkar inte förlora fler. Tänker att det är mig det är fel på. Att ingen kan stanna kvar hos mig. Det är någon förbannelse över mig.” De håller hårt om varandra ända tills de somnar.

Kapitel 30 (År 1920)

Ett par månader har Walter arbetat på möbelfabriken. Det är skönt att få arbeta med händerna och något han verkligen kan. Karin har återhämtat sig bra efter fallet och går nu med hjälp av en käpp. Samtalen om kvällarna har hjälpt dem båda att läka och växa samman mer som ett par.

"Jag skulle verkligen vilja skaffa ett eget hem snart", säger Karin. "Tror du det är möjligt?"

"Så snart jag börjar som lärare igen kommer min lön höjas. Då finns större utrymme att spara pengar,"

"Jag kanske kan jobba med något när jag är helt läkt."

"Om du vill", svarar Walter. "Greta jobbade tydligen som hembiträde hos ett svenskt prästpar innan hon fick barn. Är det något sådant du tänker dig?"

"Jo, kanske. Jag kan sy, städa, laga mat och ta hand om barn. Någon kan säkert betala för mina tjänster. Men det måste vara en svenskfamilj. Jag kan inte språket än."

"Jag kan höra mig för när du är återställd."

På möbelfabriken arbetar Walter ihop med många andra svenskar. Det är skönt att få samtala på sitt eget språk. Flera kommer från Småland och Skåne. Än har han inte mött någon mer från Östergötland. Gretas make Edvin var till stor hjälp när Walter var ny på arbetet. Han presenterade honom för de andra och visade hur han skulle göra. Mest talar han med LångJohn. Han är nästan två meter och kommer från Småland. Idag står de bredvid varandra och svarvar sängben. Det doftar färskt trä och lite bränt. Maskinerna låter högt och de får skrika för att höras.

"Hur går det för er med boendet?" frågar Lång-John. "Vill du bygga eget?"

"Jo, men det kostar. Jag behöver arbeta mer först så jag får ihop ett kapitel att handla mark och byggmaterial för."

"Här kan man få låna av banken i stället. Väldigt förmånligt."

Walter uppskattar sin arbetskamrats stöd och intresse, men vill ändå göra det i på sitt vis och tycker inte om att stå i skuld. Han har en plan som han följer. Efter tiden hos CJ hade det blivit viktigt att inte vara i beroendeställning till någon. Alla pengar han sparat från jobbet i Sverige på snickerifabriken och skolan hade han betalat båtbiljetterna med. Det är skönt att vara fri och kunna betala för sig och sin familj. Det tänker han fortsätta med. Först sparar man och sedan köper man. Inte tvärtom. Det är viktigt för honom.

Karin tycker det är skönt nu när hon kan ta sig runt i huset med hjälp av käpp. Hon har klättrat på väggarna av tristess tidigare när hon satt i rullstolen och inte ens kunde ta sig över trösklarna mellan rummen utan hjälp. Nu kan hon hjälpa till med maten och städningen.
Känna att hon har ett värde och bidrar i stället för att vara till belastning.

Karin står vid den moderna elektriska spisen. Käppen är lutad mot bänken. Hon kokar majskolvar. Bakom henne sitter Jacobs hustru Anna. Hon skalar potatis som ska vara till potatiskakan.

”Vet du hur jag kan gå till väga för att få ett arbete?” frågar Karin. ”Jag skulle vilja bidra till att vi kan spara till eget hem.”

”Varför lånar ni inte? Det är så man gör här i Amerika. Man lånar på banken och så investerar man sina pengar på börsen. Jag vet flera familjer som lagt besparingarna på aktier som sedan stigit så snabbt i värde att de kunnat betala av huslån inom bara några få år.”

Aktier och börsen har Karin hört talas om, men förstår inte riktigt hur pengar kan bli mer pengar så snabbt utan att en arbetar. Hon ska tala med Walter om det. Kanske de ändå måste anpassa sig bättre till sitt nya hemland och inte hålla sig kvar i gamla tankar och svenska normer.

Walter lyssnar på Karins idéer om att investera i aktier och ta ett lån.

”Du kanske har rätt. Men det känns ovant. Jag tycker inte om otryggheten i att vara skyldig banken pengar. Vad händer om aktierna sjunker i stället för stiger?”

”Anna sa att det är många svenskar som tjänat mycket pengar på kort tid genom aktier. Varför skulle inte vi kunna det också?”

Några dagar senare går Walter till bankkontoret för att ansöka om banklån och investera i aktier. Med hjälp av Lång-John har han funnit en bit mark att bygga på. Det är en prisvärd tomt i ett bra område, tycker Lång-John. Och bara om några veckor börjar nytt läsår och han har fått en tjänst på samma svenskskola som Jacob arbetar på. Det kommer innebära högre lön och mer pengar att köpa aktier för. Inom ett par år kommer de vara skuldfria och ha ett hus.

Nu vänder det för oss, tänker Walter när han kliver in i bankens flotta byggnad. Högt i tak, marmor och välklädd personal.

Senare samma kväll sitter de fyra i köket. Karin, Walter, Jacob och Anna.

”Vi har fått banklån till att köpa tomten och till byggmaterial”, säger Walter. ”Tack Jacob och Anna för er gästfrihet. Den har betytt mycket för oss. Skulle ni behöva någon hjälp framöver finns vi för er.”

”Vi vet själva hur betydelsefullt det är att känna folk när en kommer till ett nytt land”, svarar Jacob. ”Vi blev också väl emottagna av andra svenskar, så vi ville hjälpa tillbaka. Och så var ni vän med Erik också. Naturligtvis hjälper jag även med ert nybygge i mån av tid.”

”Tack”, säger Walter. ”Stort tack.”

Walter får en klass på 28 svenska barn i åldern sex till åtta år. Han ska lära dem läs, skriva på svenska samt räkna och svensk historia och traditioner. På skolan arbetar utöver Walter och Jacob även fröken Lilly, rektorn Frank och sju andra lärare. Klasserna var uppdelade i två olika åldrar sex till åtta och nio till tolv. Jacob har svenskundervisning för de äldre barnen och fröken Lilly undervisar båda åldersgrupperna i engelska. Utöver det har eleverna geografi, kristendom, och teckning. Och så har pojkarna idrott och flickorna hemkunskap.

Kapitel 31

Efter en tuff start i det nya landet börjar både Walter och Karin se en ljusglimt och en försiktig framtidstro växa inom dem. Karin går nu utan käpp och har fått anställning hemma hos Walters tidigare chef på möbelfabriken. De har tre barn i åldrarna två, fyra och sex. Den äldsta pojken går i Walters klass. Karins uppgifter är att få iväg pojken till skolan, städa huset, handla och laga mat under tiden han är borta. De två små barnen tar hustrun hand om på förmiddagarna. Karin hämtar pojken efter skolan igen och då ska hon sysselsätta alla tre barn under tiden hustrun är i kyrkan och arbetar med välgörenhet. Alla vardagar mellan klockan åtta och femton arbetar hon hos familjen Andersson. Det ger ett bra tillskott till Walters och Karins aktiesparande.

Walter arbetar samma tider i skolan, men efter arbetsdagens slut går han hem och byter om och fortsätter arbeta på deras husbygge. En del dagar har han hjälp av Lång-John och andra av Jacob. Karin går från det ena hushållet till det andra. Hon hjälper Anna med kvällsmaten och trädgårdsarbetet.

"Min kära Karin", säger Walter och lägger armarna om henne när han kommer hem från husbygget på kvällen. "Hur mår du? Hur går det för dig på arbetet?"
Karin ler och kramar tillbaka.
"Det känns fint att kunna bidra till vår gemensamma framtid. Ibland är det slitsamt, men det gör gott när jag tänker på varför jag gör det. Och så vet jag att du sliter än hårdare."

”Du säger väl till om det blir för tungt? Det känns bra att vi gör det tillsammans, men jag vill inte att det sliter på dig för mycket.”

”Du behöver inte oroa dig för mig”, svarar Karin.

Det är en lycklig tid. Mycket är nytt och spännande. Walter lär känna kollegorna, de nya eleverna och utvecklas som lärare. Med hjälp av fröken Lilly försöker han lära sig lite engelska. Karin trivs med nya arbetet. Familjen Andersson har ett fint hus och barnen är väluppfostrade. Från hustrun lär hon sig mycket om kulturen i det nya landet. Husbygget går framåt. Sakta men åt rätt håll. Det blir fyra rum och ett kök. Rejält timmer, el och rinnande vatten.

”Har vi råd med all lyx?” undrar Karin.
”Det får vi lov att ha. Vi bygger ett hus i livet och där ska vi och våra kommande barn leva länge.”

”På tal om kommande barn...” Karin lägger en hand på sin mage.

Walter stannar upp och ser frågande på henne.

”Är du.. Ska vi..” Karin nickar.

”Är det sant?” utropar Walter. ”Du gör mig så lycklig.”

Ingen av dem säger det som båda tänker. De talar inte högt om rädslan att det som inte får ske, sker ännu en gång. Var och en för sig somnar den kvällen med deras döda son i tankarna.
Lycka och sorg blandas i samma stund.

Det väntande barnet i Karins mage ger Walter en anledning att jobba på än mer med huset.

Helst vill han att huset står klart innan födseln. Men det beror på hur mycket hjälp han kan få. Ensam går det långsamt att bygga. Det blir långa dagar och efteråt inte mycket mer än middag och sova. Tiden som Karin och Walter får tillsammans blir allt mindre. Av rädsla för att även denna graviditet ska sluta utan barn går Karin ner i arbetstid. Hon kommer överens med familjen Andersson att bara arbeta eftermiddagar så hon får sova ut på morgnarna. I stället börjar arbetsdagen med att hon möter deras pojk i skolan, går hem tillsammans med honom och passar barnen tills hustrun är hemma igen. Ingen städning eller matlagning. Även hemma om kvällarna kan Karin vila mer. När Jacob och Anna får reda på Karins tillstånd och hennes förra graviditet beordrar de Karin att ta det lugnt. Visst känner Karin tacksamhet och ödmjukhet, men också en rastlöshet. Allt blir en lång väntan på Walter om kvällarna. Trots att hon vet hur han sliter för deras skull blir hon stingslig och irriterad när han faller i sömn direkt efter maten varje kväll. Hon känner sig ensam. På jobbet träffar hon nu bara familjens barn.
Hemma sitter hon mest för sig själv när Anna far runt mellan affären, trädgården och köket.

Hon blir ensam med sina tankar och rädslor.

Walter kämpar med jobb och husbygge. Det känns oförtjänt att komma hem trött och mötas av kyla och irritation från Karin. Visst förstår han att hon är ensam och rastlös, men hon borde förstå att han sliter för deras skull och inte för att jäklas med henne eller för egen skull.

Fröken Lilly frågar hur det är med honom en dag på skolan. Barnen är ute på lunchrast och leker.

"Du ser trött ut Walter. Är du sjuk?"

Det är fint att få känna omtanke från någon. Walter öppnar sig och berättar hur det är för honom.

"Jag vill inte klaga. Vi har det bra. Bygger nytt hus och ett barn på väg. Men jag är så trött i kroppen och i hjärnan och möts bara av gnäll hemma."

"Det låter som att ni båda egentligen förstår varandra, men ingen har orken just nu att ta hand om den andre eller dess känslor. Kanske det bara får vara så just nu? Ni får acceptera både era egna och den andres känslor." Walter skrattar till.

"Du är klok Lilly. Hur kan du veta så mycket om äktenskap när du inte är gift själv?"

"Medkänsla för människor behöver inte komma från äktenskap Walter. Kärleken till vår nästa föds vi med. Vi påverkas av hur vi blir bemötta under uppväxen. Jag växte upp i stor fattigdom, men med en familj som älskade varandra."

Den kvällen går Walter hem och omfamnar sin hustru. Lyssnar på henne trots att han är trött och helst vill sova. För en stund sätter han sina egna behov åt sidan för Karins skull. Hon somnar i hans armar.

Kapitel 32 (År 1921, 6 månader senare)

Walter känner hur axlarna ömmar efter den långa dagen. Det är som att någon sätter sina tummar mot hans tinningar och trycker hårt. Han öppnar dörren till Jacob och Annas hus. Längtar efter att få öppna dörren till sitt och Karins hus snart. Sparkar av sig stövlarna i hallen och är på väg att skölja av sig svett och smuts när han får syn på Karin ute i köket. Hon sitter vid köksbordet med ansiktet gömt i händerna. Axlarna skakar. Walter går ut i köket och sätter sig på stolen bredvid Karin. Lägger försiktigt en hand på hennes skuldra.

"Hur är det?"

Karin snyter sig och torkar tårarna. Sträcker fram ett brev till Walter.

"Det här kom hemifrån idag", säger hon.

Walter läser brevet. Ser att det är skrivet av Karins mor. Både John och Maj hade insjuknat i en influensa. De hade fått feber, värk och hosta. Men när Maj började friskna till blev John allt sjukare. Febern steg och mörka fläckar under ögonen framträdde. Läkaren konstaterade att det var spanska sjukan och han avled några dagar senare. De har lagt begravningsdatumet ganska långt fram för att Karin ska hinna hem.

Walter ser upp från brevet och kramar Karin.

"Hur vill du göra?"

”Jag vill åka hem”, svarar Karin.

För att få råd att köpa biljetter fram och tillbaka ökar Walter på lånet från banken. För att bevisa sin förmåga att betala tillbaka visar han sitt aktiesparande, intyg från arbetsgivaren och hur långt han kommit med husbygget. Två dagar senare påbörjar Karin och Walter sin resa hem till Sverige.

Denna gång blir Karin sjösjuk redan dag två. Hon kräks mängder och har svårt att få i sig någon mat. Walter är rädd att hon ska bli uttorkad och kallar till sig läkaren. Han tar ett stycke av förbandsgas som han rullar ihop och stoppar i Karins båda öron.

”Det kommer göra susen mot sjön”, säger läkaren.

”Hur ska förband i öronen hjälpa mig mot illamåendet?” undrar Karin när läkaren gått.

Walter rycker på axlarna.

”Vi får ge det en chans.” Han stryker henne över håret som ligger smetat mot hennes fuktiga panna.

”Jag är bara så rädd att barnet ska fara illa.” Karin lägger en beskyddande hand över magen.

”Vänta”, säger Walter. ”Jag kommer strax.”

Karin ser Walter ta trappan upp på däck. Fem minuter senare är han tillbaka med en apelsin.

Han skär två snitt i den och pressar ut saften i sin mugg.

”Här. Drick en klunk.”

När båten till slut lägger till i Göteborgs hamn leder Walter sin hustru nerför rampen. Hon vinglar till flera gånger och han håller hårt om hennes midja. I hamnen letar de upp en bänk som de slår sig ner på. Karin tar ett djupt andetag.

”Svensk luft och fast mark under fötterna. Om jag bara får vila lite ska jag nog må bra snart.”

”Sitt kvar en stund du så ska jag ordna med tågbiljetterna.” Walter reser sig upp och går iväg.

Ett par timmar senare sitter de i en fullsatt tågkupé. Det är trångt och varmt, men Karin somnar efter bara några minuter. Några tågbyten och en buss senare, kliver de till slut av i Malexander.

Tårarna rinner på både Karin och Maj när de möts i hallen i Karins barndomshem. Det doftar fortfarande far, tänker Karin. När hon släpper taget om mor och ser upp möter hennes ögon fars gamla tröja på en krok alldeles nära. Mor, som sett hennes blick på tröjan faller återigen i gråt.

Ute i köket sitter Nils. Han reser sig när hans syster och Walter kommer in. Omfamnar dem båda.

”Ni måste vara hungriga som rest så långt”, säger han och börjar ordna med kokkaffe och smörgåsar.

De äter under tystnad. Fast de inte träffats på länge finns ingen ork till småprat. Karin känner sig fortfarande matt och yr efter resan. Efter maten lägger hon sig på soffan för att vila. Nils och Walter tar en promenad ner till sjön.

”Berätta om Amerika”, säger Nils och ser på Walter.

”Det är som här fast allt är större. En tjänar mera på arbetet och kan spara. Vi bygger oss ett eget hus Karin och jag.”

”Det gläder mig”, säger Nils. ”Och ni väntar en liten också.” Han ler.

Walter nickar.

”Hur är det med Elna och lilla Eva?”

”Eva växer så det knakar. Elna är ledsen. Vi har försökt få ett syskon till Eva, men det verkar inte fungera. Läkaren säger att det blev något fel när Elna fick ligga i långbad på mentalsjukhuset och nu kan hon inte få fler barn.”

”Så hemskt.” Walter ser medlidsamt på sin svåger och vän.

”Jag är nöjd med Eva, men det gör mig ont att se Elna ledsen.”

De står på bryggan och ser ut över vattnet som ligger alldeles spegelblankt.

När de kommer tillbaka till huset igen har Karin vaknat. Hon och Maj gör i ordning för natten i vardagsrummet. Walter och Karin får sova där. Nils åker hem till sin familj. I morgon är det begravning.

Kapitel 33

De går den korta biten från huset. Över gatan, förbi skolhuset där Walter en gång arbetade och han och Karin bodde. Öppnar järngrinden och känner hur gruset knastrar under skorna. Det är kyligt i luften. Walter har en beskyddande arm runt Karin. Nils stöttar sin mor. Bredvid går Elna med lilla Eva i famnen. Prästen möter dem på trappan och tar Maj under armen.

Inne i kyrkan är det alldeles stilla. Det luktar svagt av källare blandat med stearin. Familjen slår sig ner på den högra sidan. Längst fram. Kistan är omålad ek. Inga krusiduller. Precis som John hade velat ha det.

Nu kommer fler folk. Några vänner, släktingar och arbetskamrater. De nickar mot familjen och slår sig ner på den vänstra sidan. Prästen börjar tala om livets ändlighet och Guds planer.
Psalmer spelas på orgeln. Allt är tungt och traditionsenligt.

Efteråt ses de alla i det rödmålade församlingshemmet med anor från 1600-talet. Walter ser på Karin att hon är trött. Runt om dem samtalar folk. Skramlar med porslin. Men Karin sitter tyst och ser ner i bordet utan att dricka kaffet.

"Ska vi gå hem?" viskar Walter.

Karin skakar på huvudet.

"Vi kan inte bara lämna mor."

Walter lägger en försiktig hand på Karins stora runda mage.

”Jag tror hon skulle förstå. Dessutom har hon Nils och Elna här.”

Walter går fram till Karins mor och viskar några ord. Hon nickar till svar och kramar hans hand. Han går tillbaka till Karin. Håller fram handen och hjälper henne upp på fötterna.
Tillsammans går de den korta biten tillbaka till Karins barndomshem.

”Lägg dig och vila en stund.”

Karin lägger sig ner på soffan och Walter sätter sig bredvid. Tar hennes hand. Sitter kvar tills hon somnar. Det är inte långt kvar nu tills barnet kommer. Han funderar över hur hon ska orka med en båtresa tillbaka i hennes tillstånd. Resan hit tog på krafterna. Hon var sjösjuk och kräktes så mycket att Walter hade oroat sig både för både Karin och deras barn. Han bestämmer sig för att tala med henne när hon vaknar igen.

Walter sitter i köket. Han har tänt i kökspannan. Sprakandet från veden som brinner känns rogivande. Ytterdörren öppnas och han hör hur Maj kliver ur kängorna och hänger kappan på klädhängaren i farstun. Hon tassar förbi sin sovande dotter och kommer ut i köket till Walter.

”Var är Nils?” undrar Walter.

"Nils och Elna stannade kvar för att hjälpa till att plocka undan efter gästerna."

"Så snällt av dem. Tror du de behöver hjälp? Ska jag gå dit?"

"Vänligt av dig Walter, men de klarar sig. Det var inte mycket kvar när..." Hon avbryts mitt i meningen av ett högt gällt skrik.

Walter far upp så snabbt att stolen välter.

"Karin!" Han springer ut till vardagsrummet.

Ännu ett skrik hörs från Karin. Walter ser henne kallsvettig. Hon står på alla fyra på golvet.

"Ring efter barnmorskan", ropar Walter till Maj. Maj kommer ut i vardagsrummet med handdukar och ett kärl med vatten. Bestämt föser hon Walter mot dörren.

"Två hus bort neråt byn har du ett rött hus med grönt staket. Knacka på där och säg att

Karin ska föda."

Walter gör som han blir tillsagd. Springer så fort han förmår. Med hårt bultande hjärta knackar han på. Ett barn i femårsåldern öppnar.

"Har du mor hemma?" frågar Walter och spanar inåt i huset.

"Mor!" ropar pojken.

En kvinna med långt svart flätat hår uppenbarar sig strax därpå. Hon ser frågande på honom.

”Karin”, säger han. ”Karin ska föda nu.”

Kvinnan tar på sig en lång kofta, hoppar i ett par träskor och följer Walter tillbaka. Väl framme föser Maj ut Walter i köket och kvinnan faller genast ner på knä bredvid Karin, som nu ligger på rygg på golvet.

Walter kokar sig en kopp kaffe och vankar av och an i köket. Lyssnar efter alla ljud från vardagsrummet. Efter en timme kan han inte längre hålla sig utan kikar ut i vardagsrummet för att se hur det går. Maj sitter och håller Karins hand och baddar pannan med blöt handduk. Den svarthåriga kvinnan sitter lutad fram mellan Karins uppdragna ben. Han ser hur hon håller om ett litet slemmigt huvud som hon försiktigt lirkar ut. Karin tar i och krystar. Trycker hårt om sin mors hand. Där kom resten av barnet ut. Barnmorskan rensar barnets mun från slem. Dunkar lätt på ryggen så andningen kommer igång. Strax därpå hör de alla barnet fylla sina små lungor med luft för allra första gången, för att sedan släppa ut ett illvrål. Walter märker att han själv glömt andas och drar efter ett djupt andetag samtidigt som han känner ögonen fyllas med tårar. Innan han går tillbaka ut i köket hör han kvinnan säga:

”Grattis Karin, du har fått en dotter.”

När barnmorskan gått hem och Maj gått och lagt sig, sitter Walter och Karin i vardagsrummet och ser på sin nyfödda dotter.

”Tänk”, säger Walter. ”Begravning och födelse på samma dag.”

Karin scr på honom med blanka ögon utan att säga något.

Kapitel 34

Två veckor senare sitter Karins mor en kväll med flickan i knät och sjunger en vaggvisa.

Walter och Karin passar på att ta sig en kort promenad.

”Walter”, säger Karin. ”Du får inte bli ond på mig nu. Men jag tänker på båtresan tillbaka, husbygget i Amerika och min bror och Elna.”

Walter ser oförstående på Karin. Hon harklar sig och fortsätter:

”Jag tror det bästa för vår dotter är att stanna i Sverige. Att få bo med Nils och Elna och lilla Eva. Jag är livrädd för att något ska hända henne under båtresan.”

Walter öppnar och stänger munnen flera gånger. Han ser tårarna i Karins ögon. Förstår att det inte var enkelt att säga. Han tänker på hennes tidigare självmordsförsök och båtresan. Hur ont det än gör säger hans sunda förnuft att hon har rätt. Han orkar inte svara, men tar hennes hand och nickar.

Tysta går de tillbaka hem igen. När de kommer in går Karin direkt fram till sin dotter. Lyfter upp henne och håller om henne.

”Jag ska ge henne mjölk”, säger hon och går in i vardagsrummet.

”Är allt bra?” frågar Maj och ser på Walter.

”Jadå, jadå.”

Han klarar inte av att möta hennes blick.

När allt är mörkt och stilla och alla krupit till sängs, ligger Walter vaken och tänker. Sviker de sin dotter eller gör de henne en välment tjänst? Han själv blev tvingad att växa upp utan sin far och mor. Nu utsätter han sitt barn för detsamma. Fast hon hamnar hos Nils och Elna som är goda människor. Inte hos en ond som CJ. Men tänk om inte Nils och Elna vill ta hand om deras dotter. Det kan de såklart inte kräva eller ta förgivet. Han måste tala mer med Karin imorgon. Inte förrän framåt småtimmarna somnar han. Utmattad av alla snurriga tankar. Bara ett par timmar senare väcks han av dotterns skrik. Han hör hur Karin går över knarrande golvplankor och lyfter upp barnet som tystnar tvärt.

Walter ser konturerna av Karin som ammar deras dotter i mörkret. Han kämpar emot tårarna och försöker med all sin kraft att njuta av stunden och bevara den som ett fint minne.

Söndagen därpå åker Walter, Karin och flickan till Mjölby för att hälsa på Nils och Elna. De har inte berättat något för Karins mor än. Först vill de försäkra sig om att brodern verkligen vill ta emot barnet först och uppfostra henne som sin egen.

Karin och Walter har inte diskuterat hur de ska lägga fram sitt ärende till Nils och Elna. Båda har svårt att tala om det.

”Det löser sig när vi väl är där”, säger Karin på bussen mot Mjölby.

Det är Elna som öppnar dörren när de kommer. Hon ler mot dem och sträcker sig genast efter lillflickan. Karin lämnar över henne.

"Har ni bestämt namn än då?" frågar Nils och stryker flickan över håret.

Karin skakar på huvudet. Walter harklar sig.

"Vi ska snart tillbaka hem till Amerika. Resan är tuff även för oss vuxna. För ett litet barn kan det vara livsfarligt. Många dör av näringsbrist eller lunginflammation. Så vi vill fråga er om ni kan tänka er att adoptera henne. Då är det ni som bestämmer hennes namn."

Walter ser ner i bordet. Karin tittar ut genom fönstret. Det är alldeles tyst för en stund. Men så väcks de ur sina tankar av Eva som fått upp skåpsluckan och nu med buller och skrammel drar fram kastruller och grytor på golvet.

"Tack", säger Elna med flickan i sitt kan. "Tack för förtroendet. Såklart vi vill. Vi ska fostra henne som vår egen och se henne som Evas syster."

Nils reser sig och går fram till sin syster och ger henne en kram. Sedan skakar han hand med Walter.

Samma kväll berättar de för Karins mor om sitt beslut. Hon gråter. Av både lycka och sorg.

"Jag är så ledsen för er", säger hon. "Men jag är glad för Nils och Elna och för min egen skull som får ha mitt barnbarn nära och en bit av dig kvar älskade Karin."

Mor och dotter håller om varandra. Walter sitter tyst och ser på med sin dotter i famnen.

Drygt en månad tar det innan alla papper är färdiga och adoptionen är ett faktum. Under tiden har Nils och Elna träffat lilla flickan så ofta de kunnat för att skapa band dem emellan. Karin började ge mjölkersättning så det skulle gå enklare för både flickan och hennes nya föräldrar med maten. De förberedde sig så gott de kunde. Dagen innan det är dags att lämna flickan för sista gången hos Nils och Elna tar Walter en promenad själv med henne.

Walter lägger flickan i barnvagnen och går mot kyrkogården. Bengt Georg Bergstrand läser han på det vita lilla korset. Han lyfter upp flickan ur vagnen. Sätter sig på knä framför graven.

"Mina älskade barn", säger han och kramar om sin dotter. "Mina älskade barn."

Fyra dagar senare kliver Walter och Karin återigen på amerikabåten.

Kapitel 35 (År 1923, Två år senare)

Karin och Walters hus är färdigbyggt. Utifrån ses de som lyckliga och lyckade. Eget hus, utbildning och aktieägare. Inte många känner till historien om deras två barn eller Karins självmordsförsök. De har lovat varandra att hålla det för sig själva. Amerika är deras andra chans. En nystart och en möjlighet att vara fria från sin historia. Två tomma blad som de själva kan fylla på med nya historier.

Walter trivs med sitt arbete som lärare, men han börjar bli uttråkad. Han skäms över det. Att han inte är nöjd fast han har det bra. Om kvällarna ligger han och ser på Karin som sover bredvid honom. Hon verkar funnit sig tillrätta med det mesta. Klart han vet att hon är ledsen somliga dagar. Men däremellan verkar hon nöjd. Hon är hemma om dagarna och tar hand om deras hus. Träffar grannfruarna, handlar, städar och lagar mat. Walter bannar sig själv över sitt ego. Över att vilja ha mer. Han tänker på det gamla ordspråket, *den som gapar över mycket...*

Till slut somnar han. Trillar ner i drömmarnas värld där han springer över en svensk sommaräng med två barn skrattandes. Han ser Karin stå långt framför dem vid en klippavsats. Hon går sakta men bestämt mot stupet. Hans puls stiger när han inser vad som är på väg att ske. Inser att han är för långt ifrån för att hinna ikapp. Han skriker men det kommer inte ut ett ljud. Tar i ännu mer utan att lyckas. Nu försvinner hon över kanten. Han snubblar. Det gör ont i händerna. Han ser att de blöder. Så tittar han upp efter sina barn. Ser att de också är farligt nära kanten nu. Så äntligen får han luft i lungorna och vrålar: Akta! Barnen verkar inte höra utan fortsätter mot stupet och han ser hur de faller. Men nu är det inte längre barnen. Det är Georg, hans storebror.

Walter vaknar våt om kinderna, invirad i lakanen. Karin har redan gått upp. Han sträcker ut armen och rör platsen där hon legat. Den är fortfarande varm. Jag måste uppskatta det jag har, tänker han och sätter sig upp. Klär på sig kläderna som hänger över stolen. Går ut till Karin i köket och omfamnar henne bakifrån. Hon skrattar till. Han trycker henne hårdare intill sig.
Kysser henne i nacken.

"Jag älskar dig så mycket", säger han.

Hon vänder sig om och ser honom i ögonen.

"Jag älskar dig också Walter Bergstrand", säger hon och backar leende tillbaka in i

sängkammaren.

En halvtimme senare far Walter upp ur sängen för andra gången den dagen.

"Karin", säger han flinande. "Så där kan du inte hålla på. Jag kommer ju försent till jobbet."

Hon skrattar och slänger en kudde efter honom när han skyndar sig ut i köket för att få med sig matlådan som hon förberett åt honom.

När hon hör dörren stängas bakom honom reser hon sig upp från sängen. Ser på honom genom fönstret. Det är redan varmt där ute. I huvudet har hon dagens att-göra-lista. Handla majsmjöl och bönor, vattna tomaterna, tvätta handdukar och sängkläder och passa grannens lillflicka medan hon hämtar sonen från skolan.

Innan Sverigeresan för två år sedan arbetade Karin hos familjen Andersson och trivdes bra.

När de kom tillbaka hade fru Andersson frågat om hon ville fortsätta arbetet hos dem, men

Karin hade inte varit känslomässigt redo att arbeta med barn. Walter sa att det gick bra om Karin ville vara hemma en tid. De skulle klara sig på hans lön. Senaste tiden har han talat om en önskan att studera engelska och kanske på sikt kunna bli riktig lärare. En lärare som kunde arbeta i den amerikanska skolan. Han talar om en kvinna på sitt jobb. Lilly. Hon undervisar i engelska. Karin tycker om hans ambitioner. Att han vill utvecklas. Lära sig mera och kunna försörja dem. Han är klok och omtänksam. Men det finns något som hugger till i henne när han nämner sin kollega Lilly. Han talar som att han beundrar och respekterar henne på ett annat sätt än Karin. Karin vet att Walter älskar henne och tycker hon är vacker. Men när han talar om Lilly är det med större respekt för det hon gör. Mot sin vilja erkänner Karin för sig själv att det väcker svartsjuka i henne. Eller om det är mindervärdskomplex eftersom hon själv inte har någon utbildning? Vad kan hon egentligen? Sy och sticka och virka. Hur skulle det kunna försörja dem? Och det kan väl alla kvinnor?

Karin tar på sig den flätade halmhatten med ljusblå sidenband, öppnar ytterdörren och går med korgen hängandes på högerarmen mot affären. När det är hennes tur pekar hon på påsen med majsmjöl och håller upp två fingrar i luften.

”Two pounds?”

Grosshandlaren ser frågande på Karin.

Hon nickar. Hon förstår oftast vad de säger, men är för blyg för att själv våga uttala de främmande orden. Anna har tålmodigt lärt henne det amerikanska måttsystemet med pounds och ounces. Det är svårt att lära sig tycker Karin. Det verkar ologiskt. Ett pound är knappt ett halvt kilo och det är i sin tur är sexton ounces.

Av majsmjölet ska hon baka majsbröd som hon fått recept på av Anna. Till det ska hon göra en böngryta. Det kommer Walter tycka om.

Kapitel 36

Efter dagens sista lektion plockar Walter ihop sina saker och tvättar av svarta tavlan. Lilly sticker in huvudet i klassrummet.

”Hur har det gått idag?”

”Bara fint”, svarar han. ”Men du, jag har tänkt på en sak som jag skulle vilja fråga dig om”.

”Jaså, som vadå?”

”Jag skulle vilja lära mig engelska på riktigt. Gå en kurs eller något. Så jag kan arbeta på en amerikansk skola sen. Är det svårt som svensk att få jobb som lärare i en vanlig skola?”

Lilly funderar en stund innan hon svarar.

”För att få arbeta som lärare i Amerika för amerikanska barn måste du studera på universitetet. Och för att komma in där behöver du kunna tala och skriva flytande engelska.”

”Kan du hjälpa mig med det? Lära mig flytande engelska menar jag?”
Lilly ser skeptiskt på Walter.
”Om du är villig att arbeta hårt på egen hand, så ska jag ge dig tips och de verktyg som du behöver. Men du behöver förstå vilket jobb det är du har framför dig. Du behöver tala, skriva, läsa och lyssna på engelskan så mycket du kan.”

Walter nickar.

”Tank yooo”, säger han.

”Thank you”, rättar Lilly honom.

Lilly och Walter gör upp en plan. En gång i veckan ska de ses efter arbetstid och tala och skriva på engelska. Tiden där emellan ska Walter öva på nya glosor och få uppdrag som att tala engelska i handelsboden eller med en granne. Han får skrivuppgifter och läsanvisningar.

Walter kommer hem uppspelt och berättar om sina planer för Karin. Han tänker att hon kommer bli stolt över honom och hans ambitioner. Men när han berättar ser hon mer fundersam ut än glad.

”Tycker du inte det är en bra idé?”

”Det är en jättebra idé, Walter. Jag är stolt över dig.”

”Men du ser inte glad ut.”

Hon skruvar på sig innan hon svarar.

”Jag är gravid Walter.”

Hon säger det utan att le den här gången. Graviditet är inte längre förknippat med glädje för Karin, utan med förlust. Walter håller om henne. Han förstår.

”Det kommer gå bra den här gången.” Han stryker henne över håret. ”Jag har jobb, vi har ett hus. Vi är redo nu Karin. Nu ska vi bli en familj.”

Hon drar in hans doft. Låter honom krama henne. Försöker känna samma lugn och trygghet som han gör. I ett ögonblick av närhet och tillit berättar Karin om sin svartsjuka på Lilly. Och nu ska han spendera ännu mer tid med henne. Ensam med henne.

Walter backar ett steg. Ser förvirrat på Karin. Hon ser hur hans omtanke byts ut till vrede.

"Har jag någon endaste gång gjort något som ger dig anledning att tvivla på mig? På min trohet och kärlek till dig? Jag har byggt oss ett hus, tagit oss hit till Amerika. Du är mitt allt
Karin. Att du tvivlar på mig känns som ett knivhugg i hjärtat."

Han går ut genom dörren. Karin är kvar i den överväldigande tystnad som följer efter hans ord och sårade känslor.

Han har rätt, tänker hon. Inte en enda gång har han gett henne anledning att tvivla på hans trohet. Det är hennes hjärnspöken som ställer till det. Karin lägger sig på deras säng och släpper ut tårarna som trycker på bakom ögonlocken. Det var inte så här hon skulle berätta om deras kommande barn.

Walter stänger ilsket dörren bakom sig. Mitt i vreden känner han ändå en gnutta dåligt samvete för att lämna Karin ensam nu. Hon berättar att hon är gravid med deras barn och han rusar ut ilsken som ett barn själv. Men han känner sig kränkt över hennes anklagelse. Allt han har gjort för henne och för dem och så berättar hon att hon inte litar på honom. När han är glad över att få studera engelska och bli riktig lärare. Kanske få möjligheten att studera på ett universitet. Då gläds hon inte med honom utan anklagar honom för att vara med en annan kvinna. Tankarna vandrar över till Lilly. Hon tror på honom och offrar egen fritid för att hjälpa honom.

Utan att riktigt veta hur det gick till står Walter utanför Lillys hus. Han ser på huset. Ett trevåningshus med flera lägenheter. I trädgården växer röda rosor och körsbärsträd. På ytterdörren hänger en hemmagjord målad skylt med Welcome, välkommen. Just nu behöver han känna sig välkommen. Han går upp för trappan och knackar försiktigt på Lillys dörr. Steg hörs närma sig och dörren öppnas.

”Walter?”

Lilly ser både glad och förvånad ut. Hon backar några steg och släpper in honom. Det doftar rent, blommigt och nybakat. Lilly har en lång ljusgrön klänning, utsläppt hår och är barfota.

Hon stryker med armen över pannan.

”Puh, det är varmt ute idag. Slå dig ner så ska jag hämta något kallt att dricka.”

Walter sätter sig i en fåtölj och tänker på hur han gillar Lillys självklara sätt. Hon frågar inte osäkert om han vill ha något att dricka utan hon säger bestämt, men omhändertagande, att hon ordnar det. Det är en kontrast till Karins osäkerhet. Samtidigt som tanken slår honom skäms han över den orättvisa jämförelsen.

Lilly kommer in med en bricka med två höga glas fyllda av is och persikolemonad. Hon räcker honom det ena glaset. Deras fingrar snuddar varandra och motvilligt känner han hur det pirrar till i kroppen.

”So Walter, what made you come here today?”

Han skrattar till nervöst. Både av frågan och av engelskan. Vill hon ha ett svar på engelska?

Han svarar trevande.

”I am having....I am angry...My wife..”

Hon lägger en hand på hans knä. Ser vänligt på honom.

”Du behöver inte berätta. Vi kan bara sitta en stund. Dricka lemonad.”

Han nickar tacksamt och tar en klunk av den svala drycken. Känner hur den rinner genom halsen och landar i magen. Han tar ett djupt andetag och låter all ilska släppa taget om honom.

Kapitel 37

Sent en aprilafton föder Karin fram en flicka. Det sker på sjukhuset i Rockford. Swedish American Hospital. Där arbetar både läkare och sjuksystrar som talar svenska. Så många immigranter från Sverige finns det i Rockford nu. Karin känner sig trygg med sin svensktalande barnmorska som kommit från Småland till Rockford för mer än tio år sen.

Utbildat sig både i Sverige och i Amerika. Medan Karin krystar och skriker ut smärta, ställer Walter hundra frågor om det amerikanska utbildningssystemet. Barnmorskan Ida är fantastisk på att hålla både Karin och Walter nöjda. Hon hämtar blöta handdukar samtidigt som hon med inlevelse berättar om hur man som svensk ansöker till de amerikanska skolorna. När så lilla Genevieve kommer ut med ett skrik som överröstar dem alla får hon allt fokus. Ida tvättar henne, rensar luftvägarna från slem och låter Walter hälsa på sin dotter. Sedan läggs hon på sin mors bröst. Walter får omtumlad gå hem när det är dags för Karin och dottern att sova.

Han ligger i sängen med öppna ögon. Klockan är strax efter tio och det är mörkt och kyligt utanför. Tanken på den lilla flickan i Karins famn gör honom varm, gråtmild och tacksam.

Sedan vandrar tankarna vidare till den lilla flicka de lämnat kvar i Sverige hos Nils och Elna. För att Nils och Elna skulle kunna ta till sig flickan som sin egen hade Karin och han valt att inte på något vis engagera sig i henne. Naturligtvis är det också för deras egen skull. För att kunna släppa och gå vidare. Men nu undrar han om det verkligen är möjligt. Han tänker dagligen på båda sina barn där hemma i Sverige. Sin döda son och sin

levande flicka. Nu har han ett till barn. Och han är säker
på att han alltid kommer se henne som lillasyster till de
andra.

Efter två dagar på lasarettet kommer Karin och
Genevieve, lilla Gen, hem. Walter har ansträngt sig för
att de ska känna sig välkomna och älskade. Han har
städat, lagat mat och snickrat till en vagga till tösen.
Karin ser trött ut.

”Hur går det med amningen? Får du sova något”

Walter sträcker sig fram för att ta flickan i famnen,
varpå Karin försiktigt lämnar över Gen och visar hur han
ska stötta hennes lilla huvud.

”Jo, amningen fungerar bra nu. Det var svårt första
dagen. Men hon vill ha mat hela tiden och doktorn säger
att jag som mest får ge henne bröstet var fjärde timme.
Så i stället skriker hon och då sätter mjölken igång och
rinner över. Hon vill ha mat och mina bröst vill ge henne
mat. Men doktorn säger ifrån.”
Walter ser att hon är på vippen att börja gråta.

”Följ din modersinstinkt. Så gör alla djuren och se de
överlever. Vad vet väl en man om det?”

Karin skrattar till.

”Du är så klok Walter.”

Tiden som följde fann hela den lilla familjen en ny
harmoni. Karin ammade när Gen skrek såväl natt som
dag. Walter arbetade i skolan och fortsatte sina
språkstudier, men såg till att avlasta Karin så snart han
var hemma. Han tog promenader med Gen så Karin fick

vila. När hon ammade lagade han mat. Han tog hand om Karin, så hon orkade ta hand om deras dotter.

En eftermiddag efter arbetet tar Walter en promenad med lilla Gen. De har fått låna en begagnad barnvagn av Anna och Jacob. Han stannar vid en bänk som står bredvid en damm, lyfter upp Gen och berättar för henne vad alla fåglarna, de ser, heter. Hon flaxar med armarna och ger ifrån sig glädjetjut. Då kommer Lilly gåendes. Han ser på långt håll att det är hon. Hon ler och vinkar när hon får syn på honom. Sätter sig på samma bänk och sträcker sig efter Gens lilla knubbiga hand.

”Så fin hon är.”

”Thank you so much.”

”När har du engelska testet?”

”Om en vecka”, svarar Walter.

”Känner du dig redo?”

”Oh yes!”

”Ditt uttal och ordförråd har verkligen utvecklats. Jag ska hålla tummarna för att du klarar det.”

”Tack. Ja, om jag klarar testet är jag behörig att söka in till universitetet sen. Jag vill studera engelska och litteratur.”

”Jag tror på dig. I believe in you!”

Lilly reser sig och går vidare.

Walter ser efter henne innan han reser sig och lägger ner Gen i vagnen igen. Han går hemåt genom den ljumma kvällsluften med ett leende på läpparna.

”Hallå, vi är hemma.”

Inget svar. Walter går in och tar av sig skorna och ropar igen.

”Hallå? Karin?”

Hans hjärta slår snabbare och tankar om hennes självmordsförsök dyker upp igen. Sovrumsdörren står på glänt och med Gen på ena armen puttar han försiktigt upp dörren med den andra. Ställer in sig på det värsta och går in. Hon ligger på sängen med ansiktet bortvänt.
Bredvid på sängbordet står en pillerburk och ett glas vatten.

Kapitel 38

”Karin?”

Han lägger försiktigt ner Gen på andra sidan sängen och lutar sig över Karin. Vänder henne om så hon hamnar på rygg. Hon blinkar med ögonen och ser på honom.

”Vad gör du?”

”Jag blev rädd. Du svarade inte när jag ropade.”

”Jag behövde få sova så jag tog en sömntablett.”

Walter håller om henne hårt. Hon kramar tillbaka. Då avbryter Gen dem med ett illvrål. Det är matdags.

Tisdagen därpå går Walter upp tidigt. Till och med Gen sover. Han ser på henne där hon ligger i sin vagga. Pupillerna rör sig under ögonlocken. Vad drömmer hon månntro, lilltösen?

Han smyger ut i köket och tar med smörgåspaketet Karin ordnat kvällen innan. Han hade tänkt vänta, men så snart bussen rullar från station tar han första tuggan. Mätt i magen låter han sig vaggas till sömns och sover de första milen. Morgonens pigga solstrålar väcker honom ett par timmar senare. Utanför fönstret passerar enorma fält som skiftar mellan grönblått och gröngult. Bussen skakar upp damm från vägen som virvlar runt bakom dem en stund innan den kommer till ro igen. Inne i bussen sitter Walter i mitten på den högra sidan. En bit fram på samma sida har två äldre damer slagit sig ner. Allra längst bak en ung kvinna med ett spädbarn i famnen och en gosse bredvid sig. Och ett unga paret som inte kan dölja sin förälskelse, sitter på sätet bakom chauffören. Tätt intill varandra och håller handen.

Efter åtskilliga timmar till, när solen placerat sig högt på himlen, är de framme. Walter kliver av bussen och ser sig om. Ur fickan plockar han fram vägbeskrivningen han fått av lektor Brown. Tjugo minuter senare står han utanför universitetet. Chicago University ser ut som ett sagoslott från riddartiden. Det är stort och mäktigt. Walter blir helt tagen. Hur ska han kunna hitta rätt klassrum? Vilken av alla dessa portar ska han ens gå in genom? Tydligen syns det på honom hur förvirrad han är för strax därpå kommer en ung man fram och frågar ifall han vill ha hjälp.

"Yes, please."

Walter visar lappen med plats och tid. Mannen nickar och vinkar åt honom att följa efter. Här gäller det att hänga på. Mannen är snabb och småspringer fram i korridorerna. Uppför trappor och vidare längs nya korridorer innan han stannar till framför en dörr.

"It's here, good luck!"

"Thank you."

Walter knackar på dörren. En lång man med grått skägg öppnar och ber om Walters namn.

"Walter Bergstrand."

Mannen synar en lista och gör en markering. Nickar åt Walter att kliva in och slå sig ner. Där inne är det minst tio meter i takhöjd. Två stora kristallkronor hänger ner och på varje bord står en läslampa. Rummet är långsmalt och två rader med bord med plats för fyra är placerade längst ytterväggarna. Om utsidan fick honom känna sig liten får insidan honom känna sig underlägsen. En östgötsk bondpojke i storstan. Han tvekar innan han sätter sig vid ett av borden. Han tagit sig vatten över huvudet. Vad gör en föräldralös, obildad, spoling som han här på ett anrikt amerikanskt universitet? Även om han klarar engelskatestet kommer han inte ha råd att gå här. Jag måste vara realistisk, tänker han.

Provet pågår i tre timmar. I den stora salen är det knäpptyst förutom ljudet från raspande blyertspennor mot papper. Trots värmen utanför är det svalt. Ingen får lämna salen innan tiden har gått.

Även om solen är mild och på väg ner när provet är färdigt blinkar han ovant mot ljuset. På vägen tillbaka till bussen köper han en varmkorv av en rund farbror med stor mustasch. Den första tuggan är Walters första någonsin från en korv i ett bröd. När den är uppäten konstaterar han att det inte är sista gången. Nu vill han hem till Karin och berätta om provet, skolan och varmkorv. Men först väntar den långa resan genom Illinois i solnedgången. Walter njuter av landskapet och lättnaden över att provet är klart. Han har svårt att avgöra om han klarat det eller inte. En del var enkelt, men annat var svårt och han hade fått chansa ganska mycket.

Där hemma ligger Karin på knä i trädgården och rensar ogräs. Gen har hon i sjal på ryggen. Hon funderar över Walters längtan efter att studera och komma in i det amerikanska samhället. På senare tid har han blivit duktig på språket och hon själv känner sig underlägsen. Hon är glad för hans skull och imponerad av hans drivkraft, men motvilligt erkänner hon för sig själv att det också finns ett stygn av avundsjuka. Han har lätt för att slå ifrån sig sorg och bara leva här och nu. Alla gillar honom. Han är lätt att tycka om. Hon däremot med sin melankoli och osäkerhet i sociala sammanhang är inte alls lika enkel för andra att tycka om. Hon är inte är utstött eller saknar vänner, men det finns en skillnad. När hon hälsar på hos Anna och Jacob hälsar Jacob alltid vänligt, men sedan går han och gör sitt. Anna är snäll och hjälpsam, men de är inte förtroliga. De gånger Walter är med är både Jacob och Anna mer öppna och pratsamma. Karin grubblar över vad det är hos henne som får andra att sluta sig. Eftersom de inte är så mot Walter måste det bero på henne. De gamla vanliga tankarna om självförakt och självmord kommer upp i henne, men så väcks hon av Gens gurglande små ljud. Hon lyfter ur henne från selen och tar henne i famnen. Pussar på hjässan och blir alldeles varm i bröstet.

"Jag ska aldrig lämna dig", viskar hon. "Jag ska göra mitt bästa."

Kapitel 39 (År 1927, fyra år senare)

Gen fyller år idag. Karin och Walter lyckas smyga upp utan att väcka henne. De rör sig tyst i köket. Karin tar fram tårtan hon förberett dagen innan. Walter tar fram paketet, ballonger och ljus till tårtan. Tre ljus som han stoppar ner i tårtan. Allt står på en bricka. Tårtan, saftglas, kaffekoppar och assietter. Paketet tar Walter under armen.

"Går det bra att bära brickan?" viskar han till Karin.

"Jag är gravid, inte handikappad."

Karin tar brickan och går före Walter tillbaka in i sovrummet. När hon kliver över tröskeln börjar hon sjunga.

"Vi gratulerar, vi gratulerar...."

Walter stämmer också upp i sång.

"Happy birthday to you..."

Gen sätter sig spikrakt upp i sängen, sätter händerna för öronen och ser storögt på tårtan med de brinnande ljusen.

"Grattis lilltösen,blås ut allaljusen så får du önska dig något."

Hon tar i allt hon har och blåser så saliven sprutar.

"Jag önskar en lillasyster eller kattunge", säger Gen och ser på sin mors mage.

Walter och Karin skrattar. Alla tre äter av tårtan och efteråt sliter Gen upp pappret om paketet. Hon vrider och vänder på saken som låg däri.

”Vad är det?”

Walter tar den från henne. Håller i repen och visar.

”Det är en gunga. Vi ska sätta upp den i äppelträdet.”

Gen klappar förtjust i händerna.

”Yeeees!”

”Det är väl bäst jag gör det direkt innan jag åker till skolan. Annars kommer mor få höra på tjat hela dagen.”

Karin ler tacksamt mot Walter.

När gungan är på plats och Georg har sagt farväl till familjen går han till bussen för att åka till Chicago. Varje måndagsmorgon åker han dit, går på universitetet till onsdag och tar sedan bussen hem igen onsdagskvällar. Arbetar torsdagar och fredagar på svenskskolan och tar hand om Gen när Karin är på marknaden alla lördagar. Karin har börjat sy och sticka kläder i veckorna som hon säljer på lördagsmarknaden. Nu när Walter studerar på universitetet behöver de alla pengar de kan få in. Fortfarande går sparpengarna direkt till nya aktieköp. Pengarna har vuxit under åren och de räknar med att inom två år kunna sälja aktierna och betala av hela huslånet.

När bussen åker in i Chicago ser Walter på alla människor som jäktar omkring på gatorna. Det är en spännande stad med många kända författare, musiker och skådespelare. Det finns teatrar och musikalscener. Någon gång vill han ta med sig Karin hit. De skulle kunna gå ut och äta och gå på teater. På en pelare sitter en affisch med reklam för en ny teateruppsättning på Auditorium theatre. Jag kanske kan ta med Karin någon söndag om vi får barnvakt och så kan Karin ta bussen hem medan jag stannar kvar, tänker han. Men tanken avbryts abrupt av ett högt smattrande ljud. Ljudet från en kulspruta.

Bussen bromsar in så kraftigt att Walter måste hålla sig i sätet för att inte åka av. Utanför ser de hur en skadeskjuten man med blödande ben haltar så fort han kan nerför gatan. Ut från en bar kommer två män i långa rockar med kulsprutor. De ser sig om och får syn på mannen. Den ena öppnar eld och Walter ser tydligt hur den haltande mannen träffas i ansiktet och bröstkorgen. Han rycker i hela kroppen tills han blir liggandes alldeles stilla. Runt om skriker och springer människor för sina liv. En kvinna med ett litet barn försöker ta sig in i bussen för att få skydd. Men chauffören vill inte öppna dörrarna. Han sitter paralyserad och håller hårt om ratten. En man längre fram i bussen ropar åt chauffören att öppna. Han försöker själv bända upp dörren. Till slut kommer chauffören till sans och släpper in kvinnan.

Walter känner hur benen skakar och hjärtat rusar. Många har varnat honom för att studera i Chicago och han har läst i tidningar om alla morden som sker här. Men först nu blir det verklighet. Instinktivt försöker han hålla sig själv i säkerhet så inte Gen blir faderlös. Sedan går tankarna snabbt. Igenkänning av rädslan gör att bilder av CJ kommer upp för första gången på många år. Och så är det något mer som nästan är onåbart för hjärnan, men som får pulsen att stiga ännu mer. Som en rädsla som är på gränsen till panik. Han drar efter andan och försöker med vilja sakta ner pulsen. Sluter ögonen för en kort stund. Ser upp på kvinnan och barnet som till slut fick ta skydd i bussen. De sitter längst fram. Kvinnan håller hårt om sitt barn. En annan kvinna har satt sig bredvid och talar lugnande med henne. Walter får ögonkontakt med en man snett framför honom.

"Are you okey?"

Walter nickar. Mitt i allt det otäcka finns en medmänsklighet. Han känner en omtanke från och för de andra på bussen. De har delat en upplevelse och den har fört dem närmare varandra. Återigen tänker han på Georg. Hur föräldrarnas död och CJ:s övergrepp fört dem närmare. Han hoppas Georg har det bra var han än befinner sig.

Det är svårt att hänga med på föreläsningarna om engelsk grammatik den dagen. På kvällen söker han reda på en telefon och ringer hem. Han talar inte om händelsen. Vill inte att Karin ska oroa sig. Men det är skönt att höra hennes röst. Hon berättar om Gen och hur hon gungat hela dagen. Walter skrattar, talar om att han älskar dem och längtar efter dem innan han önskar god natt och lägger på.

Kapitel 40

Den fjärde december 1927 föder Karin deras son. Förlossningen går fort och sker på sjukhuset. Hon vaknar mitt i natten av att vattnet går. Valter tar med sig Gen till grannarna innan han hämtar Karin. De tar en taxi till sjukhuset och endast en timme senare ser den lilla gossen världen för första gången.

"Grattis", säger barnmorskan och räcker över det nytvättade lilla byltet.

Karin sträcker sig efter pojken och lägger honom tillrätta vid bröstet. Genast börjar han hacka sig fram med munnen, sökande efter mat, som en fågelunge. Walter sitter på sängkanten och stryker honom över huvudet.

Alla är trötta och en barnmorska säger åt Walter att gå hem så Karin och gossen får sova.

Han får komma tillbaka imorgon.

När Walter går igenom de tomma gatorna rusar både tankar och känslor genom honom.

Lyckan och tacksamheten blandas med oro för framtiden och funderingar över deras Sverigefödda dotter. Med två barn känner han sig tryggare och tror inte längre Karin bär på självmordstankar. Men efter mordet i Chicago har en oro över framtiden för dem alla här i Amerika växt. Han hoppas att aktierna han köpt fortsätter stiga i snabb takt så de snart kan betala av huslånet. Om de behöver lämna Amerika och flytta hem till Sverige igen är det enklare om de är skuldfria. Han har hört historier om

andra familjer som blivit uppsökta och hotade av banker
när de inte kunnat betala skulderna i tid.

Det slår honom plötsligt att oroskänslan är bekant. Till
och med nu, med en nyfödd son, eget hem och snart
utbildad engelsklärare är det oroskänslorna som slår
igenom. De överröstar lyckopirret. Varför kan han inte
bara njuta av allt livet ger honom? Tankarna fortsätter
snurra när han ligger i sängen. Innan han somnar ser han
på Gen som ligger i sin mors säng, ihoprullad som en boll
med sitt långa rödbruna hår. Hans andra dotter.

Walter har inte berättat för någon om det han blev
vittne till i Chicago. Han vill inte oroa

Karin. Inte heller vill han berätta för Jacob och Anna ifall
de skulle råka försäga sig till Karin. Han behåller det
inom sig i stället. Ibland drömmer han om det om
nätterna. Då öppnar aldrig chauffören dörren för den
unga kvinnan. I stället blir hon kvar där ute och alla ser
de hur mannen med maskingeväret kommer gående med
vapnet riktat mot henne. Walter rusar fram i bussen och
försöker slita upp dörrarna. Då ser han skräcken i hennes
ögon och han bara vet att det är hans egen mor. Han
känner igen ögonen och rädslan instinktivt. Nattens
drömmar sitter kvar länge i kroppen. Med obehag går han
mellan sitt boende i Chicago och universitetet.

Det blir allt svårare att koncentrera sig på studierna.
Hemma är inte längre en viloplats. Gen vill leka och ha
uppmärksamhet. Karin är trött och vill att Walter tar hand
om Leonard på helgerna så hon ska orka med vardagarna
ensam. Han gör sitt bästa, men räcker ändå inte till. När
måndagen kommer och det är dags att ta bussen tillbaka
till Chicago är han tröttare än när han kom hem.

Bussen bromsar in och Walter kliver ut på gatan.
Känner hur byxorna sakta hasar ner för höfterna. Snabbt

tar han tag i linningen och drar upp dem. Karin påpekade för ett par dagar sedan att han magrat. Han hade bara viftat bort det, men förstår nu att hon har rätt. Kommer på att han sett ett skrädderi på vägen till universitetet. Jag får gå dit i eftermiddag och be dem sy in byxorna, tänker han.

I skolan har de prov och ganska snart inser Walter att han inte förstår nånting. Vad är det för jädrans sätt att ge oss ett prov på något som vi inte fått lära oss? Det här har inte läraren talat om alls. Han känner ilskan, men ganska snart övergår den till självförakt. Jag borde sagt ifrån till Karin. Hon måste väl kunna ta hand om två barn? Hon jobbar inte ens. Andra kvinnor har fyra, fem barn utan att maken behöver passa dem. Jag borde ha fokuserat på studierna. Tänk att kasta bort den här chansen jag fått.

Han reser sig och går innan provet är klart. Lämnar in ett nästan tomt papper. Går ut och snabbt upp längs gatan mot skräddaren. Innan han når dörren ser han hur synfältet krymper.
Dörren är längst bort i en svart tunnel. Det snurrar i huvudet och han både svettas och fryser. Fingertopparna sticker. Strax därefter försvinner allt. Walter känner inte när han slår hårt i marken. Han ser inte heller mannen som lutar sig över honom.

"Hallå?"

Mannen ropar till närmaste affärsinnehavare att telefonera efter sjuktransport.

Kapitel 41

Den första klara tanken som far genom Walters huvud när han vaknar upp i sjukhussängen är svaret på en av de frågor han missade på provet.

”Fasiken” säger han för sig själv.

”What?” hör han från andra sidan skynket.

Walter sätter sig upp och vrider huvudet mot skynket. Det blixtrar till framför ögonen och han tvingas lägga tillbaka huvudet på kudden igen. En sköterska i ljusblå uniform och vitt förkläde kommer in. Hon spricker upp i stort leende när hon ser att han är vaken.

”Hi there, hur är det med huvudet?”

”Det känns som minst tre knivar hugger mig samtidigt. Hur hamnade jag här? Vad är det för fel på mig?” ”Här har du smärtstillande och ett glas vatten. Ni ska strax få tala med doktorn.” Hon lämnar rummet.

”Vänta, jag skulle vilja telefonera min hustru.”

”Det finns en telefonautomat längre ner i korridoren. Behöver du hjälp att ta dig dit?”

Han skakar på huvudet och hon rusar vidare. Bäst att vänta tills doktorn varit här, tänker han. Då har jag mer fakta och vet vad jag ska säga till Karin.

Walter håller precis på att somna när doktorn kommer fram till hans säng. Bredvid står en äldre sköterska med butter uppsyn och anteckningsblock i handen.

Doktorn ställer en massa frågor om Walters fysiska hälsa, testar reflexerna och lyssnar på andningen. Sköterskan antecknar tyst och håller sig i bakgrunden.

"Mr Bergstrand har vitaminbrist. Jag kommer ordinera fiskleverolja, så ska han se att han snart är pigg igen. Åk nu hem och vila några dagar." Läkaren och sjuksköterskan lämnar rummet.

Walter telefonerar Karin och skolan. Berättar att han behöver vila några dagar, men kommer vara tillbaka pigg och kry på måndag igen. Därefter går han ner till busstationen för att hinna med sista bussen hem till Rockford. När han kliver ombord stirrar chauffören på honom.

"Är ni redan på benen igen?"

Walter ser oförstående på honom.

"Jag fann er liggande på gatan för ett par timmar sen."

"Var det ni som ringde ambulansbilen?"

"Jo, jag sa till en butiksinnehavare att telefonera. Det såg otäckt ut. Ni bara föll ihop mitt i steget. Jag kände igen dig från bussen. Ni brukar åka från Rockford...och ni var med då när vi såg mannen bli skjuten utanför bussen."

Walter nickar och sträcker fram en sedel. Chauffören skakar på huvudet.

”Jag bjuder på den här resan.”

”Tack så mycket. För resan och för att ni hjälpte mig.”

Han går längst bak i bussen och sjunker utmattad ner på sätet.

Många timmar senare somnar han i Karins armar efter att hon oroligt lovat att köpa fiskleverolja så snart handelsboden öppnar imorgon. Men sömnen blir inte långvarig. Efter någon timme vaknar han igen av skrik från Leonard som är hungrig. Gen väcks också hon av lillebror och kommer tassande till sina föräldrars säng.

”Pappa”, utropar hon glatt och kryper upp i hans säng.

Han ler matt och kramar om henne. Säger att det inte är morgon än utan de ska sova en stund till. Det håller hon inte alls med om. Hon är pigg och vill leka med pappa. Det slår honom hur fort åren går. Det känns som igår det var Gen som var bebis och vaknade om nätterna och skrek. Snart kommer hon börja skolan och kanske inte vill leka med honom längre. Motvilligt reser han sig upp och tar emot dockan hon ger honom.

”Pappa du är ett troll och så är jag en prinsessa.”

Hon ser uppfodrande på honom. Han skrattar till och gör trolljud, som han föreställer sig dem. Karin, som matat färdigt Leonard, ser på dem och ler mot Walter. Hon formar orden ”I love you” till honom.

Han älskar sin familj. Det gör han verkligen, men han är trött. Tänker på läkarens ord om vitaminbrist. Han har läst i tidningen att många tydligen har vitaminbrist nu, särskilt i Europa där maten är torftig och ensidig. Men nog får väl han i sig bra mat. Karin är noggrann med grönsaker varje dag och fisk äter de varje vecka. Fast vem är han att ifrågasätta en läkare? Såklart ska han äta fiskleverolja och vila några dagar från studierna. Det blir säkert bra. Bara han får sova här hemma också. Men tanken på att vara borta från skolan och hamna efter får pulsen att gå upp direkt. Plötsligt hör han CJ:s ord ringa i öronen:

"Du kommer aldrig bli annat än torpare. Du duger inte till annat."

Dagarna som följer blir en kamp mellan vila och sömn kontra god make och far. Det är en svår balansgång där han allt som oftast väljer familjen framför sin egen hälsa och behov. När det väl är dags att sätta sig på bussen mot Chicago igen känner han sig allt annat än utvilad.

Framme vid universitetet kallas han in till professorns kontor. Det luktar cigarr och läder. Ett stort mahognyfärgat skrivbord är placerat framför ett högt fönster med utsikt över en dunge med gamla kastanjeträd. Professorn har en sträng uppsyn, men Walter uppfattar honom som hygglig och rättvis.

"Jag hörde om er sjukhusvistelse och att ni fått vara hemma några dagar för att vila upp er.

Hur mår ni nu?"

Walter hör sig själv säga:

"Studierna har blivit övermäktiga och jag inser att jag inte kommer klara av dem. Jag ber om ursäkt för att jag tagit upp en plats här som någon annan kunnat få, men jag väljer att hoppa av.”

Han tittar ner i golvet, men känner Professorns blick. Professorn drar ut en skrivbordslåda och tar upp en träask. Öppnar locket och sträcker den mot Walter.

”Varsågod.”

Walter ser upp och fångar asken med blicken. Cigarrer. Han har aldrig rökt ens cigaretter, men tar en cigarr ur lådan. Professorn lutar sig fram och knipsar av änden åt honom innan han räcker över en tändsticka. Walter drar ett djupt andetag och hostar våldsamt. Professorn spricker upp i ett ovant leende och visar hur man puffar lätt utan att dra ner röken i lungorna.   ”Vad vill ni göra i stället?”

Då slår det honom att han inte tänkt på det. Han vet bara att han inte orkar med studierna och livet fram och tillbaka mellan Chicago och Rockford. Han vet vad han inte ville, men inte vad han vill. Återigen öppnar han munnen och börjar tala innan han bestämt sig för orden.

”Jag älskar språk och ord. Jag ska bli författare.”

”Mycket bra. Lycka till Walter. Jag tror på dig.”

Kapitel 42 (År 1928, ett år senare)

Trots att Walter bara arbetar två dagar i veckan på svenska skolan, lever de gott på avkastningen från de aktier de köpt flera år tidigare i General motors. Redan nästa år kommer de kunna betala av hela huslånet i ett svep, om det fortsätter uppåt i samma takt. Ända sedan han hoppade av studierna har han haft ett större lugn i kroppen. Familjen mår bra, ekonomin blomstrar och han får ägna sig åt skrivandet. I svenska skolan arbetar han med de barn som har svårt att lära sig engelsk grammatik. Det är en liten skara på fyra svenska barn som kommer till honom onsdagar och fredagar. Han reflekterar över sin egen skolgång och hur svårt det varit att fokusera på studier när han mådde dåligt hemma. Utifrån de egna erfarenheterna så lägger han mycket tid på att lära känna sina elever och skapa relationer i stället för att vara sträng och tvinga dem rabbla glosor utantill. Han märker att det även gör honom gott. Det känns mer givande. När han kommer hem efter jobbet har han energi kvar till familjen.

En pojke som går på Walters extralektioner har alltid trasig kläder och flott hår. Han är tunn och ovårdad. På skolgården står han mest själv. Ibland är det någon av de andra som knuffar till eller ropar stinkråtta efter honom. Walter lägger märke till det och kallar in honom på sitt kontor.

"Robert, hur har du det hemma?"

Den lilla gossen skruvar på sig. Håller blicken fäst vid sina spruckna skor.

”Har du några syskon?” försöker han i stället.

Robert höjer blicken och ser rakt på Walter. Så börjar han berätta. För två år sedan reste han från Sverige till Amerika med far och lillebror. Mor hade dött i barnsäng när lillebror fötts ett år tidigare. Hans far sörjde, men kämpade för att ta hand om sina söner. Många försökte ta barnen ifrån honom. Sa att en man inte kunde ta hand om barn på egen hand. Barnen for illa. Det var då han bestämde sig för att lämna Sverige och ta med sönerna till Amerika. Hans bror och hustru skulle även de emigrera.

”Farbror Lennart är snäll, men hans fru Signe är sträng”, säger Robert. ”Jag bor hos dem.”

”Varför bor du inte med din far?”

Robert rusar ut från kontoret, men Walter hinner se tårarna.

Senare under dagen när eleverna gått hem, frågar han Lilly om hon känner till Roberts hemförhållanden.

”Jo, lite grann. Det är synd om pojken. Först dog mor hans i Sverige och sedan både far och bror på amerikabåten. Jag tror de fick någon matförgiftning, men Robert hade varit åksjuk och inte velat äta. Det räddade hans liv.”

”Så nu bor han alltså med sin farbror och faster”, svarar Walter. ”Men tar de inte hand om honom? Han ser så ovårdad ut.”

”Farbrodern är snäll, men har svårt med spriten och fastern är tydligen inte alls glad åt att behöva ha pojken

hemma hos sig. Så även om pengar finns tror jag inte
någon direkt tar hand om honom. Kanske han skulle fått
det bättre som fosterbarn hos okända än hos sina egna
släktingar.”

”Mycket tragiskt. Finns det ingen annan släkt
kvar i Sverige som kan ta emot honom i stället?
Han verkar inte alls trivas i Amerika och har stora
problem med språket.” Lilly rycker på axlarna.

”Jag vet inte. Han vill inte direkt tala om det och hans
farbror och faster ser jag aldrig till här i skolan.”

På hemvägen går han förbi Roberts farbrors hus. En
vildvuxen trädgård med ett smutsvitt hus som längtar
efter kärlek och målarfärg. Han går upp för trappan och
knackar på. Efter en lång stund åker dörren upp och en
dam med mungiporna neråt stirrar frågande på honom.
Han förstår att han säkert ser helt felplacerad ut i sin
kostym och välkammade hår.

”Ska ni sälja nåt så ska vi inget ha”, fräser hon.

”Jag är Roberts lärare. Ursäkta att jag tränger mig på,
men skulle jag kunna få komma in och tala med er en
stund? Jag ska inte bli långvarig.”

Han ser hur fastern slänger oroliga blickar inåt hallen.

”Det passar inte nu. Jag kan komma förbi skolan
någon dag i stället. Har han gjort något rackartyg?”

”Robert har inte gjort något. Men det vore bra om du
kunde komma förbi imorgon.”

Walter går nerför trappan igen och vidare hemåt. Han
känner sådan ömhet för Robert och hans historia. Kanske
den påminner om hans egen. Han var också litet barn när

han blev föräldralös och sedan retad i skolan. Klumpen i magen finns fortfarande kvar, även om den nu är hårt paketerad och instoppad under en massa andra känslor och livshändelser. Ibland när han är ensam kan han ta fram den och känna på den. Under den, ännu djupare ner, ligger all skuld och skam över det CJ gjort mot honom. Som ett taggigt paket han inte vill veta av. Att öppna det paketet vore som att peta i ett getingbo.

Gen och Leonard sover när han kommer hem. Karin sitter i köket. Hon reser sig och häller upp varm mat på en tallrik till honom. Han kysser henne på kinden.

”Är du ledsen?”

Hon ser med omsorg på honom.

Han berättar om Robert och besöket hos hans faster på hemvägen.

”Vad ska du säga till fastern?”

”Jag vet inte, men jag måste göra något för honom.”

Karin stryker Walter över ryggen.

”Du är en fin man.”

Dagen därpå kommer fastern till skolan. Walter tar in henne på kontoret och ber henne sätta sig ner. Han ser att hon biter ihop käkarna. Hennes ögon är vassa.

”Robert är en fin pojke. Han är vänlig och gör sitt bästa för att lära sig”, börjar han. ”Men jag oroar mig för honom. Han blir retad av de andra barnen eftersom hans kläder är trasig. Ibland smutsiga. Naglarna är oklippta och håret smutsigt”

Walter tystnar och ser på fastern. Hon sväljer.

”Jag ville inte ha några barn. Jag blev själv bortadopterad tidigt och vet inget om mina riktiga föräldrar. Adoptivmor sa alltid att jag föddes oönskad. Och jag kände mig så. Oälskad.
Ända tills jag träffade Lennart, min make. Jag var lycklig och nöjd med vårat liv. Vi skulle till Amerika och det kändes som ett äventyr. Men då omkom hans bror och brorsson. Kvar blev Robert. Lennart klarade inte av sorgen efter sin bror så han tog till flaskan och övergav Robert till mig att ta hand om. Jag miste min kärlek och mitt liv.”

Hon ser på Walter med mindre vassa ögon. Han anar tårarna i ögonvrån.

”Hur kan jag hjälpa er?”

Kapitel 43 (År 1929, ett år senare)

Walter sitter vid skrivbordet och ser ut över trädgården. Karin går med krattan och försöker fånga upp löven som leker i vinden. På en filt ligger Leonard medan Gen och Robert turas om med gungan. Robert är ofta hos dem och leker med Gen. Walter kom till slut överens med hans faster att när hon behöver tid för sig själv skickar hon över Robert till Karin och Walter. I utbyte lovade hon ta hand om honom bättre och se till att han får rena och hela kläder. Han är en mycket gladare gosse nu och det går märkbart bättre i skolan.

Walter trycker ner tangenten *D* på sin svarta Corona. Stannar upp. Och fortsätter sen: *Den gången fick jag bara stryk. Jag hade tur.*

Egentligen skulle han kunna skriva manuset på några veckor. Allt i den är sant. Han vet exakt hur det går. Men det är ett känslomässigt tungt arbete så han orkar bara skriva några rader per dag. Nu har det gått ganska många dagar sedan han började och bredvid sig ligger en tjock bunt färdigskrivna ark. Alla numrerade. På den senaste står det 213. Han sträcker på sig och tänker på den dagen han skriver om just nu:

Walter hade suttit länge och skalat potatis till CJ:s middag. Hans mage kurrade. När potatisen var färdigkokad och han hade stekt sidfläsk till luktade det gott. Men han visste bättre än att smaka innan CJ kom in. Efter att ha väntat över en timme utan att CJ kommit gick han fram till spisen igen. Tänkte bara värma på maten. Men så kunde han inte hålla sig. Hungern tog övertaget och han tog upp en potatis med fingrarna och stoppade in hela på en gång. Han tuggade snabbt och lyssnade efter

steg. Hjärtat bultade. Inga steg. Då tog han upp en bit
fläsk ur pannan och samtidigt öppnades dörren och CJ
stirrar på honom.

”Gott?”

Walter fick inte fram något ljud. Stod bara kvar.

”Gott!” halvt skrek CJ och tog ett kliv fram.

Han lyfte Walter i armarna och släpade honom in till
sovkammaren. Walter var så rädd och tårarna rann. Han
visste av erfarenhet att det var bäst att vara medgörlig så
det gick över snabbt. Och han hade tur. Den gången fick
han bara stryk.

Han väcks ur sina minnen av Gens skrik. Walter kikar
ut genom fönstret och ser att hon trillat av gungan. Karin
kommer snabbt till undsättning. Blåser och pussar på
hennes knä.

Jag är lyckligt lottad, tänker Walter.

Dagen därpå är det onsdag och arbetsdag. Robert och
Gen sitter och äter corn flakes med mjölk när Walter
kommer upp. Karin steker omelett och ger honom en
tallrik. Han häller över lönnsirap, lägger på en klick smör
och tar en stor tugga. Mätta och belåtna går Walter
tillsammans med Gen och Robert till skolan. De möter
Lilly i korridoren.

”God morgon, fröken”, säger barnen i en kör.

”God morgon.”

Hon ser på Walter.

”Hur går det med skrivandet?”

Lilly är en av de få, utom Karin, som Walter talar om sitt bokprojekt med. Han vill hålla det för sig själv, men behöver bolla idéer ibland och då är både Karin och Lilly suveräna, på lite olika vis. Barnen springer iväg till sina kamrater.

”Det går sakta, men det går framåt.”

”Det är nog nyttigt för både dig och boken.”

Walter funderar över hennes svar. Hon har säkert rätt. Han har ingen erfarenhet av att skriva böcker, bara läsa dem. Utan tidigare kunskaper om processen ger det en slags frihet i att få utforska och finna sitt eget sätt. Om man inte kan, kan man göra som man vill. Fast det känns inte som han planerar medvetet. Det mer bara sker. På grund av känslorna kan han inte skriva fortare och när det går sakta hinner han med både känslomässigt och språkligt. Hittills har han inte läst något av det han skrivit. Han vill bara komma framåt och se hur det slutar. Drömslutet är en återförening med storebror Georg, men det förblir nog en dröm.

Morgonen därpå sitter Walter vid köksbordet och läser tidningen. Karin har följt med Gen till skolan. Hon brukar göra det de dagar som Walter är ledig så han får morgonen för sig själv och skrivandet. Då tar hon en extra promenad med lilla Leonard i barnvagnen.

På första sidan skriker rubriken till honom. Stora röda bokstäver deklarerar börsras. En tredjedel av börsens värde försvann igår. Walter känner hur det knyter sig i magen. Han lämnar frukosten på bordet. Tar på sig skor och överrock och beger sig mot banken. Nästan framme ser han Karin med barnvagnen. Hon vinkar glatt.

"Har du sett i tidningen? Börsen rasar. Jag måste till börskontoret."

Karin hinner knappt svara innan han rusar vidare. På långt avstånd ser han kön utanför. Han ställer sig sist och hör hur de framför diskuterar läget på börsen. Många höga, oroliga röster hörs. När de till slut öppnar väller folk in i lokalen. Walter tar en kölapp och ser att han har nummer 73 och på nummervisaren på väggen ser han att det just nu är nummer 3 som expedieras. Han suckar och ser sig om. Alla stolar är upptagna. Så får han syn på Jacob.

Walter tränger sig fram till honom.

"Herre Jesus, vilket kaos", säger Jacob. "Har du placerat mycket pengar på börsen?" Walter nickar.
"Jo, vi skulle betala av huslånet nu om några månader."

Kapitel 44

Det är Walters tur och han tar ett kliv fram mot aktiemäklaren, som torkar svetten ur pannan med en näsduk innan han artigt frågar efter Walters ärende.

"Jag vill veta hur mycket mina aktier är värda idag."

Han sneglar åt sidan och ser hur en man försöker ta sig över disken samtidigt som han skriker att aktiemäklare är tjuvar och kriminella. Poliser kommer in i lokalen och brottar ner mannen. Walter vänder sig mot sin mäklare och noterar rädsla i hans blick.

"Ett ögonblick bara."

Efter en stund återkommer han och ser på Walter.

"Tyvärr har värdet på dina aktier sjunkit med nästan hälften sedan förra veckan."

Walter känner hur blodet lämnar huvudet och ett gällt tjut ringer i öronen. Hälften. Femtio procent. Hur ska han göra nu? Sälja aktierna och ta ut pengarna innan de sjunker mer? Eller kanske ha is i magen och vänta och se ifall de stiger snart igen? Han frågar aktiemäklaren som nästan ser ut som att han ska börja gråta strax.

"Jag vet inte. Ingen vet."

"Jag trodde det var ditt jobb att ge råd om sådant."

Till slut väljer han att sälja aktierna och sätta in pengarna på ett bankkonto. Han vet att det kan innebära att han inte kan betala av huset som han lovat banken, men han hoppas banken ska ha överseende med det nu när börsen har kraschat.

Walter går direkt från börskontoret till banken. Det är lika mycket folk och kö där. Han berättar sitt ärende när han till slut kommer fram.

”Det är inget jag kan besluta själv, utan jag behöver tala med min boss. Har du möjlighet att återkomma imorgon? Det är många som har ärenden idag som ska gå via chefen. Börsnedgången har ställt till det för många och skapat panik.”

Walter går hem igen. Han möts av en bekymrad Karin.

”Hur gick det? Är vi ruinerade?”

Han berättar vad han vet. Karin ser att han är mer orolig än vad han vill avslöja. Senare under dagen kommer Jacob över. Männen slår sig ner i varsin fåtölj i vardagsrummet. Karin kommer med en kanna te och slår sig ner i soffan.

”Hur gick det för dig på börskontoret?”

Walter ser på Jacob.

”Som tur är har vi plockat ut vinsten från aktierna lite då och då och betalat av på huslånet. Vi förlorade inte lika mycket som många andra och vi har inte så stora lån kvar. Även om vi förlorat en del, känner jag mig lyckosam i jämförelse. Hur gick det för er?”

Walter berättar återigen läget och att de inväntar svar från banken imorgon.

”Säg till om vi kan hjälpa er på något vis”, säger Jacob innan han går.

Dagen därpå är det arbetsdag för Walter. Helst vill han gå direkt till banken, men han kan inte bara strunta i sina elever. Han talar med Lilly om sin oro på lunchrasten.

”Oroa dig inte i onödan innan du vet hur det ligger till. Kanske banken och du kan göra upp på ett bra sätt. Lycka och glädje ska man ta ut i förskott, men aldrig oro.” Hon ler lugnande mot honom och han kan inte annat än le tillbaka.

”Ta ett djupt andetag och släpp ut oron.” Walter gör som hon säger.

”Och så ett andetag till.”

Han drar in så mycket luft han kan och känner magen spännas ut innan han långsamt andas ut och tänker sig att oron följer med andetaget.

”Nå, känns det inte bättre nu?”

”Jo, faktiskt”, svarar han och skrattar till.

Han försöker ta samma djupa andetag när han efter skolans slut går mot banken, men det hjälper inte lika bra den här gången. Andetagen fastnar halvvägs ner i magen och han känner sig nästan svimfärdig.

Han står återigen i kö med en massa andra oroliga människor. Framme vid luckan gråter en del på grund av dåliga besked. Kanske han också kommer gråta.

Karin sitter som på nålar i köket och väntar på att han ska komma hem och berätta. Mest av allt tänker hon på deras hus. Vad händer om de inte får bo kvar? Vart ska de ta vägen utan hem och pengar?

Walter kommer in genom ytterdörren och Karin möter honom i farstun. Hon ser direkt att det inte är några goda besked han fått.

”Vi har fått en frist på tre månader av banken. Då ska resterande summa som vi är skyldiga vara betald.”

”Då tar jag arbete nu. Du får gå upp och jobba heltid. Skrivandet får du vänta med. Sedan kanske vi kan skriva hem och höra med mor eller så kanske Jacob kan hjälpa oss med lån till det sista.”

”Karin, vi oroar oss inte i onödan. Vi gör som du säger. Jobbar så mycket vi kan och låter resten vila i Guds händer. Det som ska ske kommer ske. Men vi ska göra allt vi kan.”

Hon tar hans händer.

”Ja, så gör vi. Resten är upp till Gud.”

Karin får anställning hos en välbärgad svensk familj som nanny. Då hon tar hand om deras barn får Gen och Leonard vara hos Anna. Walter hade inga problem att få arbeta fler timmar på skolan. Men trots deras slit och dåliga samvete över att lämna sina egna barn, kommer de inte upp i de summor som de är skyldiga banken. Skamfylld går Walter till Jacob för att be om lån och samtidigt skriver Karin brev hem till sin mor. För säkerhets skull går de också till kyrkan varje söndag och ber för sin framtid.

Jacob har tyvärr ingen möjlighet att hjälpa till ekonomiskt. Sista hoppet ligger hos Karins mor. När brevet dimper ner och Karin ser sin mors handstil ropar hon på Walter. De slår sig ner i köket och Walter sprättar upp kuvertet med en kniv.

Kapitel 45

Walter ser allvarligt på Karin.

"Så din bror är villig att hjälpa oss med villkoret att vi kommer dit och träffar dem och vår...eller jag menar deras dotter.. som de har berättat om oss för. Och nu vill dottern träffa oss, sina biologiska föräldrar. Är det här verkligen bra? För henne? För oss och för Gen och Leonard?"

Karin rycker på axlarna.

"Har vi något val?"

En och en halv vecka senare kliver familjen ombord på båten som ska ta dem till Göteborg. Resan går bra den här gången och kors i taket, ingen i familjen blir sjösjuka. Karin längtar efter att få träffa mor, men är nervös inför mötet med deras dotter. Inte för att hon inte vill, men för vilka känslor det ska röra upp. Hon har äntligen landat i Amerika och har sin familj. Även om hon alltid kommer sakna sina förstfödda barn, har hon accepterat livets prövningar och finner tacksamhet i de barn hon har hos sig. Det är länge sedan nu som självmordstankarna dök upp, men det finns en rädsla för att de ska tränga fram igen.

De bestämmer sig för att åka raka vägen till Nils och Elna. När de till slut står framför deras dörr har det redan hunnit skymma ute. De kommer behöva sova över här för att åka till Malexander och mor dagen därpå.

Karins hjärta bultar hårt när Walter knackar på dörren. Hon har en sovande Leonard i famnen. Bredvid står en kissnödig Gen och trampar. Elna öppnar dörren och spricker upp i ett stort leende när hon ser sin svåger och svägerska med familj.

Bakom Elna står två flickor i nattlinne. De kikar blygt fram. Både Karin och Walter ser direkt vem som är deras dotter. Hon har fräknar på näsan precis som far sin.

”Eva har ni ju träffat förut, fast hon har nog vuxit en del på de åtta år som passerat sen sist vi sågs”, säger Elna och puttar fram Eva för att hälsa.

Eva tar i hand och niger.

Elna föser sedan fram den andra flickan. Deras dotter.

”Och här har vi Kristina.”

Hon sträcker fram sin lilla hand till Walter och hans ögon blir fuktiga.

Nils kommer ut i hallen och omfamnar sin syster.

”Så fint att äntligen få se dig och din familj.”

Gen och Leonard hälsar på sin morbror för första gången.

Kristina som hunnit bli åtta år har tusen frågor att ställa och allt eftersom blygseln släpper kommer frågorna bubblandes. Nils säger åt henne att lugna sig, men ser på Walter och Karin att de tycker om att svara på Kristinas frågor.

Karin och Walter hade planerat åka vidare till Karins mor dagen därpå, men bestämmer sig snabbt för att stanna några extra dagar hos Nils och deras Kristina.

Den tuffaste frågan kommer dag tre. Walter sitter ensam i trädgården när Kristina kommer ut. Hon ser på honom och tar sats för att fråga:

”Varför lämnade ni bort mig?”

Han förstår att hon tänkt på det mycket och att det inte var en enkel fråga att ställa.

”Vi var ledsna när vi lämnade kvar dig, men vi visste att du skulle få det bra hos Nils och Elna. Till och med bättre.”

”Varför lämnade ni mig om ni blev ledsna?”

Walter väljer noggrant orden.

”Vårt hem var i Amerika. För att komma dit måste man resa med båt länge. Det är en farlig resa och inte alla överlever. Särskilt farligt är det för små barn. Vi ville inte riskera ditt liv. Var du kvar här skulle du överleva, ha ett bra liv och bli älskad.” Kristina tar in orden hon nyss fått av sin biologiska far. ”Jag har en storebror också på kyrkogården där farmor bor.”

Walter rycker till. Ovan att tala om Bengt.

”Ja, vår Bengt vilar där. Din bror. Min son.”

När Walter och Karin ska resa vidare till Malexander drar Kristina i Nils arm.

”Far, far. Får jag följa med och hälsa på farmor?”

Nils ser frågande på Walter, som nickar.

"Javisst, vi lämnar av henne på vägen tillbaka till Göteborg om ett par dagar."

Det blir fina dagar tillsammans med Karins mor och Kristina. Även om saknaden efter dottern på ett sätt blir större efter de lärt känna henne, blir samtidigt oron mindre, för nu vet de med säkerhet att hon har det bra. När de till slut skiljs åt, lovar de att hålla tät kontakt via brev.

På båten under hemresan frågar Gen sina föräldrar:

"Varför kan inte Kristina följa med oss hem? Nu är hon ju ingen bebis längre."
Walter lägger en arm om sin dotter.
"Kristina är Nils och Elnas barn nu och Evas syster. Hon är uppväxt med dem och de är hennes familj. Vi är mer som farbror och faster och ni hennes kusiner." Gen funderar en stund.
"Men kan hon komma och hälsa på någon gång?"

"Javisst kan hon det."

Även hemresan går bra utan någon allvarligare sjösjuka. Leo kräktes en gång bara det första dygnet. Gen var helt oberörd av sjögången.

Walter öppnar grinden till deras trädgård och håller upp den för sin hustru och barn. Innan han själv går in kollar han brevlådan. Där ligger tre brev adresserade till honom. Alla breven är från olika bokförlag. Hjärtat slår hårdare. Han stoppar breven i rockfickan. Innan de for till Sverige postade han manuset till fem olika förlag utan att berätta det för någon. Ifall ingen ville ge ut hans verk skulle han inte behöva tala om det för någon.

Under tiden som Karin klär på Gen och Leonard pyjamas och borstar deras tänder, slår

Walter sig ner med breven i fåtöljen. Han tar fram en brevkniv och sprättar upp det första. Utanpå kuvertet ser han loggan från Random House. Ett ganska nytt förlag som ger ut kvalitetslitteratur. På det andra kuvertet läser han Mcmillan Publisher. Ett äldre brittiskt förlag med en filial i New York. Även det ett förlag med bra kvalitetsböcker. Alla de fem förlag som Walter skickat sitt manus till har gott rykte. Skulle han bli utgiven via något av dem, vilket som, skulle hans lycka vara gjord.

Kapitel 46

Walter säger god natt till barnen, tar Karin i handen och går ut i köket. Där har han dukat upp varsitt glas med coca cola, en skål jordnötter, ost och kex. På bordet står två tända, vita ljus.

Han drar ut stolen och gör en gest åt Karin att slå sig ner.

”Vad firar vi älskling?”

”Vi firar att din make har fått ett bokkontrakt med förskottsbetalning som gör att vi kan betala av lånet till din bror direkt.”

Karin glädjeskriker rakt ut.

”Iiiiiiii!”

”Ssch, du väcker barnen.”

Walter försöker låta sträng, men leendet avslöjar hans glädje.

”Älskling! Grattis! Jag visste inte att du skickat in till förlag än.”

”Jag var rädd att inte manuset skulle bli antaget, så jag vågade inte säga något. Inte ens till dig. Förlåt.”

”Jag är glad för din skull. Jag vet hur du kämpat med skrivandet.”

”Tack. Och tack för att du trott på mig och gjort det möjligt. Det ska bli spännande att se vad det här innebär.

Jag ska träffa förläggaren nästa vecka i New York och få veta mera.”

”Oj! I New York. Det var inte dåligt.”

”Nej, det blir roligt. Förlaget betalar för resan och en hotellnatt.”

En vecka senare åker Walter till New York. Både hotellet och förlagets kontor ligger på Manhattan. Han möts av en glänsande labyrint av skyskrapor. Stan har ändrat sig mycket sedan han och Karin anlände för första gången. Och tänk vad mycket han själv förändrats. Nu har han sitt hus, familj och han är författare. Ett stråk av stolthet smyger sig på. Han önskar han kunde få berätta för Georg och för CJ. Georg hade varit stolt. Det är han säker på. CJ skulle vara arg, avundsjuk och missunnsam. Det hade varit fint att se. Jag blev visst mer än en torpare, skulle han ha sagt. Walter väcks ur sina dagdrömmar när automobilen stannar utanför hotell Chelsea. En ung man i röd jacka och röda byxor skyndar sig fram till bilen. Öppnar dörren åt Walter och bär hans väskor in i lobbyn.

”Åh, vad det luktar gott.”

Walter ger den unga mannen dricks.

”Det är från restaurangen, sir.”

Han pekar åt höger förbi receptionen.

El Quijote, står det på en skylt. Walter vågar sig inte på att uttala namnet på restaurangen, men bestämmer sig för att gå dit efter han checkat in.

Menyn ser trevlig ut. Mycket mexikanskt med hetta. Men priserna är höga. Förskottet kommer precis täckta lånet till Karins bror, men det blir inget över att leva på. Nu behöver han få veta hur mycket royaltys det blir per såld bok. Om två timmar ska han träffa sin förläggare för första gången. Han nöjer sig med tre små tapasrätter och ett glas citronvatten.

Vattnet går åt snabbt. Walter, som inte är van vid kryddig mat, tycker det brinner i munnen. Han ber kyparen om mer vatten. Kyparen skrattar och hämtar in en hel karaff citronvatten med is.

Innan han möter förläggaren hinner han vila en stund på rummet. Som tur är betalar förlaget hans boende. Det är nog inte det billigaste, tänker han innan sömnen kommer över honom.

Knackningar på dörren väcker honom hastigt. Han ser sig om och kommer på var han är och mötet med förläggaren. Walter hoppar snabbt ur sängen och öppnar dörren. Där står en piccolo med ett brev på en silverbricka. Han tar brevet och lägger dricks på brickan.

”Jag väntar på dig i hotellbaren.” Signerat Mr Larsen. Walter rättar till håret, kläderna och skyndar sig ner till baren. Han ler och sträcker fram handen mot vad han tror är Mr Larsen.

Mannen tar hans hand och ler tillbaka. Det är Mr Larsen, förläggaren. Walter slår sig ner.

”Jag tog mig friheten att beställa en whiskey on the rocks. Vill ni ha något att dricka?” Walter skakar på huvudet.

”Tack, men nej tack, det är bra för mig. Jag har nyss ätit en fantastisk, men stark måltid här i restaurangen.”

Mr Larsen skrattar till.

"Ja de kryddar duktigt här."

Larsen tar en sipp på whiskeyn.

"Jaha Mr Bergstrand, ni har skrivit en skildring av er barndom. Inte sant? Vi på förlaget är överens om att det är en stark berättelse. Men vad säger ni om att göra om den till fiktion? Vi ger helst ut den som skönlitterär. Ni vet, en biografi kan alltid få folk att vilja stämma en. Alla har sin version av en historia." Walter skruvar på sig.

"Jag förstår. Fast min avsikt var att sanningen skulle komma fram. Jag har burit skuld och skam tillräckligt länge för något jag är oskyldig till. Kanske kan min historia ge andra utsatta hopp. Om det blir fiktion så tror jag inte den väcker samma starka känslor."

"Vi gör så här", säger Mr Larsen med en viss skärpa i tonen. "Vi ger ut den som en fiktiv roman. När ni skapat er ett namn som författare och folk lyssnar till er så kan ni gå ut med sanningen. Vi kan till och med trycka upp en ny upplaga med nytt förord om ni önskar. Men som det är nu skulle det skada både er karriär och oss som förlag."

Walter tar ett djupt andetag och det blir en obekväm tystnad innan han svarar. Mr Larsen hinner ta några klunkar igen.

"Ni har säkert rätt. Jag är helt oerfaren av branschen så jag får lita på ert ord."

Walter sträcker fram handen. Mr Larsen ler nöjt och skakar hans hand. Han lägger fram en bunt papper på bordet.

”Här är kontraktet. Det är bara att skriva under på sista sidan.”

Det är en gedigen bunt papper och Walter har precis sagt att han litar på Larsen. Han bläddrar snabbt fram till sista sidan och skriver sin signatur. Genast får han en obehagskänsla. Vad har han gjort? Utan att läsa kontraktet har han precis gett bort rättigheterna till sitt livsverk. Mr Larsen vill att de firar kontraktet, men Walter vill bara tillbaka till hotellrummet och läsa igenom kontraktet i lugn och ro.

Larsen skrattar till.

”Ni ser ut som ni förlorat allt ni äger snarare än blivit en snart utgiven författare. Var det inte det här ni ville?”

”Jo, förlåt. Såklart är det så. Det är bara så nytt för mig. Hur fungerar det med förskottet?

När får jag det?”
”Ni får hälften nu och hälften när manuset är färdigt utifrån våra krav, som du kan läsa om i kontraktet.”

Walter tackar för sig och går snabbt upp till rummet.

Kapitel 47 (Två månader senare)

”Jag blir galen! Det går inte!”

”Lugna dig Walter. Du skrämmer barnen.”

”Förlåt Karin. Jag är bara så orolig att jag inte ska få ihop bokmanuset som förlaget vill ha den. Jag måste byta namn på alla personer och alla platser. Sedan ska dialogerna bytas ut så ingen levande person kan känna igen sig i det. Det känns övermäktigt.”

Walter lägger huvudet mot bordsskivan och ger ifrån sig en ljudlig suck. Karin stryker honom över axlarna, men hon går inte in i fällan att tycka synd om honom.

”Du fixar det. Ta lite i taget bara. Gå en promenad emellan. Få lite luft.”

”Det låter underbart. Men om det inte är färdigt första oktober får jag inte andra halvan av förskottet och då kan vi inte betala tillbaka till din bror. Nu är jag ju dessutom ledig från jobbet för att skriva klart så vi behöver verkligen pengarna.”

”Jag tar med barnen till parken så får du skriva ifred en stund.”

Karin reser sig och ropar på barnen.

När familjen gått ut sitter Walter själv framför skrivmaskinen. För första gången sedan han svimmade i Chicago känner han pirr i fingertopparna, illamående och ett avsmalnat synfält. Han reser sig försiktigt och tar en sked fiskleverolja. Det får honom må ännu mer illa. Han går ut i badrummet och hulkar. Inget kommer upp. Han går tillbaka till i köket och kokar en kopp kaffe. Brer sig en smörgås och tar med allt ut. Sätter sig på farstutrappan och försöker lugna ner nerverna. Han hör CJ:s röst i bakhuvudet:

”Du är värdelös. Det är ingen idé du går i skolan mer. Du blir inget annat än en dräng ändå.”

Walter tar sista tuggan av smörgåsen och häller i sig kaffet. Går in och slår sig ner igen framför skrivmaskinen. När han ska börja skriva överröstas tankarna i stället av hjärtslagen.
De slår snabbt av koffein och oro. Han förstår att det inte är någon idé att fortsätta.

Bestämmer sig för att ta en promenad trots dåligt samvete för att Karin är snäll och går ut med barnen för hans skull. Men det kan inte hjälpas. Han vandrar planlöst omkring tills han

hamnar framför sin arbetsplats. Innanför fönstret skymtar han Lilly. Eleverna har gått hem för dagen. Walter går in.

”Walter, vår store författare. Hur har du det?”

Han berättar om förlagets krav och sina svårigheter med att komma till ro så han kan genomföra redigeringen. Hon lyssnar tills han är klar innan hon tar fram papper och penna. Skriver ner något och ger honom lappen. Frank Pearl 555-10 23 14. Han ser frågande på henne.

”Boka en tid hos honom. Han är jätteduktig.”

”Duktig på vadå?”

”På att hjälpa människor. Jag vet inte riktigt hur jag ska förklara. Han är psykolog, men det ordet skrämmer en del. Tänk dig att det är någon du kan berätta precis allt för utan att han dömer dig eller berättar det för andra. Dessutom kan han ge råd, som grundar sig i forskning, på hur du kan utvecklas och må bättre inombords.”

”Jag vet vad en psykolog är. Fast så stora problem har jag väl inte. Jag är ingen knäppgök.”

”Det är exakt det där jag menar. Många tror man ska ha en psykisk sjukdom för att söka hjälp hos en psykolog. Särskilt vi svenskar. Amerikanare har enklare för att söka hjälp. Varför inte prova? Du behöver inte berätta det för någon annan.”

”Mmm, kanske. Jag lovar inget. Eller jo jag kan lova att tänka på saken.”

Lilly ler.

”Det är en bra början.”

Walter går tillbaka hem igen och hinner precis hänga av sig ytterrocken innan Karin och barnen kommer hem. Han går fram och ger henne en kram. Klappar barnen på huvudet.

”Där ser du Walter. Visst var det bra med tid för dig själv. Har det gått bra med redigeringen nu?”

Walter nickar. Även om han inte redigerat en enda mening känner han sig lugnare efter samtalet med Lilly. Han fingrar på lappen i fickan.

Efter ytterligare två veckors kämpande med redigeringsarbetet, hjärtklappning och sömnsvårigheter tar Walter mod till sig och ringer numret han fått av Lilly. Han får en tid redan dagen därpå.

Mottagningsrummet är stelt. Walter sitter i en rödbrun läderfåtölj. Bredvid står ett runt bord med några magasin ovanpå. Väggarna är grönmålade utan tavlor. Han ska precis ta upp ett av magasinen när en man kommer och säger hans namn. Walter reser på sig och räcker fram handen för att hälsa. Mannen tar den inte utan vänder sig mot dörren och säger åt Walter att vara så vänlig och följa med honom. Walter lyder. Inne i ett stort ljust rum med många fönster och bokhyllor på resterande väggar visar mannen med en gest mot en soffa att Walter ska slå sig ner. Själv sätter han sig i en blå tygfåtölj mittemot. Han tar fram ett anteckningsblock.

”Nå Walter. Berätta för mig hur du mår och vad som fick dig att ringa mig.”

Walter känner sig obekväm. Han ser ut genom fönstren. Ser molnen sega sig förbi på himlen. Det blåser lätt i träden.

”Jag får ingen ro. Hjärtat slår snabbt. Tankarna far runt. Men jag har det bra. Jag har en fantastisk fru, två underbara barn. Har precis fått ett bokkontrakt som kommer göra så vi kan betala av lån på vårt fina hus... Allt är bra, men jag mår ändå inte bra.”   Mannen nickar och antecknar.

”Berätta om varför du kom till Amerika.”

Walter fortsätter se på molnen. Försöker hålla fast dem med blicken.

”Karin blev gravid, men hennes föräldrar ville inte vi skulle behålla barnet. Vi var unga. Vi behöll det ändå och bröt kontakten. Men barnet dog. Vi ville bort och starta om på nytt. Karin blev gravid igen här i Amerika. Vi åkte tillbaka till Sverige på begravning av hennes far och så födde hon vår dotter där. Tyvärr valde vi lämna bort flickan. Vi tänkte det var bäst och kom tillbaka hit utan barn.”

Mannen gör fler anteckningar.

”Och din egen barndom? Hur såg den ut?”

Walter drar en djup suck. Ser ner på sina händer.

”Mor dog när jag var fyra år. Far lämnade mig och mina syskon. Min bror Georg och jag hamnade hos en fosterfar, CJ. Han var inte snäll. Efter några år flyttade Georg och jag blev kvar. Det...det var en tuff tid.”

”Då tror jag vi är klara för idag.”

Mannen reser sig och öppnar dörren så Walter kan gå. Senare samma kväll när alla har lagt sig och Walter släcker lampan rinner tårar ner för hans kinder. Han känner sig inte känslomässigt ledsen, men tårarna envisas med att komma fram. Bredvid ligger Karin och sover. Han gråter och gråter. Ett par gånger går han upp och snyter sig. Så småningom somnar han helt lugn inombords, totalt utmattad.

Kapitel 48 (En månad senare)

Walter står utanför förlagets byggnad i New York. I sin hand håller han det färdigredigerade manuset. En kvinna i gul basker kommer ut genom dörren och ger honom ett leende. Han tar mod till sig och går in innan dörren slår igen efter henne. Det är högt i tak och rakt fram står en disk. Bakom den sitter två unga och vackra flickor. Han kliver fram och harklar sig.

”Jag söker Mr Larsen.”

”Har ni bokat tid?”

”Njaa, jag skulle lämna manus senast idag, men jag har ingen exakt tid. Jag heter Walter

Bergstrand.”

Kvinnan hummar och letar bland sina papper. Tar upp telefonluren och väntar.

”Det är en Walter Bergstrand här med ett manus... Okej.... Okej Sir.”

Hon lägger på och ser på Walter.

”Tolfte våningen. Hissen har ni där.”

Hon nickar åt höger och Walter ser tre hissar varav en står med öppna dörrar. Han kliver in i hissen och trycker på knappen med nummer tolv på. Dörrarna åker igen med skrammel och hissen rör sig uppåt. Han är inte helt bekväm med att stå instängd i ett trångt utrymme. Tankarna vandrar direkt till olika skräckscenarier. Hissen stannar och syret tar slut. Hissen går sönder och faller fritt flera våningar för att landa med en smäll i botten. Mitt i sina tankar stannar hissen verkligen. Dörrarna öppnar sig och han kliver kvickt ur. Mr Larsen kommer emot honom med öppna armar och ett leende.

"Walter, vad fint att se dig. Hur mår du? Kom in på mitt kontor så får jag kika på manuset."

Walter följer efter. Mr Larsen sätter sig bakom det enorma skrivbordet och visar med en gest att Walter kan sätta sig mittemot. Walter lägger manuset på skrivbordet och slår sig ner.

Larsen bläddrar i manuset under en lång tystnad. Walter försöker diskret torka av sin handsvett.

"Jag måste naturligtvis låta manusgruppen läsa igenom det innan vi kan godkänna, men det jag sett nu ser bra ut."

Han reser sig och tar Walter i handen.

"Jag hör av mig inom fjorton dagar. Jag har strax ett annat möte så ni får ursäkta mig. Adjö."

Efter hissturen ner står han ute på gatan och undrar vad som egentligen hänt. Han reste många timmar för att komma hit och träffa Mr Larsen och lämna manuset och så var allt över på några minuter. Inte vet han om manuset är godkänt och inget om pengarna heller. Förvirrad och nedstämd går han in på en pub mittemot förlaget. Beställer en pilsner och slår sig ner vid ett fönsterbord. Mannen vid bordet bredvid lyfter sin flaska som i en skål. Walter gör likadant innan han försvinner in i egna tankar.

Två veckor senare, när Karin badar barnen innan läggdags, sitter Walter vid köksbordet med en kopp te. Inte ett ord har han hört från förlaget. Undrar om det bådar gott eller ont. Ska han ringa Mr Larsen eller är det för desperat?

"Vad sitter min käre make och grubblar över?"

Karin tar en kopp te och slår sig ner mittemot.

"Jag har inte fått något svar än om manuset."

"Då ringer du och frågar, tycker jag."

Walter får energi och styrka från hennes självsäkra svar. Han kikar på klockan. Halv sju.

Det är för sent. Han får ringa imorgon.

Direkt efter frukosten när barnen gått iväg till skolan ringer han förlaget.

"Walter, jag ber om ursäkt att det dröjt. Vi har många manus just nu att gå igenom. Jag ska höra med manusgruppen under dagen så återkommer jag idag eller imorgon så du får besked.
Hur låter det?"

De lägger på utan att Walter vet mer än innan, men det är lugnande att veta att det är på gång i alla fall och inom ett dygn kommer han veta mer.

Efter två dygn av orolig väntan ringer telefonen till slut och det är Mr Larsens sekreterare.

”Manuset är okej, men det finns stavfel och andra språkliga missar. Förlaget kommer rätta till det och ge ut boken. Men på grund av detta uteblir andra halvan av förskottet. Tyvärr, men detta blir en kostnad som vi får stå för. Hoppas ni förstår. Ni kommer få boken utgiven, så jag tycker ändå ni ska fira stort. Grattis! Vi hör av oss när vi har ett releasedatum.”

Efter att sekreteraren lagt på står Walter kvar med luren i handen. Glädjen blandas med oro och nedstämdhet. Han berättar om samtalet för Karin.

”Herregud Walter! Du är svensk som ska få ge ut en bok på engelska i Amerika! Grattis! Nu firar vi!”

Det uteblivna förskottet innebär att Walter behöver arbeta fler timmar på skolan. Samtidigt börjar han fundera över nästa bok. Ska han kunna arbeta som författare måste han fortsätta skriva.

Walter sitter bakom katedern medan hans elever skriver på en uppsats. Han låter dem skriva helt fritt inom vilket ämne de vill. Det brukar få igång fantasin hos de flesta. De får skriva om det som intresserar dem. En pojke skriver om sin kärlek till kräldjur. Han beskriver deras skinn som glittrande konstverk, parningsakten som en kärleksroman. Pojken som annars har svårt att tala högt inför andra och uttrycka sig, beskriver nu kräldjuren med sådan kärlek och respekt att man som läsare dras med och också fascineras av dessa djur.

Walter får en idé. Förra boken handlade om hans uppväxt hos CJ. Nu ska han skriva om det han älskar i stället. Tanken gör att han genast skriver ner en massa idéer, men avbryts av elever som börjar bli klara med sina uppsatser. Helst vill han bara att arbetsdagen ska ta slut så han får gå hem och skriva.

Kapitel 49 (År 1932, två år senare)

Walter arbetar heltid på skolan. Den första boken har inte sålt särskilt bra och förlaget är tveksamma till att ge ut bok två. Kritiken de ger är att boken är för odramatisk. Det finns ingen spänning. Inga tydliga vändpunkter. Inget som får läsaren att vilja läsa vidare. Kan han lägga in ett mord eller åtminstone en otrohetsaffär?

Nils har gett små vinkar om att det är knapert för dem i Sverige. De skulle snart behöva få tillbaka pengarna de lånat ut. Walter känner pressen från både bokförlaget och Nils. Han arbetar och skickar pengar varje månad, men det är småsummor.

Walter vaknar långt innan klockan ringer. Ligger kvar en stund i sängen och stirrar ut i mörkret. Har han missbedömt sin förmåga helt? Ska han ge upp författardrömmen. Från början skrev han för sin egen skull. Han ville berätta sin sanning. Men sedan blev det alltmer för att få in pengar. För att på riktigt bli författare. Men han är fortfarande lärare på heltid. Inget har förändrats med bokkontraktet. Medan tankarna maler på i bakhuvudet kliver han upp och smyger ut i köket för att koka kaffe innan familjen vaknar.

Efter en stund kommer Gen ut i köket. Finns det något sötare än en nyvaken dotter med rufsigt hår? Walter blir varm i hjärtat.

”Pappa, jag fyller år snart.”

”Jag vet Gen. Åtta år. Önskar du dig något särskilt då?”

Hon slår med pekfingret mot hakan och ser ut att fundera.

”Jag vill att hela familjen har picknic med tårta i trädgården. Och så önskar jag mig en hundvalp.”

Walter sätter nästan kaffet i halsen.

”En hundvalp? Vem ska ta hand om den när du är i skolan?”

”Mamma såklart. Hon jobbar inte så länge. Några timmar kan en hund vara ensam. Det säger Anna. De har hund och den är jättesnäll och söt.”

”Har du frågat mamma om hon vill ha hund?”

Gen nickar ivrigt.

”Jaa, hon säger att jag ska fråga dig.”

Karin står i dörröppningen till köket. Walter ser på henne med en frågande min. Hon går fram om pussar honom på kinden.

”Vi kan tala om det ikväll”, viskar hon.

Walter plockar ihop sina saker och går iväg till jobbet. Idag ska han träffa föräldrarna till den nye pojken som ska börja i hans klass. Pojken har gått i en annan skola tidigare där han fick problem. Pojken var uppkäftig mot lärarinnan och blev tillsagd att stå i skamvrån, men han hade vägrat och i stället agerat utåt mot både lärarinnan och ett par av klasskamraterna.

Föräldrarna sitter redan och väntar när Walter kommer till skolan. Han ber dem stiga in på hans rum. Mamman håller hårt om sina händer och ser ner i golvet. Pappan är lång och reslig.

Han möter stadigt Walters blick. Nästan utmanande.

"Vill ni berätta för mig vad som hände på den förra skolan?"

Mamman pillrar nervöst på nagelbanden. Pappan harklar sig.

"Theodor har blivit bortskämd av sin mor. Bristen på regler och gränser hemma har gjort honom till en odåga i skolan. Dessvärre arbetar jag på båt och är ofta hemifrån veckor i sträck."

"Har Theodor några syskon?"

"Hennes kropp klarar inte av att få fler barn. Vi får nöja oss med ett barn. Tur det blev en pojk."

Han ser på sin fru med bitterhet.

Walter ryser till av tanken på vad hon och sonen förmodligen får genomlida där hemma.

Senare samma dag möter han rektorn som ber honom komma in på hans kontor.

"Walter, jag vet att du kommer få Theodor som elev från nästa vecka. Jag vill inte skrämma dig, men hans farfar är en av våra stora sponsorer. Tack vare hans bidrag kan vi hålla skolan igång. Jag ber dig inte särbehandla gossen, men vi ska göra vad vi kan för att få allt att fungera. Eller hur?"

Walter försöker smälta det han just fått höra.

"Jag gör alltid mitt bästa för att det ska gå bra för våra elever."

"Det är bra Walter. Jag litar på dig. Det är viktigt för din tjänst att Theodors farfar fortsätter ge bidrag till skolan."

Han går ut från rektorns kontor och går rakt in i Lilly.

"Du ser bekymrad ut Walter. Dåliga besked?"

"Har du tid att ta en kaffe med mig? Jag behöver dina kloka råd."

De tar med sig varsin kopp kaffe in till Walters rum. Han berättar om rektorns ord, Theodors farfar, situationen med böckerna och tvivlen han har på sig själv.

"Och utanpå allt vill Gen ha en hundvalp i åttaårspresent."

Lilly brister ut i skratt. Först blir Walter irriterad, men sedan kan han inte hålla sig och skrattar med.

"Livet", säger hon. "Det du beskriver är livet. Problemet är nog snarare att du fastnar i det som inte är bra i stället för att se balansen mellan bra och dåligt."

Han grunnar på hennes ord. Tar en klunk kaffe.

"Lyssna Walter, du har en massa bra saker i ditt liv. Du har en fantastisk familj. Du har ett jobb. Du har ett fint hem."

"Tack Lilly. Jag vet allt det, men ändå känns det bättre bara av att du påminde mig. Jag fastnade verkligen i allt som var dåligt. Bara för några minuter sedan kändes det som att allt gick emot mig. Nu känner jag hopp fast att inget av problemen är lösta. Hur gör du?"

"Jag försöker bara vara en god vän. Om jag hade tyckt synd om dig och hållit med om att livet är orättvist hade du mått sämre bara. Eller hur?"

Kapitel 50

Eleverna står på kö utanför klassrummet och väntar på att Walter ska be dem stiga in. Det är Theodors första dag. Han står sist i kön bakom en flicka med två långa flätor på ryggen. Barnen börjar gå framåt och Theodor får ett infall. Utan att riktigt tänka sig för stoppar han fram sin fot framför flätflickans. Hon snubblar in i pojken framför som i sin tur ramlar framlänges in i klassrummet. Walter ser förvånat på pojken.

"Sara knuffade mig."

Sara vågar inte ange den nya pojken. Hon ber om ursäkt och fortsätter in till sin plats. Walter ber Theodor vänta hos honom framme vid tavlan, medan de andra sätter sig på sina platser.
Pojken gör som han säger, men stampar missnöjt i golvet.

"Klassen, det här är Theodor. Han ska börja hos oss idag. Vi ska ta väl hand om honom och vara goda kamrater. Eller hur?"

Barnen nickar och ser utforskande på den nya.

"Theodor, du kan sätta dig bredvid Sara."

"Pappa säger att flickor inte har lika stor hjärna som pojkar. Jag vill sitta bredvid en pojke." Klassens pojkar skrattar och ser på varandra. Walter höjer ett varnande finger.
"Du får sitta på den lediga platsen bredvid Sara nu. Nästa gång vi byter platser så får vi se om det blir en pojke bredvid dig."

Han släpar fötterna för att visa sitt missnöje när han går fram till sin plats.

På rasten berättar Walter om händelsen för Lilly. Han väljer sina ord och försöker se det positiva också.

"Pojken uppträdde ouppfostrat, men satte sig ändå på platsen jag gav honom. När jag inte gick in i konflikten blev det lugnt och vi kunde arbeta med välskrivning som planerat."

"Så bra", svarar Lilly. "Jag förstår att det är en utmaning för dig, men du verkar hantera det bra."

Veckan rullar på. Walter anstränger sig för att få det fungera i klassen med Theodor och på kvällarna skriver han på bok nummer två. Han sitter vid skrivmaskinen när Karin försiktigt knackar på dörrkarmen.

"Hej älskling, vad har du på hjärtat?"

"Jag har hittat en hundvalp. En chokladbrun gullig hane."

"Vad kostar den?"

"Vi får den. Det är en väninna till mig. De fick en kull med många valpar och det var oplanerat. Hon sa att de blir tacksamma om vi tar en så slipper de skjuta dem. De kan inte ha kvar valparna."

Han är inte det minsta sugen på att skaffa hund. Den kan bli det som får det negativa att tippa över och bli mer än det positiva i livet. Men han har varken styrka eller hjärta att säga nej till Karin eller Gen. Leonard har inte sagt mycket om det. För honom är det mest amerikansk fotboll och kompisar som gäller för tillfället. Han är sällan hemma. Kanske kan en hundvalp få honom vilja vara hemma mer. Det skulle vara något positivt.

”All right, vi tar hem hunden till Gens födelsedag.” Karin slår armarna om honom.

”Du är världens bästa.”

”Ja, ja”, skrattar han. ”Nu måste jag fortsätta skriva.”

För att göra historien mer spännande, som förlaget ville, lägger han in ett självmord. En man skjuter sig i huvudet när frun lämnar honom. Det där blir bra. Han känner sig nöjd och ska precis avsluta för dagen när han kommer på att mannen han just tagit livet av lever i sista kapitlet. All luft går ur honom. Nu måste han antingen skriva om hela slutet eller ta bort självmordet som han är nöjd med. Han sätter ett nytt papper i maskinen och börjar om.

Skrivandet flyter på och när han till sist avslutar ser han att huset är mörkt och barnen och Karin har lagt sig. Han borde också lägga sig, men i stället går han ut och sätter sig på trappan. Tittar upp mot stjärnorna. Det är fullmåne. Han tar ett djupt andetag. Bävar för morgondagen med Theodor i klassen. Helst vill han att natten ska vara för evigt.

Det gör den såklart inte och efter en orolig natt vaknar Walter först av alla. Efter frukosten går han till jobbet och gör allt han kan för att ha en positiv inställning när han möter eleverna. Han ler mot Theodor, som blänger tillbaka. Med stora bokstäver skriver han Sverige på tavlan.

”Sverige är helvetet på jorden säger pappa.”

Theodor flinar och ser hånfullt på Walter.

"Jag tycker det är alldeles för kallt för att kunna vara helvetet", svarar Walter. "Men om du är tyst en stund ska jag förklara varför jag skriver Sverige på tavlan."

"Om jag inte är tyst, slipper vi höra det då?"

Det dunkar i tinningen och Walter kämpar för att behålla lugnet. Utan att svara börjar han berätta om Sveriges historia. Han talar en bra stund utan att höra något från Theodors håll. En aning lättad berättar han med stor inlevelse om hur lilla Skänninge en gång i tiden var mäktigaste staden i hela Götaland.

"AAAAJ!"

Han vänder sig om och ser hur Theodor tagit ett rejält grepp om Saras flätor och smackar som till en häst. Lugnt, med låg röst ber han honom släppa taget på direkten.

"Jag är en riddare i Skänninge och det här är min häst."

"Så bra att du har lyssnat på vad jag sagt, men nu släpper du henne."

Walter ställer sig bredvid dem. Då släpper Theodor taget så plötsligt att Sara flyger framåt och slår hakan i bänken. Hon börjar gråta och rusar ut ur klassrummet. Theodor skrattar.

"Så korkad häst. Måste nog varit en åsna."

Tvärtemot allt han vill och tror på höjer Walter handen och slår med full kraft Theodor på kinden. Pojken trillar baklänges och landar med bakhuvudet mot det hårda golvet. Någon hundradels sekund känner Walter lättnad, men den övergår snabbt i oro och ångest. Han böjer sig ner över Theodor som svimmat.

”Kan någon hämta ett glas vatten?”

Anna reser sig upp för att hämta. Då öppnas klassrumsdörren och rektorn kommer in.

”Vad är det för liv?”

Kapitel 51

"Ge inte upp nu Walter. Det är ett gupp i vägen, inte jordens undergång."

Han ser tveksamt på Lilly.

"Förlaget är fortfarande inte nöjda med bok två. Jag är avstängd från jobbet. Hemma tuggar Björn sönder våra möbler. Var ska jag få pengar ifrån till nya? Eller ens till mat?"

Han slår ut med armarna och suckar uppgivet.

"Björn?"

"Hunden."

Lilly fnissar till.

"Nu gör du så där igen. Fokuserar på allt det negativa."

"Tack Lilly för att du försöker, men den här gången hjälper det inte att tänka positivt. Det ger mig inga pengar."

När Lilly gått drar han täcket över huvudet. Skäms över hur negativ han är när hon bara försöker vara snäll. Men allt känns hopplöst. Även hennes ord. Han orkar inte höra sådant.

Inte nu. I stället slår han numret till psykologen som Lilly rekommenderat.

Ett par dagar senare sitter han återigen i väntrummet. Den här gången är han lugnare. Nästan förväntansfull. Fast att Mr Pearl inte sa mycket förra gången satte det igång en massa känslor i Walter och när det väl släppte i honom blev han lugn. Det var som en rejäl utrensning inombords.

"Såå Walter, vad fick dig att ringa mig den här gången?"

Walter berättar om Theodor.

"Jag känner mig som en dålig människa. Dålig lärare. Jag är frustrerad för jag vet verkligen inte hur jag ska hantera honom. Han är uppkäftig och får mig känna mig värdelös och liten."

"Var det samma känsla som CJ gav dig?"

Walter ser förvånat på Pearl.

"Ja, precis så. Nertryckt och maktlös. Inget värd."

"Berätta hur du var i skolan."

Walter tänker efter.

"Jag var utanför och mobbad. Tystlåten. Till slut fick jag nog och gick aldrig mer dit."

"Så du flydde problemet. Vilket stöd hade du behövt från de vuxna för att kunna gå kvar i skolan?"

"Jag hade behövt någon som såg mig, tror jag. Någon som inte dömde mig. Kanske att någon lyssnade utan att försöka rädda mig. Som jag minns det tyckte min fröken synd om mig. Det fick mig känna mig ännu mindre och ynklig. Jag hade behövt respekt, inte sympati.”

”Varför tror du gossen i din klass beter sig som han gör?”

”Jag tror han blir nertryckt av sin far. Han verkade dominant.”

”Kan du ge honom det du själv aldrig fick?”

”Det behöver jag fundera på.”

”Gör det. Tack för idag.”

Walter går hemåt. Det känns väldigt annorlunda den här gången. Han är varken ledsen eller arg, mest tom och förvirrad. På kvällen när han ska somna går han igenom samtalet igen. Hur var du i skolan? Vad behövde du från de vuxna? Han tänker på sin kompis Eriks mamma. Hon var vänlig och omtänksam, men utan att tycka synd om honom. Hon talade med honom som med vem som helst och lyssnade.

Morgonen därpå går han till skolan för att tala med rektorn. Han är avstängd från arbetet resten av terminen. Men han vet att de behöver honom. Det finns ingen vikarie att sätta in så snabbt. De är bara rädda för Theodors farfar. I vanliga fall är det ingen som bryr sig om en lärare ger en elev en örfil. Tvärtom.

”Jag har ett förslag”, säger Walter.

Rektorn ser frågande på honom och väntar på fortsättningen.

"Om jag får ha privatlektioner varje dag i en vecka med Theodor. Utan andra elever. Efter det kan du fråga Theodor om han vill att jag kommer tillbaka igen som lärare till klassen."

Rektorn är tyst länge. Han synar Walter.

"Jag tycker inte om idén, men just nu ser jag ingen bättre lösning. Vi provar. En vecka." I korridoren möter han Lilly.
"Har du börjat jobba igen?"

Han berättar om sin idé. Hon nickar gillande.

"Du kommer klara det."

I hallen när Walter kommer hem möts han av en kisspöl och en söndertuggad sko.

"Gen?"

"Ja pappa."

Gen kommer springande med valpen efter sig.

"Oj då."

Hon tittar på kisset och skon.

Walter suckar och går ut i köket. Där står Karin och lagar gryta. Det luktar ljuvligt och hemtrevligt.

"Var är Leonard?"

”Han har träning idag och därefter skulle han följa med Neil hem en stund.”

”Det är sällan han är hemma nu för tiden.”

”Lite trist, men kul att han har vänner ändå.”

Karin rör runt i grytan som doftar ljuvligt.

Walter håller fram den trasiga skon.

”Det är dyrt att ha hund även om han var gratis.”

Karin skrattar till.

”Det går snart över. Bara valptänderna byts ut så slutar det klia i hans mun.” ”Vi kanske ska bygga en hundkoja i trädgården”, säger Walter.
Gen kommer precis ut i köket och protesterar livligt.

”Jag ska lära honom att inte kissa inne eller bita i skor. Jag lovar pappa. Bara han får bo här inne hos mig.”

”Ja, ja vi väntar väl ett tag med hundkoja. Men slutar han inte kissa och bita på allt så åker han ut.”

Dagen därpå är det dags för första mötet med Theodor på tu man hand. Walter känner att mycket står på spel nu. Han tänker på vad Mr Pearl hade sagt. Hur hade du velat bli bemött av vuxna?

Theodor släntrar in med butter min.

”Vill du ha en kopp kaffe? Dricker du kaffe?” Han ser förvånat på Walter.

”Ja tack.”

Walter hämtar varsin kopp från köket och de sätter sig på varsin sida om katedern.

”Jag tänkte vi skulle lära känna varandra bättre. Du får fråga vad du vill om mig så ska jag svara.”

Theodor funderar länge.

”Har du slagit dina barn?”

”Jag har aldrig slagit mina barn. Men när jag var barn fick jag mycket stryk av min adoptivfar. Har du fått stryk av din far?”

Theodor ser ner i golvet. Han nickar nästan obemärkt. Sedan kikar han upp.

”Vad är en adoptivfar?”

”Min mor dog när jag var barn och min far försvann. Då adopterade en man mig och min bror. Mannen blev då min adoptivfar.”

Nu är det Walter som ser ner i golvet.

”Jag skulle vilja ha en snäll sådan adoptivfar”, svarar Theodor. ”Tror du det finns sådana?”

”Jag hoppas det”, svarar Walter och tänker på sina syskon. ”Jag hoppas verkligen det.”

"Theodor, förlåt att jag slog dig. Jag vet att en del lärare gör så, men jag tycker inte om stryk som uppfostran. Jag har aldrig slagit ett barn förut och ångrar mig verkligen."

Först ser pojkens ögon blanka ut, men han blinkar snabbt och tar fram ett tuffare ansikte. "Äsch, jag är van. Det var ju bara en örfil."

"Fast det är inte acceptabelt. Om jag slagit en vuxen hade det varit olagligt och jag hade kunnat åka dit för misshandel. Men bara för att du är ett barn så är det lagligt. Väldigt dumt tycker jag."

Innan Theodor lämnar klassrummet vänder han sig mot Walter.

"Du berättar väl inte för någon om min far?"

"Inte om du inte vill det."

Kapitel 52

Efter många turer fram och tillbaka med manuset till den andra boken godkänner förlaget det till slut och ger ut boken. De kräver i sin tur att Walter ska åka runt och göra reklam för den. Sitta hos olika bokhandlare och signera. Komma till mässor och tala om boken och sitt skrivande. Även om Walter inte alls trivs med att stå i rampljuset, eller resa runt utan sin familj, inser han att det är vad som krävs om han i förlängningen ska kunna ha författarskapet som yrke. Karin är inte särskilt glad i tanken heller, men förstår också att det är vad som krävs. Hon går upp i arbetstid och Walter blir tjänstledig från skolan ett par månader.

Han åker bussar, tåg, hästskjutsar och bilar. Far genom landet och bor på sunkiga motell som förlaget bokat. I bakhuvudet har han Lillys ord om att lägga fokus på det som är bra. I stället för att fundera över mössen i väggarna på motellen är han tacksam över att få möjligheten att se så mycket av Amerika och möta många intressanta människor. Det är få förunnat. Han skulle aldrig ha råd med det själv. Men så hade han också lagt stor del av sin tid de senaste åren på båda sina böcker och någon belöning för det är han värd. Än så länge är inkomsten ytterst blygsam. Han hoppas förlaget har rätt i att den kommer sälja mer om han åker runt i landet och talar om den.

Sista staden han kommer till på bokturnén är Dallas. Här ska han föreläsa på en konferens för rektorer och lärare. De flesta har läst Walters första bok och tyckte det var intressant att få barnperspektivet på agan. Han tas emot av en ung kvinna, som presenterar sig som lärarstudent.

"Har Mr Bergstrand varit i Dallas förut?"

"Nej, det är första gången. Och Ni? Är ni uppväxt här?"

"Jag föddes en bit utanför stan, mer lantligt på en gård. Flyttade hit för ett år sedan för att studera till lärare."

"Intressant. Jag är också från landsbygden. I Sverige. Men nu bor jag i Rockford, Illinois. Hur är livet i Dallas?"

"Det är hoppfullt nu. För ett par år sedan var det hög arbetslöshet. Jag är glad att vi bodde på landet då. Det var misär i stan. Ont om mat. Men nu, med oljan, blomstrar stan och det finns en framtidstro."

"Fantastiskt att höra."

Hon visar honom runt i byggnaden. Scenen där han ska stå senare är gigantisk. Han känner sig liten. Uppskattningsvis kommer det runt fyrahundra personer. Det är en timme kvar till hans uppträdande och han får ett rum för sig själv fram till dess, där han kan förbereda sig. På ett bord ligger några smörgåsar, två flaskor coca cola och en flaska vatten. Han tar en smörgås och vattnet. Slår sig ner i en fåtölj. Det finns inget tal förberett. Efter att ha varit i flera andra städer innan börjar han känna sig varm i kläderna och litar på sin förmåga att tala ur hjärtat. Även om han kommer av sig ibland. Tappar tråden. Så är det mest genuint och uppskattat av publiken. Men hur många platser han än varit på nu, är han lika nervös varje gång. Pulsen är hög och händerna fuktiga då han kliver upp på scenen. Mikrofonen står ensam längst fram och han siktar in sig på den. Lägger en hand runt micken. Tar ett djupt andetag och riktar blicken ut i publikhavet. Han ler och bestämmer sig för att njuta av stunden.

Efter att ha talat om senaste boken i tjugo minuter börjar frågor komma om den första.

”Är allt i boken sant?”

”Det är snarare bara en liten del av sanningen. Om jag skrev allt som verkligen hände skulle boken uppfattas som överdriven.”

”Hur ska jag som lärare få ordning i klassrummet utan att använda aga?”

”Om du är arg och visar det, skulle du bli mindre arg om någon större än dig med mer makt slog dig? Eller blir du kanske ännu argare då?” replikerar Walter och fortsätter:

”Byt perspektiv. Hur hade du själv velat bli bemött. Varför stör barnet i klassrummet? Vad behöver barnet från dig? Vad hos dig själv gör dig arg på barnet? Beror din vilja att aga på något inom dig?”

För en stund är det helt tyst i salen. Fyrahundra lärare och rektorer ägnar sig åt självrannsakan innan försvaret drar igång.

”Men jag använder aga för att få ett stopp och för att ge de andra eleverna studiero. Det har inget med mig att göra.”

”Att få studiero för alla är viktigt. Går det att uppnå på andra sätt?”

”Fast det är skillnad på aga och det du utsattes för.”

"Det är en nyansskillnad, men på samma skala. Båda handlar om att en med makt använder sitt övertag till att trycka ner den andra", svarar Walter.

"Vårt samhälle bygger väl på det? Staten bestämmer över oss. Våra chefer bestämmer.

Föräldrar och lärare bestämmer. Hur skulle det annars se ut? Är du anarkist?"

Walter skrattar till.

"Att bestämma med våld skapar rädsla och längtan efter uppror. Att leda genom att visa vägen och utifrån välvilja ger välmående samhällsmedborgare och elever."

En person reser sig upp och klappar händerna. För några sekunder är stämningen stel och obekväm. Sedan reser sig två till. Tio. Hundra. Tills nästan alla står upp och applåderar.

Efteråt sitter Walter vid ett bord på scenen och signerar böcker. Kön är lång och böckerna säljer som vatten i öknen.

Dagen därpå ser han en bild av sig själv i The Dallas Morning News med rubriken SvenskAmerikansk författare på barnens sida.

Kapitel 53

”Pappa, pappa!”

Gen rusar in genom ytterdörren utan att stänga den bakom sig.

”De säger att du är feg.”

Walter lägger från sig glasögonen och ser på sin dotter.

”Vilka då? Sätt dig ner och berätta för mig.”

Gen sätter sig på stolen och låter pulsen lugna ner sig.

”Mina klasskamrater. Deras föräldrar har läst i tidningen. De säger att du är mot barnuppfostran. Att du är feg som inte vågar säga ifrån som en man.”

”Och vad tror du att de menar med det?”

Hon funderar ett slag.

”Kanske det där att du inte tycker om när föräldrar och lärare slår barn som gjort fel.”

”Mmm, och vad tycker du om det?”

”Jag tycker det är orättvist när en stor slår en liten.”

”Det tycker jag med. Är du och jag fegisar då?”

”Det är fegt att slå en mindre.”

Walter skrattar och klappar Gen på huvudet.

”Du är klok Gen.”

Efter bokturnén har Walter återgått till arbetet på skolan igen. Han märker att det talas om honom. En del kollegor tycker som honom om barnaga, men andra anser att han har helt fel. En del har till och med uttryckt att han inte borde få arbeta kvar på skolan. Med honom som lärare kan skolan få dåligt rykte. Både Gen och Leonard får dagligen höra glåpord på skolgården. Samtidigt som bokförsäljningen ökar, får han också fler motståndare. Vilket märkligt yrke, tänker han. Han tar upp det med Lilly.

”Grattis till framgången.”

”Tack, tror jag.”

”Jag har såklart hört pratet bland våra kollegor, men vad spelar det för roll? Man kan inte vara omtyckt av alla. Det vore märkligt. Inte ens Jesus älskas av alla.”

”Tack för den jämförelsen. Nu är jag författare och inte en messias, men såklart har du rätt.

Det som tuffaste är att det drabbar min familj. Jag klarar mig.”

”Med så kontroversiella åsikter kanske du skulle skriva under pseudonym?”

”Ingen dum idé. Men kanske för sent?”

Samma kväll ringer Mr Larsen.

"Walter, dina böcker säljer som varma kakor. Din turné satte inte bara igång försäljningen av andra boken, utan även den första. Flera tidningar vill intervjua dig och radiostationer har hört av sig. Klockan sex imorgon bitti kommer NBC radio ringa dig för intervju. Du kommer höras på nationell radio! Förstår du vad det betyder?"

Walter står helt stum med luren mot örat.

"Tolv millioner kommer kunna höra dig! Tolv millioner!"

"Oj...men..va?"

"Har författaren slut på ord?"

Mr Larsen skrattar roat.

"Jag är jätteglad för den reklam som mina böcker får. Tack för att ni ordnar detta för mig."
Han lägger på. Står kvar en stund och spelar upp samtalet i huvudet.
"Vad gör du?" undrar Karin när hon går förbi.

Han berättar om samtalet med Mr Larsen.

"Det är fantastiskt. Grattis! Jag är så stolt över dig."

Hon pussar honom på kinden som är orakad och stickig. Sedan backar hon ett steg. Ser på honom.

"Du ser inte glad ut."

”Jag är glad och tacksam. Men också orolig för vad folk ska säga. Hur det ska påverka barnen.”

”Du har jobbat länge för det här. Njut nu!”

Han tar med sig en kopp rykande hett kaffe ut på farstutrappan och slår sig ner. Andas in den krispiga morgonluften. Ser en mor med satängblå barnvagn gå förbi. Barnet skriker ilsket. Var det detta jag arbetat hårt för? funderar han. Jag ville ha fram sanningen i dagsljuset. Dessutom gillade jag idén att sitta ensam i tystnad och knappa på skrivmaskinen. Få välja ord med omsorg. Jag ville fantisera och formulera mig på mitt vis. Just då tänkte jag inte särskilt mycket på det som kom efteråt. Säljandet trodde jag, naivt, skulle ligga på någon annans bord.
Det var boken som skulle säljas, läsas och analyseras, inte jag.

Han gäspar stort, dricker ur det sista kaffet och går tillbaka in i huset. Det blir inte mycket skrivet den dagen. Oron över den kommande intervjun av NBC står i vägen. På kvällen kommer Leonard in till honom.

”Leonard, trevligt att se dig. Kom in.”

”Vad skriver du om?”

”Den här boken handlar om min mor och hennes kärlek till familjen. Jag minns henne knappt, men ändå känner jag hur hon älskade oss syskon. Hur omtänksam hon var fast hon själv var sjuk.”

”Är det inte svårt att skriva om någon du inte kommer ihåg.”

”Det är både svårt och enkelt. Eftersom jag inte minns, kan det heller inte bli fel. Jag skapar känslan och atmosfären i stället för exakta händelser.”

”Så om en kompis är dum mot mig och jag blir arg kan jag skriva om händelser som gör mig lika arg i stället för om just den saken min kompis gjorde? Menar du så?”

”Ja, just så. Är det någon som gjort dig arg? Eller ledsen?”

”När de talar om dig blir jag både arg och ledsen.”

”Vad gör du då?”

”Då går jag därifrån. Ibland tar jag en boll och sparkar på.”

”Det är bra. Sparka på bollen är bra.”

Walter ser på klockan.

”Nu är det läggdags, Leo. Gå ut till mamma så ses vi imorgon. Sov gott.”

Walter vrider sig bland varma lakan fram till strax efter fyra, då han somnar. En kort drömlös sömn innan han väcks av Karin.

”Älskling, klockan är kvart i sex. De ringer snart.”

Han tänder sänglampan, stoppar fötterna i tofflorna och sveper morgonrocken om sig. Går tyst ut i köket och kokar kaffe. Precis när han hällt upp i koppen ringer telefonen. Han lyfter luren snabbt så barnen inte ska vakna. De kan gott få sova en stund till.

”God morgon Mr Bergstrand. Svensken, läraren och författaren som är på alla amerikanares läppar. Hur mår du?”

”God morgon, jo tack jag mår bra. Lite trött. Sov dåligt i natt. Hur mår ni?”

”Sömnen är viktig för hjärnan Mr Bergstrand. Vad får er ligga sömnlös? Är det en massa bokidéer? Eller är det minnen från barndomen? Vill ni berätta lite för lyssnarna om er uppväxt med styvfar som ni skriver om i er debutroman?”

Walter gör en hisspitch och berättar kortfattat om sin första bok.

”Är styvfaderns agerande anledningen till att ni starkt är emot barnaga som uppfostran?”

”Det har säkert påverkat. Jag menar, jag vet själv att stryk inte får barn att vilja bete sig bättre. Det kan tvärtom få omvänd effekt. Ett barn som slås bygger upp en ilska inombords och den kan vara farlig. Barnet kan vilja få ut ilskan senare på sina egna barn eller fru eller andra.”

”Ni säger fru. Menar ni att det bara gäller pojkar? Går det bra att slå flickor som betett sig illa?”

”Förlåt, jag är trött. Det kanske kom ut fel. Jag menar alla. Men min upplevelse är att det mest är pojkar som blir agade som barn. Flickor, eller kvinnor, blir slagna i vuxen ålder av sina män. Nu generaliserar jag, men det är min upplevelse.”

"Ni har många tankar Mr Bergstrand och inte alla håller med. Ganska många anser det vara en vuxens rätt att bestraffa ett barn som gjort fel, eller en hustru för den delen. Tyvärr är tiden ute nu och vi ska gå vidare i dagens radioprogram. Vi tackar för er medverkan."

Kapitel 54

Efter medverkan i NBC radio ökar försäljningssiffrorna i samma rasande takt som hatet mot honom växer. Det är männen som han upprört. Det kommer fram okända män på stan och spottar honom i ansiktet. Kroppen fylls av exakt samma känsla han upplevde som barn när CJ förgrep sig på honom. Det är inte rädsla och inte ilska. Det är mer som att kroppens autonoma självförsvar kopplas in och stänger av allt. Han blir paralyserad. Biter ihop och väntar på att det ska gå över. Att ögonblicket ska vara förbi. Återigen funderar han över om det verkligen är det här han vill med sitt författarskap. Han bokar ny tid hos Mr Pearl.

"Walter, jag har läst dina böcker. Hur mår du i all uppståndelse?"

"Sämre än jag trodde innan."

"Så lyckan låg inte i att bli rikskändis?"

"Kanske om det hade varit positivt och människor hade tyckt om mig. Jag tror jag föreställde mig mer empati med tanke på vad jag fått gå igenom som barn."

”Det kan jag med all säkerhet säga att de flesta av oss som läst din första bok känner, men det är inte vi som skriker vår åsikt efter dig på gatan.”

”Du har rätt. Jag får en del läsarbrev som är empatiska också såklart. Det som skrämmer mest är att jag ramlar tillbaka och blir sex år igen när de som hatar mig talar om det. De får CJ:s ansikte och jag står där som lilla Valter och blir handlingsförlamad. Vågar inte stå upp för mig själv fast jag är en vuxen man.”

”Vi ska testa en sak. Blunda.”

Walter sluter ögonen med full tillit till Mr Pearl.

”Föreställ dig att du sitter på en stor trädstam som ligger på marken. Framför dig brinner en brasa. Det är mörkt runt om. På andra sidan brasan ligger en likadan stock. Bjud nu in Valter sex år.”

Det tar en stund innan han kan se allt framför sig. Till sist ser han sig själv som liten pojke träda fram ur mörkret och sätta sig på stammen mitt emot. Lilla Valter har trasiga byxor. Han är ohälsosamt smal och smutsig i ansiktet. Han möter sin egen blick och ser smärtan.

”Vad vill du säga till lilla Valter?”

Tårarna rinner nerför kinderna.

”Det var inte ditt fel. Du var offret. Du gjorde inget fel.”

Han ser hur lilla Valter reser sig och går fram till honom med öppna armar. Han håller om sig själv som barn och känner sådan stor ömhet och kärlek till sig själv.

Walter öppnar ögonen och blinkar i det ljusa terapirummet.

Mr Pearl lägger sin hand på hans axel.

”Jag går på lunch. Stanna kvar så länge du behöver. Det är ingen brådska.”

Det tar en stund att återhämta sig och smälta vad som precis hänt inombords.

Dagen därpå går han till rektorn på sin arbetsplats. Ber om ett möte. Rektorn är ledig och han får komma in på en gång.

”Jag vill gå rakt på sak. En del av mina kollegor vill att jag slutar på skolan på grund av mina åsikter om aga och uppfostran. Jag vill kalla alla till ett möte och berätta min version.”

”Det är modigt av dig Walter. Rakryggat. Jag beundrar dig för det. Men jag undrar om det är så klokt. Du kommer få ta emot mycket skit. Många har starka åsikter i ämnet.” ”Det har jag med”, svarar Walter och lämnar rummet.

Han berättar om sin idé för Lilly. Hon stöttar honom och tillsammans gör de lappar om mötet som de sätter upp på skolans anslagstavlor och lägger på alla bord i lärarnas gemensamma matrum.

Kl:19.00 onsdagen därpå är det dags. Mötet är i Walters klassrum. Han sitter bakom katedern och Lilly står i dörren och hälsar alla välkomna. För första gången i skolans historia har alla lärare kommit till ett möte och även rektorn.

Han känner pulsen i tinningen och hettan på halsen. När alla satt sig ner nickar Lilly uppmuntrande åt honom. Han ställer sig upp och går fram till katedern.

"Jag minns inte riktigt", börjar han. "Men vår mor dog plötsligt. Sedan försvann far. Min trygghet blev min bror. Georg. Vi kom till en styvfar som slog oss av alla möjliga anledningar. Han ville uppfostra oss. Sedan en dag försvann även Georg. Jag var sex år och ensam med styvfar. Det var då helvetet började på riktigt."

Med en klump i halsen och tårar rinnande ser han alla lärare i ögonen och fortsätter sin berättelse. Detaljerat och inlevelsefullt. Längst bak i klassrummet ser han lilla Valter. Han ser stolt ut.

"Jag har inte alla svar. Jag vet inte vad som är bästa metoden för att uppfostra barn. Men jag är helt säker på att det är fel att slå dem. Örfilar, bestraffning, slag. Allt som används för att trycka ner, när man själv är överlägsen på något sätt, är fel. Om det är mannen som slår kvinnan, den vuxna som slår barnet eller polisen som slår den i handbojor. Det leder inte till bättring. Hat leder till mer hat, inte mindre."

Kapitel 55

”Hur gick det?” undrar Karin.

Walter hänger ytterrocken i hallen och går in i köket där en tallrik varm mat står och väntar.

”Det var omtumlande och nervöst, men det gick bra.”

”Och hur reagerade dina kollegor?”

”Jag hörde bara positivt efteråt. Några var tårögda. Det fanns en gemenskap och medmänsklighet i rummet som jag inte upplevt på jobbet förut.” Karin håller om honom bakifrån när han sitter på köksstolen.

”Det var otroligt modigt gjort. Jag är stolt över dig.”

Han trycker hennes hand.

”Tack älskling.”

Den natten somnar han gott.

De första dagarna efter mötet kommer flera kollegor fram till honom på. De tackar och berättar hur de äntligen förstått att aga inte är rätt metod. Walter känner sig upprymd. Äntligen har arbetet med boken lönat sig. Inte ekonomiskt än, men på ett viktigare sätt.

Söndag samma vecka har Leonard fotbollsmatch.

"Får jag följa med och titta?" frågar Walter när Leo packar sin väska.

Han ser förvånat på far.

"Ja.. Om du vill... Jag menar.. du brukar inte.."

Walter avbryter honom.

"Det har varit mycket ett tag, men nu är det lugnare och det är klart jag vill." Leonard ler stort och slänger väskan över axeln.
"Kom då pappa."

Walter går upp på den lilla träläktaren medan Leonard följer med lagkamraterna till omklädningsrummet. Han känner igen flera av de andra föräldrarna. De flesta sönerna går på hans skola. Williams pappa står med en cigarett och ser ut över planen. Walter ställer sig bredvid.

"Vad tror du om matchen? Vinner våra pojkar?"

Han ser förvånat på Walter.

"Mr Bergstrand. Jag har aldrig sett er här förut."

"Nej, det har varit mycket annat ett tag."

"Jag kan tro det. Stor artikel i tidningen idag. Inte så trevlig kanske för dig. Men all publicitet är väl bra för en författare kan jag tänka mig."

Walter får en orolig klump i magen. En artikel idag? Det har han inte fått någon information om. Han har inte intervjuats på ett tag. Vad kan det vara? Helst vill han rusa iväg och köpa tidningen direkt. Men för Leonards skull står han kvar. Hejar på, klappar händer och jublar. Efteråt ropar han till Leonard att han går hem i förväg. Leo nickar och hänger med laget för att duscha och byta om.

Walter rusar till tidningskiosken. Eftersom han inte vet vilken tidning det är i köper han alla det skulle kunna vara. Han skyndar sig hem. Breder ut tidningarna på köksbordet och börjar bläddra. Karin och Gen är inte hemma. I den tredje tidningen hittar han artikeln. Rubriken lyder:

Svensken som vill ändra den amerikanska kulturen. Han fortsätter läsa. *En vuxen man står och gråter framför sina kollegor. Han tycker amerikanska män är för tuffa och hårda. I stället för en örfil när barnet gjort fel ska man kramas och tala om känslor. Är det sådana lärare vi vill ha? Är det vad som ska fostra stolta amerikanska män? Inte nog med att svensken vill lära oss fostra våra barn. Han vill också bestämma vad vi får göra med våra fruar i våra egna hem. Många anser att han gått över gränsen. Kanske dags att åka hem till Sverige igen?*
Vad hände med de svenska vikingarna?

Han läser det om och om igen. Ytterdörren öppnas och stängs.

"Pappa?"

Leonard? Är han redan hemma? Det gick snabbt. Walter stoppar undan tidningen och går ut i farstun.

"Vad duktig du var idag."

Leonard svarar inte.

”Vad är det Leo?”

”Några av grabbarna i laget var oschyssta i omklädningsrummet. De kallade mig grinolles pojk. Sa att du var en kärring och ingen man. De sa att det stod i tidningen att du hade grinat på skolan.”

All luft går ur Walter.

”Förlåt”, säger Leo när han ser sin fars ansiktsuttryck.

”Du behöver inte säga förlåt. Du har inte gjort något fel.”

Walter kramar om sin son och upprepar orden:

”Du har inte gjort något fel.”

Några timmar senare, när barnen sover, ligger Karin och Walter bredvid varandra i sängen.

Walter berättar vad som hände under matchen och efteråt.

”Det tar emot att säga det, men vi kanske ska fundera på att flytta?”

Karin sätter sig upp.

”Flytta? Vart då? Varför skulle det bli annorlunda på en annan plats?”

”Jag har funderat på det där med att skriva under pseudonym. Fortsätter böckerna sälja som de gör nu behöver jag snart inte arbeta på skolan längre. Vi kan börja om på nytt i en stad där de inte känner igen mig. Så fortsätter jag skriva, men under annat namn.”

Karin kryper ner under täcket och vänder ryggen åt Walter.

”Det här är vårt hus. Våra barn är födda här. Jag vill inte flytta.”

Hon vill inte tala mer om saken utan släcker sänglampan. Walter förstår henne. Han vill inte heller flytta. Han har byggt huset med sina egna händer och familjen har många fina minnen här. Samtidigt vill han inte att barnen ska råka illa ut och bli retade. De får tala mer om det en annan dag.

Walter drömmer att han simmar i solglittrande hav. Vattnet är mjukt mot kroppen och bär honom tryggt. På stranden ser han Karin vinka. Han höjer handen för att vinka tillbaka. Då börjar det blåsa mer. Det är svårt att hålla sig ovanför ytan. Han dras neråt. Himlen blir mörk och orolig. Karin vinkar inte längre utan viftar och hoppar upp och ner. Just när han dras ner i bråddjupet ser han Karin förvandlas till mor. Samtidigt blir en annan del av honom medveten om att det är en dröm och förundrad över hur han vet att det är mor. Han minns vanligtvis inte hennes ansikte. En kraftig smäll väcker honom. Det är mörkt utanför fönstret och det drar in en kall vind. Karin tänder sänglampan och de båda ser glassplittret på golvet och en stenbumling.

Kapitel 56

Lilly och Walter sitter i hennes klassrum. Han berättar om sin oro för familjen, stenen som krossade fönstret mitt i natten och Leonards fotbollskamraters glåpord. Han nämner sina tankar på en flytt och Karins ovilja.

"Vart vill du flytta då?"

"Dallas."

Han förvånas själv över sitt snabba svar. Det kom utan eftertanke.

Lilly lyfter ögonbrynen.

"Dallas minsann. Vad lockar dig dit?"

"Jag tror det är känslan jag upplevde när jag var där. En ljus framtidstro och en vilja att snabbt glömma det förflutna och gå vidare."

Samtidigt som han säger orden vet han att de är sanna. Det är dit de ska. Dallas är familjen Bergstrands framtid.

"Då har du ett försprång Walter. Du har varit där. Ta med dig familjen på en resa och låt dem få en bild av framtiden." Han stirrar på henne.

"Du har helt rätt. Tack."

Han slänger på sig rocken och rusar hem. Karin plockar bort vissna löv från sina röda pelargoner.

"Är barnen hemma?"

”Javisst, de är i trädgården med Björn.”

”Kan du hämta in dem. Jag har något att berätta.”

Hela familjen sitter i finrummet.

”Vi ska på familjesemester.”

Barnen jublar. Karin ser förvånat på Walter.

”När och vart?”

”Så snart det är skollov. Vi ska till Dallas i Texas.”

Varken Gen eller Leo har varit i någon annan amerikansk stad än Rockford. De överöser Walter med frågor.

”Är det varmt där pappa?”

”Kan man bada där?”

”Vad ska vi ha med oss?”

”Är det långt dit?”

”Vad ska vi göra där?”

Karin säger inte mycket, men njuter av att se barnens glädje. När de lugnar sig lite ber hon dem gå ut en sväng till med hunden.

”Vilken överraskning. Har vi råd med en resa?”

”Vi har faktiskt det. Jag har fått kvartalsredovisningen från förlaget. Det ser bra ut och jag tycker vi ska fira med en gemensam semester. Göra något tillsammans som familj och komma bort ett tag. Är det inte en bra idé?”

”Det är en jättebra idé.” Karin slår armarna om honom. Han kramar tillbaka.

När lovet kommer är allt förberett. Väskorna är packade och biljetterna betalda. Walter är klädd i mörkgrå byxor, randig skjorta och hängslen. Leonard ser ut som hans mindre kopia.
Familjens flickor har klänningar i ljusa toner. Björn har de lämnat till Anna och Jacob.

En stor del av resan sker med tåg. De har egen kupé där de skrattar och äter sin matsäck.

Långt innan de är framme somnar barnen. Karin tar Walters hand.

”Tack älskling. Vi behövde verkligen det här.”

Många timmar senare kliver familjen av vid Dallas Union station. Det myllrar av människor och ljud. Barnskrik blandas med tågvisslor och gnisslande bromsar. För ett ögonblick står de stilla och tar in allt. Lukten av eld, olja, cigarettrök och parfym fyller luften.

”Pappa, det luktar Dallas”, säger Gen och gör en piruett.

”Vänta här så ska jag skaffa oss en taxi.”

Walter tränger sig ut bland människorna och går mot taxibilarna som står på rad en bit bort. ”Är ni ledig?”

Taxichauffören nickar och Walter pekar mot sin familj.

”Vi ska till Adolphus.”

Chauffören nickar igen. Walter sitter fram och familjen bak. Barnen tittar storögt på allt de passerar. De åker downtown och taxin bromsar in framför en majestätisk vit byggnad med skylten Hotel Adolphus på. I lobbyn ser de välklädda herrar och damer. Festmusik strömmar från restaurangen. En piccolo med vita handskar tar deras bagage upp till rummet som Walter bokat.

”Oj, det här måste ha kostat”, utropar Karin och ser sig om i rummet.

Artonde våningen med en spektakulär utsikt över staden. Visst kostar det, men Walter ser det som en investering i deras gemensamma framtid. För honom är resan viktig. Han vill få dem förälskade i staden. Så pass att de vill flytta dit.

Klockan är mycket och efter den långa resan längtar alla efter att krypa ner i hotellsängarna.

Två hela veckor spenderar familjen i Dallas. De strosar runt i vackra Bachman lake park där de har picknick. Njuter en hel dag av musiken i Deep Elm. Barnen dansar till jazziga toner. Resan blir precis så lättsam och härlig som Walter hade önskat. Sista kvällen i stan äter de ute på restaurang. Luften är ljummen.

”Måste vi åka hem imorgon?” frågar Gen.

”Har ni haft en så bra semesterresa?”

Walter ser leende på sin familj. Karin tar en sparris på gaffeln.

”Det har varit underbart, Walter.”

Leo instämmer.

Dagen därpå uppfylls av hemresan och inte förrän sent på kvällen kliver de innanför sin egen dörr hemma i Rockford. Det tar en stund innan alla landar i sina sängar och kommer till ro.

”Tack älskling för ett jättefin resa. Det var så kul att se barnen glada.”

”Tack för du ville följa med. Visst är Dallas en trevlig stad.”

”Ja det var bra val av resmål. Så annorlunda mot Rockford. Både temperaturen och folket var varmare.”

Walter hade tänkt vänta med frågan några dagar, men nu är det ett bra läge så han tar sats.

”Skulle du kunna se oss bo där?”

Karin kisar misstänksamt mot honom.

”Var det därför du ville vi skulle åka dit? För att få oss tycka om staden och vilja flytta dit?”

"Delvis, men inte bara. Jag tyckte verkligen vi behövde en semester ihop, men jag tror vi får det bättre där."

"Jag är bara rädd för att det blir samma sak där. Pappa sa alltid att man inte kan fly från sina problem utan måste ta tag i dem." Walter suckar.

"Jag har lärt mig att det beror på problemet. CJ kunde jag inte göra något åt. Jag var tvungen att ta mig därifrån för att det skulle få ett stopp. Jag tror det är samma sak nu."

"Du kan ha rätt Walter. Och jag är rädd att det är så. Men jag tycker så mycket om vårt hus, grannarna och jag känner mig hemma här."

"Jag lovar dig att du kommer tycka lika mycket om vårt nya hus i Dallas om vi flyttar dit."

"Vi får i alla fall sova på saken." Karin kysser mjukt Walter på kinden och snart faller de båda i sömn.

Kapitel 57 (Fyra månader senare)

Vintern har anlänt, men trots kylan svettas Walter av vedklyvningen. Barnen längtar efter julen. Om två veckor börjar vinterlovet och då väntar besök från Sverige. Deras bortadopterade dotter Kristina ska komma. Hon har fått lov att resa ensam.

"Idag går Kristina på båten i Göteborg. Hoppas hon slipper sjösjukan. Alldeles ensam flickstackarn." Karin bakar lussebröd och vid köksbordet sitter Gen och målar julkort.

"Så modig hon är. Jag skulle inte vilja resa utan far och mor, men jag är glad att Kristina vill så vi får träffa henne."

Karin och Walter är överens om en Dallasflytt, men den ska ske till våren. Det känns vemodigt med sista julen i deras hus. När den är över ska de lägga ut sitt hem till försäljning och se vad de kan få för pengarna i Dallas. Priserna i Texas har stigit en del sedan oljan kom med alla arbetstillfällen. Folk där har det bättre ställt. Men böckerna säljer bra, den tredje är släppt och har börjat sälja och behövs det kan Walter säkert arbeta på någon skola även i Dallas. Han har talat med förlaget och försöker komma överens om att den fjärde boken ska ges ut under pseudonym. Warren Burroughs. Samma initialer, men mer amerikanskt klingande. De är inte helt med på noterna än.

Den boken skiljer sig på flera sätt från de tidigare. Berättelsen är helt fiktiv och huvudpersonen är en kvinna. Hon är oerhört vacker, kriminell och dricker som en karl. För att försörja sina barn rånar hon banker utklädd till man. Med finskt ursprung och vitt långt hår får hon många män att bli förälskade. Men hon faller inte själv, mer än för en natt eller två. Allt vänder en natt då hon själv blir rånad och förstår att det är en personlig hämnd. Men av vem? Historien utspelar sig under tidigt artonhundratal i Nordamerika. Det är cowboys och ursprungsamerikaner. Ormbett och whiskey. En fantastiskt spännande bok att skriva och något helt annat än Walter är van vid. Han har både Karin och Lilly som bollplank när det kommer till kvinnlig list och känslor.

Första dagen på vinterlovet åker Walter och Leo till New York. Walter har möte med förlaget och därefter ska de hämta Kristina vid amerikabåten.

Några dagar senare på julaftonskvällen följer alla tre barn med Walter ut för att hugga gran.

"Den här är fin", utropar Leo.

"Den är fin, men lite för stor. Den är högre än vårt hus."

Kristina är rödrosig om kinderna. Gen och hon springer i förväg. Snön når dem nära på till knäna. Till slut hittar de en gran. Något sned i toppen kanske, men alla vill gå hem och kommer överens om att den får duga.

I huset har Karin värmt choklad och tänt en brasa. Barnen hjälps åt att klä granen. Walter sätter dit ljusen och stjärnan på toppen.

"Nu är det bäst alla barn går och lägger sig så tomten vågar komma med paketen."

Karin reser sig och följer barnen till sovkammaren. När alla ligger nedbäddade börjar hon berätta om tomten som bor långt uppe i norr där det alltid är vinter. På julaftonskvällen har han fullt upp. Med sina magiska renar och släde åker han över hela världen för att dela ut gåvor till de som varit snälla under året. Som tur var får han hjälp av sina nissar. De tar sig in via skorstenen och lägger paket under julgranen.

”Vilken tur att vi hittade en gran”, säger Leo.

”Finns det granar i alla länder?” frågar Kristina.

Alla tre ser på Karin.

”Jadå, de ser lite olika ut, men nog finns det granar överallt. Nu är det dags att sova. God natt. Sov så gott.”

På juldagens morgon ligger det tre paket under granen när barnen vaknar. Karin och Walter sitter med varsin kopp kaffe och ser på.

”Våra fina barn”, viskar Karin och klämmer Walters hand.

Två dagar senare är det dags för Walter att följa Kristina tillbaka till båten igen. Jullovet har gått fort. Karin håller om Kristina länge innan hon tårögt vinkar av henne vid tåget. Gen och Leo vinkar också, ända tills de inte ser tåget längre.

”Är det vår kusin eller syster?” undrar Gen på hemvägen.

”Jaa du”, svarar Karin. ”Både ock.”

”Men mamma, det kan vi väl inte säga i skolan när vi ska berätta om jullovet.”

”Nej, ni får säga kusin då. Hon har ju sin mor och far i Sverige.”

Gen kikar på sin mor.

”Är du ledsen?”

”Tok heller, jag har er. Det räcker gott och väl.”

På tåget sitter Kristina med en bok. Walter sneglar på henne. Hon har Karins näsa och ögon. Hans mun och hårfärg. Det syns att hon är syster till Leo och Gen. Han dagdrömmer om ett liv med alla sina barn. Tänk om Bengt fått leva också. Då hade de haft fyra barn nu. Men han är tacksam över Gen och Leo. Det är fina barn. Ingen idé att gråta över det som inte blev. Man får vara tacksam för det man har. De tankarna hade Mr Pearl gillat.

”Vad ler du åt Walter?”

Kristina ser på honom.

”Jag ler för jag är lyckligt lottad och för att du är och hälsar på.”

Kristina spricker upp i ett stort leende.

”Jag är också lyckligt lottad. Vet du hur avundsjuk Eva är för jag får resa ensam till Amerika?”

”Jag kan tänka mig det. Har du köpt någon present till din syster då.”

”Neej. Kan vi göra det innan båten går?”

Walter ser på klockan.

”Det bör vi hinna.”

De går till en souvenirbutik och Kristina köper till slut en liten Frihetsgudinna som butiksbiträdet slår in i fint rosa papper.

Walter följer med uppför rampen till båten. Ger henne en lång kram innan han går ner och ställer sig på kajen för att vinka adjö.

”Skriv till oss när du kommit hem”, ropar han.

Sedan lägger båten ut. Han står kvar och tittar en stund innan han går mot förlagets kontor för att berätta om sin nya bokidé. Han hoppas innerligt att Mr Larsen ska gilla den och att han går med på att ge ut den under pseudonym.

Kapitel 58

I ett trevligt område i utkanten av Dallas har paret Bergstrand hittat det perfekta huset för familjen. Ett blått trähus, byggt för tio år sedan. Utanför finns en gräsmatta, mörkrosa rosenrabatter och två träd med mexikanska plommon. De sägs blomma vackert rosa om våren för att ge mörklila saftiga plommon till sensommaren. På baksidan av huset växer ett ståtligt körsbärsträd som ger svarta bär i augusti. Goda att göra pajer eller vin av.

Både Karin och Walter fantiserar om ett nytt liv där med barnen. Idag kommer det första paret för att titta på deras hus i Rockford. En ung familj med en son på ett år. Mäklaren visar runt. Karin har bakat bullar och det doftar hemtrevligt. Mannen har små runda glasögon och rutig skjorta.

”Han är säkert bankman eller revisor”, viskar Walter.

Karin fnittrar och nyper honom i armen. Mamman tar en bulle som Karin bjuder på. Hon bryter den på mitten och ger sonen halva.

När paret gått dröjer mäklaren sig kvar.

”Jag tror det blir svårt för er att få ut 6000$. Det är tufft att få lån nu när marknaden är ostabil och även om huset är ganska nytt och välskött så är det inte det bästa området i stan.” ”Sa de något om priset?” undrar Walter.
”Inte direkt, men flera av de jag rekommenderat titta på ert hus, tycker området är ruffigt. Och jämför jag med sålda hus i samma område har de gått för runt 5000$. Det är ganska stor skillnad.”

”Jo, men man måste titta på husets skick och storlek också”, svarar Walter.

När mäklaren gått sätter sig Karin och Walter i köket med kaffe och bullar.

”Vad är det lägsta budet vi kan acceptera om vi ska ha råd med det blå huset i Dallas?” frågar Karin.

”Exakt samma fråga ställde jag banken i Dallas. Det blå huset ligger ute för 5500$, men flyttcn kostar en hel del och vi har inte särskilt mycket besparingar kvar. Så helst 6000$, men absolut minst 5800$.”

”När får du förskott på nästa bok?”

”Förhoppningsvis när jag och förlaget kommer överens om att den ska släppas under pseudonym. Nu när mitt namn blivit känt, tycker förlaget vi ska använda det.”

”Och om ni inte kommer överens då?”

Walter rycker på axlarna.

”Jag har hotat med att gå till annat förlag, men jag vet helt ärligt inte om det skulle gå.”

Dagen därpå går Walter till mäklarkontoret som passande ligger vägg i vägg med banken.

Han får syn på sin mäklare och går fram. Männen skakar hand och slår sig ner.

”Har ni hört något nytt?”

Mäklaren kliar sig på hakan och kikar i sina papper.

”Familjen från igår är intresserade, men vill titta på fler hus innan de bestämmer sig. Sedan kom det in en ensam kvinna i morse och frågade specifikt efter ert hus. Jag har lovat henne en visning på fredag lunch. Går det bra för er?”

”Javisst, det går fint.”

Prick 12 på fredagen knackar det på dörren. Den här gången har Karin bakat kolakakor och hela huset luktar underbart när Walter öppnar dörren. Men något får honom stanna till mitt i rörelsen. Han stirrar på kvinnan.

"Lilly?"

"Hej Walter, får vi komma in?"

Mäklaren ser förvånat på dem.

"Känner ni varandra?"

"Vi är kollegor och vänner", svarar Lilly. "Jag är ledsen att jag inte förvarnat dig Walter, men det är lite spontant från mig. Min hyresvärd har bestämt sig för att sälja vårt hus och det ska tydligen totalrenoveras av de nya ägarna. Jag fick veta det häromdagen."

Walter tar ett kliv bakåt och släpper in dem. Karin kommer ut i hallen med ett fat kakor.

"Lilly?"

Lilly tar en kaka och drar in doften innan hon sätter tänderna i den.

"Hej Karin. Tack. Vilka fantastiska kakor. Ja, som jag precis berättade för er man så ska huset jag bor i säljas och renoveras så jag letar efter en lugn bostad och kom att tänka på ert hus. Det är ju så fint och hemtrevligt."

Mäklaren visar runt Lilly. När de går ut för att kika på trädgården vänder sig Karin till Walter.

”Visste du inget?”

”Nej, inte alls. Hon fick tydligen veta om sin bostad häromdagen. Men det vore väl fint om hon vill köpa det? Då kan vi fortfarande hälsa på vårt hus.”

”Jag vet inte. Det känns konstigt bara.”

”Jo, kanske. Men vi har inte råd att neka någon. Är hon intresserad och har råd får vi vara glada.”

Karin nickar.

Efter visningen kommer mäklaren in.

”Hon låter mycket intresserad och ska till banken och höra om lån på måndag. Vi håller tummarna. Jag hör av mig när jag vet mer.”

Walter lyfter upp Karin så fötterna lättar från golvet. Hon skriker till. Björn kommer emot dem i full fart. Svansen går som en propeller. Sedan kommer Gen och Leo.

”Vad gör ni?” De stirrar på sina föräldrar som dansar runt, runt och skrattar.

”Ni är galna!” utropar Leo men kan inte låta bli att skratta själv.

Walter stannar och fångar Karin i famnen.

”Ikväll ska vi grilla något gott”, säger han och ser på sin familj.

”Får jag tända grillen?” frågar Leo.

”Jag hämtar tomater”, ropar Gen i farten.

Även om inget är klart än med husaffärerna eller flytten känns allt bra just nu och då får man passa på och fira, tänker Walter. Det finns inget bättre än att se och känna familjens glädje och kärlek. En stund senare sitter de alla på uteplatsen, mätta och belåtna. Under bordet ligger Björn och tuggar i sig resterna. Karin skrattar när hon hör hur hunden smaskar belåtet. De sitter kvar länge. Ser på stjärnhimlen och talar om allt de ska uppleva i Dallas.

Kapitel 59

Lilly köper så småningom huset och Familjen Bergstrand köper huset i Dallas. Flyttlasset går i april. De flesta möblerna lämnar de kvar. Lilly som bott ensam i en liten lägenhet har inte mycket möbler själv utan tar tacksamt emot det som lämnas kvar. Gamla ägarna till det blå huset har också sagt sig lämna kvar en del. De börjar bli äldre och ska flytta till mindre så de kan inte ta med allt. Walter tar med skrivmaskinen och Karin symaskinen. Barnen tar med några favoritleksaker och Björn såklart. Han får med sig sin hundbädd. Allt stuvas in i bussen. Resan tar många timmar. Barnen och Björn sover en stor del av tiden. Karin och Walter planerar för sitt nya liv. Det är mörkt när de kommer fram. För att få med sig allt får familjen åka sista biten från busstation till huset med två taxin. Karin åker med barnen. Walter tar packning och hund.

Husnyckeln ligger under krukan på trappen, precis som mäklaren sagt. Walter sätter nyckeln i låset och ser på sin förväntansfulla, men trötta familj.

”Välkomna hem familjen Bergstrand!”

Han öppnar dörren och släpper in dem.

Björn rusar rakt in. Karin tänder lampan i hallen. Barnen ser sig storögt runt. Det är många gamla tavelspikshål i hallväggarna. En hatthylla har lämnats kvar. De hänger av sig ytterkläderna och följer efter Björn. Han luktar i luften och på golven och rusar runt. Från hallen kommer man rakt in i köket och åt vänster går man in i vardagsrummet. Precis bredvid ytterdörren åt höger finns en trapp upp till övervåningen där tre sovrum och ett större badrum finns. I möbelväg har de lämnat soffa, matsalsbord, stolar och en dubbelsäng utan madrasser.

”Vart ska vi sova?” undrar Gen.

”Ni får dela på soffan i natt. Mor och jag bäddar med filtar i sängen. En natt bara. Det klarar vi.”

”Här barn har ni handdukar. Gå och skölj av resdammet så ska jag bädda åt er under tiden i soffan.”

Karin öppnar kofferten med kläder och sänglinnen. Gen och Leo jagar varandra till badrummet. Samtidigt som de stänger dörren om sig börjar Björn att skälla. Han rusar nerför trappen och stannar vid ytterdörren. Då hörs en dov ringklocka. Ljuder sprider sig i hela huset. Karin ser frågande på Walter.

”Väntar vi besök?”

Walter skakar på huvudet.

”Det är ingen mer än mäklaren som vet att vi flyttar in idag. Dessutom är klockan mycket.”

De säger åt barnen att stanna i badrummet och går ner för trappan. Walter går till dörren.

Karin håller i Björns halsband och ställer sig en bit ifrån.

Utanför står en man i övre medelåldern. Han har jeans, röd skjorta och cowboyhatt. Han petar upp hatten en aning och ser på Walter. Efter en lång stund sträcker han fram handen för att hälsa.

”Välkomna, jag heter Earl och bor där.”

Han pekar på grannhuset till höger om deras. Ett grått envåningshus med amerikanska flaggan utanför. Ett trädäck sträcker sig längst framsidan och vetter mot en välklippt gräsmatta.

Walter tar hans utsträckta hand.

”Walter Bergstrand. Det är min hustru Karin och skratten från övervåningen är från våra barn Leo och Gen. Ja och så har vi Björn där också.”

”Jag ska inte störa längre. Ville bara hälsa er välkomna. Behöver ni något finns jag där. ” Earl går tillbaka hem till sig och Walter noterar att han haltar.

”Är det inte lite konstigt att han knackade på nu i stället för imorgon?” frågar Karin när Walter stängt dörren om dem.

”Jo, men han verkar trevlig. Bra ändå att han kom över och välkomnade oss. Om än lite sent.”

Så snart barnen kommit till ro i soffan, ihop med Björn, går Karin och Walter också till sängs. Det har varit en lång dag med många känslor. De ser fram emot det nya livet i Texas, men lämnar också vänner och ett liv bakom sig. Karin somnar snabbt. Walter ligger vaken och grubblar. Lyssnar på alla nya ljud i huset, känner nya dofter och låter tankarna vandra av och an. Tänker på nya manuset, på Lilly som kanske just nu går och lägger sig i deras gamla hus, på Sverige och Kerstin. Sakta sjunker hans medvetandenivå ner till en annan. Där tar drömmarna vid och tankarna styrs inte alls av honom. Han får bara hänga med och se på. Plötsligt är han i Chicago igen. Sitter på bussen och ser mannen bli skjuten. Han dansar i takt med maskingeväRets kulor som borrar hål och släcker liv. När mannen sjunker ihop springer Walter fram till honom. Lägger hans huvud i sitt knä. Hör honom dra sitt sista andetag och då ser han att det är Georg. Mannen med maskingeväret är CJ som skrattar rått. Nu riktar han vapnet mot Walter i stället. Konstigt nog blir inte Walter rädd. Han känner en uppgivenhet på gränsen till lättnad. ”Skjut!” skriker han. ”Skjut!!”

”Walter?”

Karin lägger försiktigt en hand på hans axel.

”Walter, du drömmer.”

Han kommer tillbaka och ser på Karin i mörkret. Stryker henne ömt över kinden.

”Tack för du väckte mig. Det var en ruggig dröm.”

”Vill du berätta?”

”Nej, det är nog bäst att vi försöker somna om. Det är några timmar kvar innan barnen vaknar.”

Så fort Karin somnat om smyger Walter upp ur sängen och går nerför trappan. Björn möter honom i hallen. Han tar på sig skor och sätter på Björn koppel. Så går de ut i den ljumma aprilluften. Klockan är knappt fem och det är redan fjorton grader. Dubbelt så varmt som i Rockford den här tiden. Det är fortfarande mörkt och ska dröja ett par timmar innan solen letar sig upp. Men han kan se att Earl sitter på sin veranda och röker. Walter vinkar när han går förbi.

Björn och Walter strosar runt i de nya hemmakvarteren. Allt ser annorlunda ut här. Annorlunda är bra, tänker han.

Earl sitter kvar när de kommer tillbaka. Han vinkar åt
Walter att komma. Walter går dit.

”Morgonpigg?”

”Jo, lite svårt att sova med allt nytt.”

Earl nickar åt honom att slå sig ner på en bänk.

”Vill du ha kaffe?”

”Gärna en annan gång, men jag ska gå hem nu innan
de andra vaknar och undrar vart jag tagit vägen.”

Kapitel 60

Efter frukosten tar Karin med barnen till deras nya skola. De börjar inte förrän veckan därpå, men ska få komma och hälsa på idag. Deras fröken är född i Amerika, men har svenska föräldrar så hon är tvåspråkig. Skönt, tänker Karin, som fortfarande kämpar med språket.

Walter går över till Earl. Han ser honom inte i trädgården utan får knacka på.

”Kom in.”

Walter skjuter upp dörren och går in.

”Grannen, hur går det för er?”

Earl står vid spisen och steker bacon.

”Det tar nog tid att vänja sig vid allt nytt, lära känna folk och lära sig hitta till allt.”

”Du känner mig nu. Vad behöver du hitta till?”

Han slevar upp baconet, som är väldigt hårt stekt, på en skiva vitt bröd. Ovanpå lägger han en stor klick majonnäs och nyper av ett salladsblad som han lägger på toppen.

”Min mor sa alltid att man ska äta något grönt varje dag. Då lever man längre.”

”Lever hon? Mor din?”

Earl skakar på huvudet.

”Hon blev 62.”

Walter vet inte vad han ska svara på det.

”Jag behöver handla sängar idag”, säger han i stället.

”Då ska jag följa med dig. Vi tar min pickup. Jag ska bara få i mig smörgåsen först. Vill du ha en tugga?”

Efter några timmar är Walter och Earl tillbaka och bakpå pickupen ligger två barnsängar och en madrass till Karin och Walter. Earl hjälper till att bära in allt i huset. Karin och barnen är tillbaka från skolbesöket.

”Pappa, pappa får jag rummet med de gula väggarna?”

Gen hoppar ivrigt bredvid när männen bär ena sängen uppför trappan.

Walter sneglar mot Leo som står nedanför och ser på. Han nickar.

”Javisst gumman. Klart du ska ha det gula rummet, min solstråle.”

”Du är bäst pappa!”

Earl och Walter sätter ner sängen i Gens nya rum och går ner för att hämta den andra.

”Så Walter, vad jobbar du med?”

”Jag är lärare och har undervisat svenska barn uppe i Rockford. Ett tag hade jag hand om de barn som hade lite extra svårt för sig av olika anledningar. Jag hoppas kunna fortsätta med något liknande här i Dallas.”

Medvetet nämner han inte författarskapet. Från och med nu vill han bara skriva under pseudonym och vara anonym. Efter en utdragen diskussion med förlaget fick han till sist igenom att ge ut den senaste boken under namnet Warren Burroughs. Även bokidén gillade de. Men han fick inte vara för emot nybyggarna och enbart stå på urbefolkningens sida. Det är inte alla läsare som uppskattar. Det här blir Warrens debutroman och bör inte vara allt för samhällskritisk. Listar någon ut vem den riktiga författaren är och att han inte är amerikan kan det vara riktigt illa för hans karriär.

”Lärare”, säger Earl. ”Det passar dig.”

”Jaså, på vilket sätt?” Earl tänker efter.

”Du ser pålitlig ut.”

Walter skrattar.

”Måste vara mitt svenska arv.”

”Det skulle vara intressant att få höra om Sverige och er flytt hit vid något tillfälle. Om du vill berätta.”

”Absolut, vi tar det någon gång.”

Senare på kvällen, när barnen somnat nöjda i sina nya sängar, tänker han på Earls fråga om Sverige. Han ser på Karin.

”Vad saknar du med Sverige?”

”Jag vill inte tänka på Sverige. Det gör för ont.”

”Gör det ont för allt jobbigt som hände med våra förstfödda? Eller gör det ont för du saknar det så mycket?”

”Både ock.”

Karin reser sig och går runt i rummet.

”Det verkar vara en bra skola som barnen ska gå i. Fina lokaler och trevlig fröken. Jag tror det kommer bli bra.”

”Vad skönt”, svarar Walter. ”Jag funderar på om jag ska fråga om en tjänst där. Kanske något vikariat. Vi behöver det inte ekonomiskt just nu, men kan vara bra så folk inte undrar vad vi lever av.”

”Det satt en lapp om vikarier på anslagstavlan. Jag läste inte så noga för jag visste inte hur du ville göra, men du kanske ska gå dit och kolla imorgon.”

Redan efter frukosten dagen därpå går Walter dit. Alla barn är i sina klassrum och korridoren är tom. Han ser genast anslagstavlan och lappen om vikarier:

Vi söker vikarier i matematik och amerikansk historia. Vid intresse kontakta rektorn.

Matematik och amerikansk historia. Visst kan han en del, men är osäker på om det räcker till för att undervisa. Han söker ändå rätt på rektorns rum och knackar på. Dörrens öppnas av en rödhårig man med ljusgröna ögon och mustasch. Walter ler. Mannen framför honom ser ut som en pojke som satt på lösmustasch för att se vuxen ut. Han ler inte tillbaka.

Walter berättar att han sett lappen om vikariat och att han är intresserad, men orolig för om kunskaperna räcker till. Rektorn synar honom uppifrån och ner.

"Var kommer ni ifrån?"

"Från Sverige, men har bott här flera år nu och har två barn födda här. Vi flyttade hit från

Rockford Illinois. Mina barn kommer gå här i skolan."

"Från Sverige? Och ni vill undervisa våra barn i amerikansk historia?" Mannen ser nästan med avsmak på Walter.
"Matematik kan ni få prova undervisa i. Vi kan säga en veckas provtid. Så får vi se se. Kan ni börja på måndag?"

"Javisst, tack."

Walter går därifrån. Ser Earl på verandan skyndar dit.

"Läget Walter?"

"Jag vet inte om jag är förolämpad eller glad."

Earl ser på honom. Walter berättar vad som nyss hänt på skolan.

"Det är inte alla här som är glada över invandringen."

”Fast ska vi vara riktigt ärliga, så är väl alla utom de amerikanska indianerna invandrare.”

Earl skrattar.

”Så ska du nog inte säga högt.”

Walter suckar. Tankarna vandrar iväg till hans pågående manus. Han tänker absolut skriva om detta oavsett vad förlaget tycker. De vita männen är rasistiska fast att det är de som är invandrarna från början.

Kapitel 61 (Två månader senare)

Undervisningen i matematik går bra och det är bara två veckor kvar till skolavslutningen. Walter arbetar två dagar i vecka på skolan och därutöver är han hemma och skriver. Snart är det dags att skicka manuset till förlaget. Han är oroad över vad de kommer tycka, men det är en viktig del av den amerikanska historien som behöver diskuteras. Walter är medveten om att den inte kommer mottas väl av alla, men han skriver inte för att vara till lags.

Skrivandet av den amerikanska historien har också gett honom funderingar om den svenska.

Under sin tid på småskoleseminariet i Skara träffade han en kvinna som skulle arbeta i norra Sverige på en nomadskola efter examen. Walter som aldrig hört talas om nomadskola förr blev nyfiken. Anna, som var född i Kiruna, berättade om samerna. De är Sveriges urbefolkning och lever på renskötsel. Många ser dem som mindre värda och mindre begåvade för att de inte lever som vanliga svenskar. Deras barn ska enligt staten gå i nomadskolor. Det innebär att en lärare vandrar med samerna över fjällen på sommaren och undervisar de mindre barnen. De ska tvingas lära sig riktig svenska.

Walter ser en likhet med den amerikanska ursprungsbefolkningen. De vita far runt och tar mark och anser sig vara smartare än de som bodde här från början. Varför är de vita krigiska och egoistiska? Han är själv vit, men inte särskilt stolt över det, när han tänker på vad de gjort och gör mot andra. När han läser dagstidningarna känner han sig själv som en minoritet med sina åsikter och tankar. Det pågår mycket forskning kring olika raser och vilken ras som är överlägsen. Walter vet inte varifrån hans egna tankar kommer eller varför de skiljer sig från majoriteten. Men han har alltid känt att människor har olika kunskaper och egenskaper oavsett kön eller ursprung och de kompletterar varandra. Man behöver inte vara rädd för det okända. Man kan vara nyfiken och lära sig mer i stället. Tänk vad mycket vi skulle kunna om vi delade våra kunskaper med varandra i stället för krigade om vem som är bäst. Varför är det viktigt för de vita att vara bäst och smartast? Är det rädslor? Män slår sina hustrur och trycker ner dem. Religioner säger att mannen är familjens överhuvud. Och den vita mannen är smartare än alla andra och har därför rätt att bestämma hur de andra ska leva. Vilka galenskaper.

Här i Texas finns det fler svarta människor än han någonsin sett. Varje gång han möter en skäms han över att han reagerar. Det beror såklart på att han inte är van. Helst vill han se alla som människor och inte dela in dem i fack som vit, svart, kvinna, man. Men han lovar sig själv att behandla alla lika. Även om det är få svarta hemma i Sverige går det rykten om dem. Mest är det genom brev från de som flyttat till Amerika. De skriver hem och berättar om de svarta människorna. Ofta beskrivs de som artiga, starka men också lata och tröga. Han funderar över om det verkligen är sant att egenskaper sitter i utseendet. Alla vita är inte särskilt lika varandra. En del är lata och andra inte. En del starka och andra inte. Det bör väl vara likadant med svarta, samer och amerikanska indianer också? Han bestämmer sig för att ringa Mr Pearl och diskutera detta. Han, som psykolog, bör ha koll på hur människor och deras egenskaper fungerar.

Pearl lyssnar på Walters tankar utan att avbryta. Inte förrän Walter tystnar ställer han tre frågor:

”Vad har format dig till den du är? Vilka av de egenskaper du har föddes du med? Har dina syskon samma egenskaper som dig?”

Walter tänker länge innan han svarar.

”Tiden hos CJ, min mors tidiga död och att min bror Georg försvann är de saker som format mig mycket.”

”Hur då?”

”Det har gjort mig osäker och rädd, men också ödmjuk och tacksam.”

”Så de tuffaste upplevelserna har gjort dig till en bättre människa?”

”På sätt och vis, men jag önskar jag fått egenskaperna på ett annat sätt. För de har också gett mig sår och smärta och de gör att jag tvekar över mina förmågor och ifrågasätter mig själv. Det tar på krafterna. Det är som att jag alltid behöver hävda mig och ta i för att våga sådant som verkar naturligt för andra.”

”Vilka egenskaper tror du att du föddes med?”

”Jag har inte många minnen från tiden innan CJ. Men jag minns att Georg berättade om oss syskon ibland och sa alltid att jag var lillgammal och klok för min ålder. Så jag kanske föddes som en åskådare och tänkare.”

”Bra egenskaper för en författare. Och dessa hade inte dina syskon?”

Walter skakar på huvudet.

"Georg sa att det var det som skiljde mig från de andra. När de lekte och jagade varandra kunde jag titta på i stället. Åskådaren."

"Då tror jag du själv kan besvara dina funderingar om alla från samma ras har samma egenskaper eller om vi människor har en del gemensamt och en del inte. Jag vill också skicka med en tanke. Oavsett vad tankeströmningarna säger om olika raser, tror du att vi ens är olika raser?"

Walters huvud är fullt av idéer efter samtalet och han går direkt till skrivmaskinen och skriver till långt in på natten. Dagen därpå lägger han manuset i ett kuvert och postar det. Direkt efter ångrar han sig. Känner en stor orosklump i magen. Det här kommer inte falla i god jord hos förlaget.

Två veckor senare har han fortfarande inte hört något från Mr Larsen. Helst vill han ringa för att få veta, men samtidigt vill han inte vara tjatig och för ivrig. Det tar ytterligare en vecka innan ett brev med förlagets stämpel ligger i deras brevlåda.

Walter går med bultande hjärta in i huset med brevet i sin hand. Han sätter sig vid skrivbordet och sprättar upp det. Undrar om det är bra eller dåligt att han fått brevsvar och inte ett telefonsamtal.

Kapitel 62

Visst har förlaget åsikter om manusets innehåll. De ber Walter stryka och ändra nära på hälften av de 320 sidor han skickat dem. Även om han förstod att det skulle bli så här känner han sig besviken. Den första boken han skrev om sin uppväxt var viktig för honom själv, men den här gången känns texten viktig för många. Han vill dela med sig av sina tankar, det han kommit fram till när det gäller medmänsklighet och att vara öppen och lyssna innan man dömer någon på grund av ras eller ursprung. Han tror att fler saker förenar människor än skiljer dem åt. Många kommer bli arga, men kanske någon kan få sig en tankeställare också. Han känner i hjärtat att boken måste få komma ut och spridas. Den är viktig i dessa tider.

Walter bestämmer sig för att åka till New York och tala med Mr Larsen i stället för att ringa eller skriva. Om han bara får berätta betydelsen för honom kanske han ändrar sig.

Mr Larsen lyssnar, men innan Walter talat färdigt avbryter han.

"Jag hör vad du säger och kanske även håller med i en del, men vi jobbar med att sälja böcker. Vi är inte ett politiskt parti som tar ställning. Om den här boken ges ut hos oss kan det tolkas som att vi står bakom åsikterna. Det är inte bara jag som bestämmer detta, Walter. Styrelsen har bestämt att för förlagets framtid skull ger vi inte ut boken om du inte genomför de ändringar vi föreslagit. Det är inte förhandlingsbart."

"Jag ska tänka på saken."

Walter reser sig och går ut från kontoret. Han strosar runt på måfå för att rensa tankarna. Till slut hamnar han längst söderut på Manhattan och ser Frihetsgudinnan. Tänker på dagen han och Karin kom till Amerika. På allt som hänt sedan dess. Vad är viktigast för honom nu? Att sälja böcker eller tala sin sanning?

Hemma igen efter New York resan talar han med Earl. De sitter på Earls veranda och dricker svart kaffe. Klockan är inte mycket, men solens strålar värmer redan. Han berättar om sitt dilemma utan att avslöja några detaljer.

”Du vill berätta något som din arbetsgivare inte vill att du gör?”

”Ja, något som kan göra mig arbetslös.”

”Om det är viktigare för dig än jobbet föreslår jag att du gör det och byter arbetsgivare.” Walter funderar på Earls ord. Byta arbetsgivare. Alltså byta förlag. Finns det något förlag som skulle kunna tänkas ge ut hans manus? Han får bråttom till biblioteket för att kika på utgivna böcker med obekväma ämnen.

Bibliotekarien ser frågande på honom.

”Kan ni ge exempel på obekväma ämnen?”

”Sådant som inte är acceptabelt för alla att tala om eller någon som har en åsikt som de flesta inte har. En vegetarian i Alaska. En ateist eller kanske böcker om otrohet och sex?” Hon stirrar på honom med uppspärrade ögon när han nämner sex.

”Jag förstår vad ni menar. Vänta här.”

Walter står kvar vid disken medan kvinnan rusar runt till olika hyllor och plockar ut några böcker. Hon kommer tillbaka och lägger en hög framför honom. Han ser titeln *Att svära i kyrkan* och under ligger *Kvinnliga idrottare*.

Båda böckerna är utgivna av samma förlag. Han skriver ner förlagets namn och adress på en lapp. Tackar kvinnan för hjälpen och rusar hem.

Staden som förlaget ligger i heter Austin. Walter söker på en karta och ser att det också är i Texas och inte alls långt från Dallas. Han bestämmer sig för att resa dit personligen.

Eftersom han inte ringt och bokat tid får han vänta en bra stund innan någon har tid att ta emot honom. Sekreteraren ber honom sitta ner i väntrummet och erbjuder honom en iskall cola. När han till slut får komma in på kontoret är colan slut och han har svettfläckar under armarna. Han håller hårt om manuset.

En man i hans egen ålder ber honom slå sig ner. J.L Kinsley står det på namnskylten på skrivbordet. Walter presenterar sig och lägger sina båda utgivna böcker framför Mr Kinsley, som tar upp dem.

”Varför vill ni byta förlag?”

Walter berättar om sitt nya manus och lägger även det framför honom.

”Jag har sett andra titlar ni gett ut här på förlaget och tänkte att ni kanske kunde vara intresserade av att ge ut även min lite kontroversiella bok.”

”Kom.”

Mr Kinsley reser sig och går ut från kontoret. Medan de går genom förlaget berättar han om deras visioner att vara förlaget mot strömmen. De som vågar ge ut det inget annat förlag vågar. Ge de författare som har något att säga en chans, även om det upprör många. De är ett litet nischat förlag som följer hjärtat mer än plånboken.

”Visst har vi fått ett och annat fönster krossat och många av författarna tvingas skriva under pseudonym. Men jag har det hellre så än bara ger ut sådant som säljer bra, men som jag själv inte gillar. En dålig affärsidé kanske, men jag sover gott om nätterna.” Han blinkar åt Walter.

”Hellre fattig och sann mot sig själv än rik och falsk. Håller du med?”

”Jo, naivt kanske, men jag tror det vinner i längden.”

Han sträcker fram handen mot Walter.

”Jag kan inte lova något, men vi ska läsa ditt manus och du får svar inom en månad. Tack för du kom till oss.”

Walter tar hans hand och tackar. Känner sig mer hoppfull än på länge. Det skulle vara oerhört skönt att säga till det gamla förlaget att boken är antagen på annat förlag. Utan ändringar. Visst är han tacksam för att de gett ut hans första böcker och hjälpt hans författarkarriär, men han vill hellre ha ett förlag som låter honom ge uttryck för sina åsikter även om de är obekväma. Han ser på klockan och bestämmer sig för att stanna i Austin över natten. Först ska han söka reda på en telefon och ringa till Karin och sedan ett hotell som inte är allt för dyrt.

Kapitel 63

Första dagen efter sommarlovet blir Walter inkallad till rektorn. Han ser inte glad ut.

”Sätt dig Walter.”

Walter slår sig ner och funderar på om han gjort något som skulle kunna uppröra hans chef.

”Vi kan tyvärr inte ha er kvar på skolan.”

”Har ni hittat en utbildad matematiklärare?”

”Inte direkt, men styrelsen anser det är viktigt att barnen lär sig korrekt engelska. Föräldrar har klagat på att några barn kommit hem och använt svenska ord.”

Walter kan inte dölja sin förvåning.

”Men jag lär ut matematik, inte engelska.”

”Det hör inte hit. De vill inte att barnen undervisas av invandrare som inte kan språket.”

Han skulle kunna försvara sig med att han gått på amerikanskt universitet och studerat engelska, vilket är mer än de flesta föräldrarna gjort, men han inser att det inte är rätt tidpunkt för att gå i försvar. I stället vänder han sig bara om och går igen. Redan första dagen kände han sig ovälkommen av rektorn. Tursamt nog kan de leva ganska bra på royalties från de första böckerna ihop med det förskott han fått från nya förlaget. Det är inte att förlora lönen som svider utan anledningen. Han behöver få tala med någon, så han går till Earl.

Earl står på tomten och fyller på bensin i gräsklipparen. Han ser Walter komma gående över tomten med tunga steg.

”Har någon dött?”

Walter skrattar till.

”Riktigt så illa är det inte.”

”Kom, vi sätter oss på verandan så får du berätta.” Walter berättar vad rektorn sagt.

Earl lyssnar och nickar.

”Det går rykten.”

”Vadå för rykten?”

Earl ser sig om och lutar sig fram, närmare Walter.

”Det talas om att rektorn är en av KKK.”

”KKK? Vad är det?”

”Ku Klux Klan. En gammal sekt med rasister som vill ha bort alla svarta, icke kristna och invandrare från landet. Helst från jordens yta.”

”Jag har hört talas om Ku Klux Klan, men jag trodde inte de fanns längre.”

"Det gjorde de inte under många år, men för tio, femton år sedan återuppstod de igen. Det var en metodistpastor som grundade en ny variant. Det är bara någon månad sedan de brände kors en bit härifrån. De vill skrämmas."

"Och du menar att min chef, eller före detta chef, är medlem där?"

"Ingen vet säkert, inte ens de som är med vet vilka de andra är. De visar aldrig sina ansikten för varandra. Medlemmarna är hemliga, men det går rykten."

"Varför bränner de kors?"

"Det sägs vara någon symbol för att visa korsets och kristendomens makt."

"Så de är kristna? Men är det inte konstigt då att elda kors?"

"Jag tror att deras inre hat bränner upp hjärncellerna och logiken. Det är inte lätt att förstå hur de tänker."

"Om det stämmer att rektorn är medlem känns det inte som en förlust att mista jobbet. Det känns faktiskt mer obehagligt att mina barn går kvar i hans skola."

Under middagen sitter familjen Bergstrand samlad vid matbordet.

"Hur var det att komma tillbaka till skolan idag då efter lovet?"

Karin ser på Gen och Leo.

”Det var bra”, svarar Gen. ”Lite trist att fröken hade slutat. Jag gillade henne.”

Walter hajar till.

”Har hon slutat? Varför då?”

”Rektorn tyckte hon talade för mycket svenska med oss. De andra i klassen kunde påverkas och bor man i Amerika ska man tala engelska.”

”Och vem är er lärare nu?”

”Tills de hittar någon annan är det rektorn som ska undervisa.”

”Jag tycker det är rätt”, inflikar Leo. ”Vi bor i Amerika. Då är det väl logiskt att lärarna talar engelska.”

”Jo förvisso, men kan det vara så viktigt plötsligt att de sparkar en bra lärare?” frågar Karin.   ”Två”, säger Walter. ”Jag fick också sparken idag.”
Han ser på Leo.

”Tycker du inte jag ska få arbeta i skolan för att jag är svensk?”

Leo skruvar på sig på stolen.

”Jo, såklart pappa.” Han stirrar ner i bordet. ”Jag är mätt. Får jag gå från bordet?”

”Har du blivit avskedad?”

Karin ser på sin man. Han rycker på axlarna.

”Det verkar inte vara populärt att vara svensk här.”

”Hur ska du göra nu då? Tänker du söka lärarjobb på någon annan skola?”

”Inte direkt. Det här har gett flera nya idéer till mitt manus. Jag ska göra lite mer efterforskning till det.”

”Var rädd om dig Walter.”

Walter åker iväg till biblioteket direkt när han vaknar morgonen därpå. I flera timmar sitter han och läser gamla tidningsartiklar om KKK. De hade alltså uppstått redan på mitten av 1800-talet efter amerikanska inbördeskriget. Några fanatiska rasister ansåg sig äga sina slavar och när de blev befriade satte man efter dem för att hämnas. Man terroriserade, hotade och till och med hängde svarta. KKK var väldigt grymma. De var vita, protestanter och många av dem var krigsveteraner. Men de upplöstes på1870-talet och några gick över och blev politiker i stället för att få igenom sina rasistiska åsikter. Walter söker vidare bland tidningarna och hittar en nyare artikel. 1915 återupptas KKK av en metodistpastor. Han vill rensa Amerika från alla som inte är helt vita och protestantiskt kristna. Walter ryser. Vilket hat. Vad har gjort dem sådana? Han tänker på CJ:s hat och avsaknad av medkänsla.

Hemma igen sätter han sig vid skrivmaskinen. Väver in KKK i sitt manus. Låter sina läsare få känna en person riktigt väl för att senare avslöja honom som en medlem i KKK. Det är exakt så, tänker Walter. Ondskan är inte bara en vitklädd person som piskar och dödar. Det är också en granne, en kollega som lever ett normalt liv i vår närhet. Vi vet inte vid första anblick vem som bär på hatet. Han tänker på rektorn på sina barns skola. Det kanske är dags att ta reda på mer om honom. Han ska börja med att kontakta barnens fröken som fick sparken. Som han förstått det, har hon arbetat flera år på skolan. Hon bör ha mer information om rektorn. Efter lite efterforskning får han tag på hennes adress och bestämmer sig för att gå dit.

Kapitel 64

Fröken Lindstrom öppnar innerdörren och ser på Walter genom den nätförsedda dörren. Han presenterar sig som Gen och Leos pappa.

”Jag känner igen er från skolan”, säger hon. ”Visst var ni väl vikarie också?”

Walter berättar att han också fått sparken av samma anledning som hon. Lindstrom ber honom stiga in. De går igenom hela huset och ut genom en bakdörr till trädgården. Där slår de sig ner vid ett bord under ett stort träd som ger skugga och svalka. Fröken Lindstrom hämtar en bricka med två isfyllda glas och en kanna lemonad. Walter berättar att han hört rykten om att rektorn är medlem i KKK.

Hon lutar sig fram och säger med låg röst:

”Jag har också hört det, men det är inte riskfritt att tala om med vem som helst.”

”Vad menar ni?”

”Innan han började som rektor hade vi en svart vaktmästare på skolan. Mr Billy. Han var trevlig och omtyckt av både lärare och elever. När rektorn började, hamnade de två genast i dispyt. Rektorn anklagade Mr Billy för att vara slarvig och lat, vilket inte var sant. En lärare tog tydligt parti för Mr Billy. Några nätter senare slängde någon in en flaska med brinnande tygtrasa genom den lärarens fönster.”

”Vad läskigt. Vad hände med Mr Billy?”

”Vi vet inte riktigt, men han sa i alla fall upp sig själv efter en tid och flyttade norrut med sin familj.”

Omskakad går Walter hem. Karin har precis kokat kaffe och undrar om han vill ha en kopp.

De slår sig ner i vardagsrummet och han berättar vad han fått veta.

”Så fruktansvärt att det finns sådant hat hos en del människor. Jag förstår inte hur man kan tycka illa om någon enbart på grund av var den är född, eller vilken hudfärg den har eller för att den har en annan tro.”

”Tror du det är den verkliga anledningen då?” undrar Walter.

”Hur menar du?”

”Det kanske är människor med mycket smärta inombords som de måste släppa ut och då går det ut över någon annan. Om man blir nertryckt med våld som barn och inte kan försvara sig. Söker man då någon i ännu svagare ställning att ta ut sin smärta på för att få någon makt själv?”

Karin ser på Walter.

”Men du blev ju utsatt för våld som barn. Du har inte blivit elak. Du slår inte barn.”

”Jag gjorde det med Theodor i skolan. När jag kom i en pressad situation kom det upp. Jag kunde inte hindra det. Jag blev rädd för mig själv.”

Dörren öppnas och Leo kommer in.

”Är du hemma redan? Skolan är väl inte slut än? Var är Gen?” frågar Karin.

”Jag har ont i magen och fick gå hem.”

Leo slänger skolväskan på golvet och rusar upp till sitt rum.

Karin och Walter ser på varandra.

”Jag går”, säger Karin och reser sig.

Walter sitter kvar. Han hör Karin knacka på Leos dörr och hur Leo ropar tillbaka att han vill vara ifred. Karin kommer ner för trappen igen och rycker uppgivet på axlarna.

”Vill du att jag talar med honom?”

”Nej Walter, jag tror vi ska lämna honom ifred just nu. Jag talar med honom senare. Han kanske bara har ont i magen.”

”Jag går över till Earl en stund.”

”Ni verkar blivit god vänner. Kan du inte bjuda över honom på middag någon kväll?”

”Javisst, det uppskattar han säkert. Kanske ikväll?”

”Det går bra.”

Walter går över till Earl. Precis när han ska knacka på dörren ser han pickupen svänga in på uppfarten. Earl vinkar. Bredvid honom sitter en pojke i tioårs åldern. Han har tydliga drag av urbefolkningen. Bruna ögon, svart hår. Earl parkerar och kliver ur. Går mot Walter med pojken tätt bakom sig. När de kommer fram kliver Earl åt sidan så pojken hamnar mittemot Walter.

"Det här är mitt barnbarn Tom. Tom hälsa på min granne Mr Bergstrand."

Tom sträcker fram handen och hälsar.

"Hej Tom. Trevligt att träffas. Walter heter jag."

Tom springer in i huset medan männen slår sig ner på verandan.

"Jag visste inte att du hade barnbarn. Eller barn för den delen. Det har du inte sagt något om."

"Du har inte frågat. Fast jag har inga barn. Jag hade en dotter. Hon och hennes man, Toms far, omkom i en olycka för sju år sen. På den tiden var jag gift. Tom flyttade hem till oss. Han var bara tre år. Men sorgen tärde på oss och min fru och jag separerade. Hon tog med sig Tom och flyttade."

"Jag beklagar verkligen Earl. Vad fruktansvärt."

"Du vet hur det är Walter. Alla får vi våra prövningar. Det gör ont. Fruktansvärt ont. Men när såret läker, läker vi och växer. Önskar jag fått mina lärdomar på annat sätt, men det kan vi inte bestämma. Det är utanför vår makt."

Walter nickar och de sitter en stund i gemensam tystnad.

"Vill du och Tom komma över på middag ikväll?"

"Tack gärna. Tom kommer blir överlycklig. Min matlagning är väl inte den bästa direkt."

Walter går tillbaka hem och berättar för Karin att de får middagsgäster och att Earl har ett barnbarn.

"Vad roligt. Då kan han leka med Leo och Gen."

Kvällen bjuder på god mat och trevliga samtal. Gen och Tom kommer fint överens. Det är bara Leo som trilskas. Han vill gå till en kompis i stället när Earl och Tom kommer. Han vill inte äta med dem eller visa Tom sitt rum när Karin ber honom om det.

"Jag ber om ursäkt", säger Karin. "Jag vet inte vad som flugit i Leo idag."

"Pojkar", svarar Earl och rycker på axlarna. "Låt honom vara. Man kan inte tvinga på vänskap."

När Earl och Tom gått hem går Walter upp till Leo för att säga god natt.

"Varför ville du inte visa Tom ditt rum? Jag tycker han verkar jättetrevlig."

"Han är en vilde. Tänk om han skalperar oss."

Leo lägger händerna om sitt huvud. Walter öppnar munnen flera gånger, men inga ord kommer ut. Till slut säger han:

"Tom är Earls barnbarn. Vi talar inte om honom så där. Jag vill aldrig mer höra dig kalla honom eller någon annan för vilde."

Kapitel 65

Några veckor senare kommer Gen hem gråtandes från skolan. Karin står i köket och bakar.

Walter sitter vid skrivmaskinen.

”Gen, vad är det gumman?”

Gen slänger sig i mors famn.

”Leo...”

Hon snyftar till.

”Har det hänt något med Leo? Var är han?”

Gen skakar på huvudet.

”Leo och hans kompisar slog en pojke. De var riktigt taskiga. Stoppade jord i hans mun och sparkade när han låg ner. Han var blodig i ansiktet. Jag ville hjälpa pojken, men vågade inte.”

”Herre gud! Hörde du Walter?”

Walter kommer ut i köket och Gen berättar en gång till.

”Vem var pojken? Kom det någon vuxen?”

”Han går i en annan skola och skulle bara gå förbi när Leo och hans kompisar fick se honom. De skrek svarting och sprang ikapp. Det var Leo som knuffade honom först. Rektorn kom ut och såg allt. Men han avbröt inte förrän efter en bra stund. Ingen gjorde det."

Walter reser sig och går ut i hallen.

"Jag går dit."

När han kommer fram är skolgården tom. Han går in i byggnaden och hör genast röster från rektorns kontor.

"Det var han som provocerade oss." Hör han Leo säga.

Walter knackar på och kliver in. Alla tystnar och ser på honom. Rektorn sitter bakom skrivbordet och framför honom står Leo och två andra pojkar.

"Walter", säger rektorn. "Leo och hans kamrater har blivit påhoppade av en svart man. Som tur var kunde de brotta ner honom tills jag kom ut och kunde köra iväg honom från skolområdet. Läskigt när våra barn inte får vara trygga i skolan. Men jag ska se till att det inte händer igen. Jag förstår om ni oroar er."

Walter ser på rektorn och på Leo.

"Kom Leo, nu går vi hem."

I huset går de förbi Karin och Gen och upp för trappan. In i Leos rum och stänger dörren.

"Berätta vad som hände."

Leo står med ryggen mot sin far och ser ut genom fönstret. Där utanför ser han Earl tvätta pickupen.

"Rektorn berättade för dig."

"Jag vill din version. Rektorn var inte med från början. Kom och sätt dig och berätta allt från början."

Leo sätter sig på sängen.

"Du kommer inte fatta."

"Varför inte?"

"Du är inte en riktig amerikan. En svensk kan inte helhjärtat älska Amerika och vilja försvara det från de som förstör det."

"Vad har du fått det där ifrån? Är det rektorn som talar så?"

Leo rycker på axlarna.

"Kanske det, men han har rätt. Man måste försvara grunden så inte de utifrån förstör allt.

En dag kanske vi vita amerikanare blir slavar åt vildarna."

"Jag förstår inte varför du är rädd eller varför du är hatisk mot de som inte ser ut som dig. Vad har de gjort dig? Kommer du ihåg i Rockford? Där var det dina fotbollskamrater som var elaka. Vita, amerikanska pojkar. Varken snällhet eller ondska har en hudfärg eller en nationalitet. En del är det och andra inte."

"Jag visste att du inte skulle fatta! Och de var inte elaka i Rockford. De hade rätt."

Walter vet inte vad han ska svara eller hur han ska få sin son att förstå att det är fel. För att inte brusa upp och skrika åt Leo går han ut ur rummet och stänger dörren bakom sig. Där sjunker han ner på golvet och gråter för första gången på många år. Han kämpar mot våld och hans son misshandlar människor på grund av deras hudfärg. Vad har han gjort för fel?

Dagen därpå, när barnen gått till skolan, sitter Karin och Walter tillsammans i köket.

”Kan vi inte kolla om det går att byta skola?” frågar Karin.

”Det är svårt och dyrt mitt i en termin. Nu när jag inte har lärarjobbet är jag inte säker på att vi har råd.”

”Hur allvarligt tycker du det är? Behöver vi flytta? Ska vi flytta hem till Rockford igen?” Walter skakar på huvudet.
”Det är väldigt allvarligt. Jag vill inte Leo ska ta mera intryck av rektorn. Vem vet. Han kanske värvas till KKK om vi inte tar honom från skolan. Men jag tror inte lösningen är att flytta upp till Rockford igen.”

”Vad ska vi göra då?”

”Vi får bo kvar den här terminen och hålla koll på honom. Sedan ser vi till att hitta en bostad på andra sidan stan och flytta under lovet.”

Walter åker till biblioteket för att göra mer research till sin bok. Han läser om olika stammar av ursprungsbefolkningen och var de bodde innan de blev ivägkörda när någon knackar honom på axeln. Han vänder sig om och ser att det är fröken Lindstrom.

”Stör jag?”

”Inte alls. Slå er ner.”

Walter berättar om händelsen på skolan, Leos inställning, hur rektorn hanterade det och avslutar med deras planer på att flytta.

”Jag beklagar verkligen. Leo är en bra pojk egentligen. Ni gör klokt i som flyttar innan han dras in än mer. Pojkar är oerhört lättpåverkade i den åldern. Hörde du förresten om de två unga männen de hittat i går morse? Två svarta män som blivit fastbundna, piskade och lämnade att dö. Definitivt KKK:s verk.”

”Oj! Hur gick det med dem?”

Walter ryser. Tänker på när han och Georg blev piskade av CJ.

”De överlevde, men är svårt skadade och ligger på sjukhuset nu.”

Tagen av det fröken Lindstrom berättat går Walter hem. Dagen efter när Leo kommer hem från skolan säger han åt honom att följa med över till Earl. Hemma hos Earl väntar fröken Lindstrom.

”Vad är det här? Vad gör vi här pappa?”

”Vi ska åka en sväng. Kom med.”

Earl kör dem till sjukhuset. Lindstrom har ordnat ett besök hos de båda piskade männen. De ligger inlindade i gasväv i en form av vagga eftersom ingen av dem kan

ligga på rygg på grund av de öppna såren. Leo stelnar
till och stannar i dörröppningen när han ser dem.   ”Jag
vill inte pappa!”

Kapitel 66 (År 1941, fem år senare)

Karin och Walter sitter nersjunkna i varsin fåtölj och lyssnar på radion. Franklin D Roosevelt är vald till president för tredje gången och håller tal till nationen:

"... Demokratin är inte död. Ansikte mot ansikte med de största faror, som någonsin mötts, är det vår höga uppgift att skydda och för all tid bevara demokratins okränkbarhet."

Världskriget rasar runt om i världen och det pågår en kamp mellan demokrati och nazism. Amerikanarna har hittills inte velat lägga sig i eftersom de flesta anser att det är Europas sak och inte Amerikas. Men när demokratin hotas förändras deras åsikter. Framförallt vänder det när folket förstår vilken judeförföljelse som sker. I september förra året ingick Amerika en pakt med Storbritannien att hjälpa dem med krigsmaterial och i gengäld fick Amerika tillgång till flera sjö och flygbaser på brittiska kolonier.

Leo som då var tonåring ville genast ta värvning i flottan. Walter tyckte han var för ung och skulle vänta minst ett år till och i stället fortsätta sina studier.

"Så skönt att han blev vald en period till", säger Karin.

"Ja, även om det betyder att vi kan komma dras in i kriget mer, och jag egentligen är emot krig, så är hans demokratiska åsikter viktigare än någonsin. Vem vet vad som sker om nazisterna vinner i Europa."

"Ja, du har rätt. Men jag oroar mig för Leo om det blir krig. Han kommer vilja vara med."

”Jo, så är det. Fast med tanke på vilka åsikter han hade för några år sedan är jag stolt över att han idag vill kämpa för demokratin i stället.”

”Jo, men som mor vill jag bara ha honom hemma trygg och välmående.”

”Det vill såklart jag med, men om vi inte slåss för demokratin kanske ingen av oss är trygga framöver.”

”Förut sa du att våld inte löser våld, utan tvärtom.”

”Jag tänker som Roosevelt. Det är skillnad på att försvara och att gå till angrepp. Och vår uppgift är nu att försvara vår frihet och demokrati mot mörka krafter.”

Bara några månader senare, när skolan slutar, tar Leo värvning och placeras i flottan på

Hawaii. Han trivs och får snabbt vänner. Den ilska han känt under så många år har övergått

till tacksamhet. Idag skäms han över sin tidigare ilska mot sina föräldrar. I skolan hade han skämts över deras svenska ursprung. Nu har han läst sin fars första roman och fått större förståelse. Efter byte av skola, som han tvingades till genom familjens flytt, fick han nya vänner och lärare med andra värderingar än den gamla rektorn. Idag är han stolt över att vara amerikan med svenska rötter, men det betyder inte längre att andra människor är sämre eller har mindre värde. Nu vill han vara med och kämpa för allas frihet.

På basen bor han med andra amerikanska soldater från hela landet. De har olika hudfärg och religioner, men tillsammans slåss de för demokratin. En tidig morgon i början av december vaknar Leo före sina rumskamrater. Han går ut och tänder en cigarett. En pojke cyklar förbi och vinkar. Strax därpå kommer ett mullrande ljud från himlen. Det tar bara någon sekund innan larmet ljuder och han förstår att de är anfallna av bombplan.

Hemma i Texas når nyheterna Karin och Walter några timmar senare. Pearl Harbor är angripet av japanska flygstyrkor. Hela dagen följer de nervöst nyhetsrapporteringarna. Gen är hemma från skolan och sitter med. Flera dygn av oro följer innan de får veta om Leo lever eller inte.

När larmet går kastar sig amerikanska piloterna upp i luften för att försvara de sina. Flera av fartygen ute i havet är träffade. Leo var som tur var inte ombord den natten utan hade sovit i baracken på fastlandet.

Karin och Walter nås av beskedet att Leo lever och är oskadd. Karin gråter av tacksamhet, men förstår att det bara är början. Dagen efter anfallet deklarerar USA, via Roosevelt, krig mot Japan och bara några dagar senare förklarar Tyskland och Italien krig mot USA för att backa Japan. USA förklarar i sin tur krig mot Tyskland och Italien. Världskriget tar en ny vändning.

I sluttampen av kriget flyger amerikanska bombplan vägen över Sverige till och från Tyskland. Även om Sverige inte står på någons sida, skjuter de inte på de allierade utan låter dem passera. Ett hundratal amerikanska plan tvingas också nödlanda på svensk mark på grund av skador från strider i Tyskland. I Sverige blir de väl omhändertagna och får hjälp med reparationer av amerikansk servicepersonal som finns på plats. Walter och Karin följer allt via radion.

Våren 1945 blir det fred i Europa och sensommaren samma år kapitulerar även Japan. Visst firar människor freden, men samtidigt är krig alltid en förlust. Många människor har mist livet. Anhöriga på alla sidor sörjer. Soldaterna som överlevt blir aldrig mer som innan. Att döda andra människor ligger inte i människans natur och det är inget vi gör oberörda. Även om soldaterna hyllas som hjältar vid hemkomst är det något inuti som för alltid gått sönder. Så även för Leo.

En varm eftermiddag i augusti kommer Leo hem till sina föräldrar efter fyra års stridande. Vid fem tillfällen har han varit hemma på permis. Senast juldagen 44. Karin håller om honom länge. Han är mager och orakad. Glimten i ögonen har slocknat. Tårar rinner ner för bådas kinder. Walter och Gen kommer och hela familjen stannar i omfamningen. Ingen vill släppa taget.

De dagar som följer drar sig Leo undan. Han tillbringar tiden i sitt gamla pojkrum. Sover bort dagarna. Vandrar omkring i trädgården på nätterna. Röker. Kollar på natthimlen. Gråter när ingen ser.

Karin och Walter oroar sig, men vet inte hur de ska kunna stötta honom. Walter frågar om han vill tala med en psykolog.

”Nej. Jag behöver inte tala om det. Jag behöver få tid att vänja mig vid ett liv utan ständig livsfara och ta reda på vem jag är som civil. Jag vet inte vad jag ska göra nu. Känner mig tom.”

”Jag kan inte förstå allt du har upplevt, men en sak känner jag igen. Den tomhet som kommer efter att ha levt år under ständigt hot om fara. Det är svårt och det tar tid att känna sig trygg igen. Man vänder sig om vid alla okända ljud och man har alltid ryggen mot en vägg. Jag vet hur det känns.”

Kapitel 67 (År 1950, fem år senare)

Både Leo och Gen har flyttat hemifrån. Gen arbetar på en frisörsalong inne i Dallas city. Hon är förlovad med en ett år äldre gammal skolkamrat. Leo bor ensam i en husbil. Han kämpar med PTSD och har, trots sin unga ålder, fått förtidspension. Varje söndag kommer Leo och Gen hem och äter söndagsmiddag med föräldrarna.

Walter dukar bordet medan Karin tar ut kycklingen ur ugnen. Det knackar på dörren.

"Gen eller Leo?"

Karin ser på Walter.

"Gen, Leo knackar sällan innan han går in."

"Det är sant, men min magkänsla säger Leo i alla fall", skrattar Karin.

"Kom in!" ropar Walter och går mot hallen.

"Leo, välkommen."

Karin nickar nöjt mot Walter.

"Modersinstinkten har alltid rätt."

"Vaddå?" undrar Leo.

"Asch, ingenting. Hur är det med dig?"

Leo hinner inte svara innan det knackar på dörren igen och Gen kliver in i sällskap av sin fästman, Graham.

”Välkomna.”

”Åh, det luktar underbart Mrs Bergstrand.”

Graham sniffar i luften.

Alla slår sig ner runt bordet och tar för sig av maten. Efter en stund höjer Gen sitt glas och slår lätt med gaffeln mot det.

”Oj, ska du hålla tal?”

Walter höjer ögonbrynen.

”Ja, pappa. Nu får du sitta stadigt. Jag och Graham har något att berätta. Vi är ju förlovade och planerar gifta oss till våren, som ni vet. Vi hade verkligen tänkt göra allt i rätt ordning.
Men ibland vill ödet något annat.”

Hon gör en konstpaus. Karin sätter handen framför munnen och drar efter andan.

”Vi ska få barn. Jag är gravid.”

Karin flyger upp från stolen och slänger sig om halsen på sin dotter. Med tårfyllda ögon frågar hon:

”Hur långt är du gången?”

”Sexton veckor. Barnet förväntas komma i december.”

Walter skakar hand med Graham. Leo höjer sitt glas i en skål.

"Grattis syrran. Och jag ska bli morbror."

Middagen fylls av namnförslag, förlossningsprat och minnen från Gens och Leos första tid.

När Karin och Walter blir själva igen känns huset tomt och tyst. Walter håller om Karin.

"Mormor och morfar. Tänk."

Karin svarar inte. En tår tränger fram. Walter skrattar till.

"Inte ska du väl gråta, mormor. Det är en lyckodag."

"Det är glädjetårar dumskalle."

De hjälps åt att duka av bordet. Walter går sedan in till sitt kontor medan Karin tar hand om disken. Fler tårar tränger fram. Hon hade tänkt berätta för dem idag, men efter Gens avslöjande kunde hon inte. Inte kunde hon förstöra deras glädje med sin sjukdom. Det kan vänta ett tag till. I början av en graviditet är det viktigt att modern mår bra. Annars kan det bli missfall hade hon läst. Gen skulle säkert oroa sig om hon fick veta att Karin drabbats av kräftan.

Själv har hon vetat en månad nu. Varje dag har hon tänkt berätta. Men något kommer alltid emellan. En dag till kan de få vara ovetandes. Bara en dag till kan de se på henne som den gamla Karin. Den friska. Hon vet att deras blickar på henne kommer förändras för alltid när hon väl berättar. Och nu när alla är glada över det nya barnet som ska komma kan hon inte förstöra glädjen för dem. Någon vecka kan hon gott vänta.

Hon tvättar håret innan hon kryper ner mellan rena lakan. Huttrar till och drar täcket om sig. Läser en stund innan hon släcker sänglampan. När Walter kommer in i sovrummet har hon redan somnat. Han ser ömt på henne. Tänk att de ska bli morföräldrar. Nu börjar en ny fas i livet.

Karin sitter i väntrummet till läkaren. Sist hon var här fick hon diagnosen. Hon hade gått länge med diffus smärta i magen. Det var inget hon tänkte mycket på förrän hon började gå ner i vikt också. Då sökte hon vård och efter flera provtagningar och undersökningar konstaterades bukspottkörtelcancer. Idag ska hon undersökas och få en vårdplan. Själv vet hon inte vad det innebär mer än att många dör av cancer. Hemma i Sverige hade grannfrun gått bort i bröstcancer. Hon blev bara fyrtio år. Karin har precis passerat femtio. Varken ung eller gammal. Just nu är hennes enda önskan att få leva tills första barnbarnet är fött. Hennes Gen ska bli mamma. Hon vill inte missa det.

En sköterska kommer fram till Karin.

”Ni kan gå in till doktorn nu Mrs Bergstrand.”

Karin går in och sätter sig på stolen mittemot läkaren. Han tar sin stol. Lyfter den och ställer ner den framför Karin.

”Är ni här ensam?”

Karin nickar.

”Har ni berättat för era anhöriga?”

Hon skakar på huvudet.

”Jag föreslår att ni bokar ny tid och tar med er man så kan vi samtala om vad som kommer hända.”

Hon skakar på huvudet igen.

”Jag berättar för dem när jag kommer hem. Först vill jag själv veta och tänka igenom det.” Han tar båda hennes händer i sina.

”Det är en aggressiv sort du har fått och den är långt gången. Det finns inga mediciner eller behandling att få. Du kommer få smärtstillande och den hjälp du behöver såklart, men vi kan inte hindra eller stoppa sjukdomen.”

Hon ser honom i ögonen.

”Hur lång tid?”

”Det är svårt att veta, men mellan ett halvt år och ett år.”

Karin tackar doktorn. Reser sig upp och går hem. Efteråt minns hon inte hur hon tog sig hem. Händerna darrar. Hon vill vara ensam med tankarna samtidigt som hon vill slänga sig i Walters famn och gråta hejdlöst som ett barn. Hon hör honom knappa på skrivmaskinens tangenter. Själv går hon in i badrummet, sjunker ner på toalettsitsen och gråter tyst i en handduk. Hon vill vara lugn och samlad när hon berättar.

Kapitel 68

Karin plockar ner det sista i korgen inför picknicken. Det är Labor Day och familjen firar tillsammans. Några lokala band ska spela. Det brukar vara en trevlig dag tillsammans med familj och grannar. Himlen är blå och solen värmer termometern till tjugofem grader.

Karin är mer nervös än vanligt. Det har nästan gått en månad sedan hon var hos läkaren.

Värken har blivit värre och hon inser att det är dags att tala med familjen.

"Jag tar korgen", säger Walter. "Vad fin du är älskling."

Karin ler mot sin make. Hon är klädd i en solgul klänning och stråhatt. Klänningen satt bättre för en tid sen. Nu har hon gått ner så mycket att hon måste ha skärp i midjan.

"När kommer Gen och Leo?"

"De möter oss där."

Tre kvarter bort sträcker en stor gräsplan ut sig. Nere vid ena kortsidan finns en scen. Flera människor har redan slagit sig ner på filtar.

"Hoppas de hittar oss bara. Det är väldigt många här."

"Sätt dig älskling så går jag runt och kollar om jag ser dem", säger Walter.

Karin tänker på hur hon ska formulera sig. Senaste tiden har en önskan växt i henne om att få se Sverige och sin bror och Kristina en sista gång. Helst vill hon begravas på kyrkogården i Malexander med deras son och med mor och far. Mor gick bort för ett par år sedan och hon hann inte hem vare sig för att ta farväl eller gå på begravningen. Det var mitt under kriget och inte läge att resa.

Walter kommer tillbaka med både Gen, Graham och Leo. Gens mage har växt bra. Bara tre månader kvar nu. Tänk om hon skulle hinna en sista gång till Sverige efter att barnet kommit.

Då skulle hon vara tacksam.

”Vad sitter du och tänker på mor?”

Det är Gen som avbryter hennes tankar.

”Jag tänker vilken fin dag vi har. Jag är så tacksam över min fina familj. Jag älskar er så mycket.”

”Mor har väl inte smuttat på vinet?”

Leo skrattar och klappar Karin på axeln. Hon ler mot honom, men ögonen fylls med tårar.

Walter sätter sig på huk bredvid.

”Vad är det Karin? Är det något fel?”

Alla sätter sig runt om henne.

”Jag har något att berätta. Helst vill jag inte förstöra en så här fin dag...”

Rösten skär sig och hon hulkar.

”Men mamma, vad är det?”

Leo ser oroligt på henne. Hon tar sig samman. Tar ett djupt andetag och fäster blicken i Walters trygga ögon.

”Jag är obotligt sjuk. Det är kräftan.”

Allt stannar upp och familjen hamnar som i ett vacuum. Det känns absurt att festen runt om dem fortsätter som att inget har hänt. Tystnaden bryts av Gen som har massor av frågor.

”Hur länge har du vetat? Finns det inget att göra? Vilken sorts cancer? Hur mår du? Vad händer nu?”

”Jag vet inte hur länge jag har kvar. Men jag tänker träffa mitt barnbarn och jag tänker åka till Sverige en sista gång.”

Walter håller om henne.

”Klart du ska. Klart att vi ska.”

De äter maten och lyssnar på musiken utan att riktigt registrera det. Gen och Graham bryter upp först.

”Mamma lova att du säger till om det är något vi kan göra för dig. Vad som helst.”

Gen kramar sin mor länge innan de går. Leo följer med Karin och Walter hem en stund. Inte förrän det börjar mörkna ute går han hem till sig.

”Vill du ha en kopp te innan vi lägger oss?” frågar Walter.

”Ja tack”, svarar Karin. ”Jag ska bara ta en dusch först. Fötterna är fulla av gräs.

Karin kommer ut från badrummet och sätter sig vid köksbordet. Walter räcker över en varm kopp te. Hon sluter fingrarna om den.

”Jag vet att det är sorligt att min tid snart är slut och du kommer bli lämnad kvar. Men jag ber dig Walter att vara glad, tacksam och njuta av varje sekund ihop med mig den tid som är kvar. Jag vill inte slösa vår sista tid på att gråta och vara ledsen. Det får du vara när jag är borta.”

Walter tar hennes händer.

”Vi ska leva fullt ut så länge vi kan. Än finns tid att skapa minnen. Jag ska inte svika dig.”

Tiden som följer låter Walter bli att skriva. Han sköter hushållet så Karin inte behöver slösa på krafterna. Däremellan gör de sådant hon vill. De går genom vackra parker, konstmuseum och umgås med Gen och Leo.

Tre veckor innan förlossningen är planerad får Gen värkar.

”Graham, det är dags nu.”

”Va? Vadå?”

”Vi måste till sjukhuset. Barnet kommer!”

En värk slår till med full kraft och Gen tar tag om stolsryggen så knogarna vitnar. När hon vrålar förstår Graham vad som händer. Han ringer Karin och Walter innan de åker till sjukhuset. Walter ringer Leo. I fyra timmar sitter de samlade i väntrummet innan barnmorskan kommer ut.

”Grattis! Familjen har fått en frisk liten flicka.”

”Får vi gå in?”

Karins ögon är tårfyllda.

Barnmorskan nickar.

Karin sitter i en karmstol bredvid sängen. Gen lägger varsamt flickan i sin mors famn.

”Det här är din mormor”, viskar Gen till barnet.
”Mamma, det här är lilla Karin.”
Karin ser på de små fötterna. Räknar alla tår och fingrar.
”Det är konstigt med tiden”, säger hon. ”Det känns länge sedan ni var små och samtidigt känns det som det var alldeles nyss.”

Walter lägger en arm om Grahams axlar.

”Grattis pappa Graham. Hur känns det?”

”Omtumlande. Det är ofattbart. Har jag gjort en så fin liten flicka?”

”Nåja, inte bara du va?” skrattar Gen. ”Jag gjorde en hel del också.”

De andra skrattar också. Barnmorskan kommer in i rummet.

"Nu får jag be familjen gå hem. Gen och lilltösen behöver vila. Ni får komma tillbaka imorgon på besökstiden."

Kapitel 69

Karin ligger vaken och lyssnar på Walters trygga andetag. Hon har ont. Mer än hon vill erkänna för familjen. Hade Walter vetat hade han ställt in Sverigeresan. Men det är så nära nu. De reser i övermorgon. Den här gången ska de ta flyget. Ingen mer båtresa för dem. Den tiden är förbi.

Flyget går från New York med det skandinaviska bolaget SAS. Karin och Walter tar sig till New York och sover en natt på hotell. Flyget går tidigt morgonen därpå. Walter är nervös, men Karin längtar bara till Sverige.

"Om vi människor var menade att flyga hade vi fått vingar som fåglarna."

Karin skrattar åt Walters oro.

"Älskade Walter. Så med ditt resonemang ska ingen människa bo i Sverige. Om vi var menade att bo där hade vi haft tjock päls som björnarna."

"Asch, det är väl inte samma sak?"

"Det är väl precis vad det är?"

Hotellets matsal har inte öppnat än när det är dags för Karin och Walter att gå upp. De får varsitt frukostpaket levererat utanför dörren. Varsitt kallt hårdkokt ägg, bröd, ost, corn flakes och mjölk. Varmt kaffe gick inte att få så tidigt. De får vänta tills de är ombord på planet. Där serveras både kaffe och alkohol för den som önskar.

Walter sitter på fönsterplats och Karin bredvid. När hjulen släpper markkontakt håller Walter hårt om armstöden. Karin stryker honom över armen. Han tar hennes hand och släpper inte taget förrän de nått marschhöjd. En flygvärdinna går förbi med en vagn fylld med varma och kalla drycker.

”Två kaffe tack.”

Efter en mellanlandning för att tanka och byta personal, landar de äntligen i Stockholm på Bromma flygplats. Karin är mör i kroppen. Walter bär deras bagage. Innan de far vidare ner till Nils i Östergötland ska de stanna ett dygn i Stockholm. De tar en buss från Bromma in till city.

”Vad vill du göra älskling? Vi kan göra precis vad du vill. Gå på museum, titta i butiker eller ta en kaffe på något kondis och titta på folk.”   Walter ser uppspelt på Karin.

”Jag behöver vila en stund först bara så kan vi göra allt det där sedan.”

”Förlåt. Du är trött såklart. Har du ont?”

”Inte så farligt. Jag behöver bara få sträcka ut mig en stund på hotellet. Du kan gå en sväng själv om du vill.”

Han följer med Karin upp på rummet och går sedan ut i folkvimlet. Stannar upp ute på gatan. Drar luften långt ner i lungorna. Den svenska luften. Det var länge sedan sist. I en kiosk köper han dagens tidning, beställer en kaffe och slår sig ner på en uteservering. Lyssnar på människors samtal. Fantiserar om vart de är på väg, vilka de är och hur de lever. Klockan springer i väg och han ser att det redan gått en dryg timme. Småspringer tillbaka till hotellet. Han gläntar så tyst han kan på dörren till deras rum och ser att Karin ligger fullt påklädd ovanpå sängen och sover. Hon behöver sin sömn, så i stället för att väcka henne skriver han en lapp och lägger den så hon ska se den när hon vaknar. Sedan går han ner till hotellrestaurangen och tar en smörgås. Men fast att han äter långsamt och tar god tid på sig, kommer hon inte ner till honom. Återigen går han upp till rummet. Hon sover fortfarande.

Han lutar sig över henne och kysser lätt pannan.

"Karin...du har sovit i flera timmar. Du missar Stockholm."

Hon blinkar några gånger innan hon minns var de är och varför. Kroppen värker och hon är trött.

"Missa Stockholm vill jag för allt i världen inte göra."

Hon reser sig långsamt upp och går in i badrummet för att skölja av ansiktet. De går ut i Stockholm tillsammans och trots att Karin sovit flera timmar under dagen, somnar hon utmattad på kvällen.

Morgonen därpå ska de till tåget som ska ta dem till Mjölby. Sista biten till Malexander blir det buss. Nils och Elna flyttade in i Nils och Karins barndomshem när Maj gick bort. De slår sig ner i restaurangvagnen och beställer frukost.

"Hur känns det nu när vi är så nära?"

"Nästan ofattbart. Vi ska träffa Nils idag. Jag hoppas verkligen att Kristina kommer också."

Walter nickar.

”Jag med. Det var länge sedan nu.”

De har brevväxlat och hållit kontakten med sin dotter under alla år, men inte träffats sedan hon var i Amerika för tjugo år sen.

Walter kliver av bussen först, sedan tar han emot Karin. De går den korta biten till Karins föräldrahem och stannar till utanför. Karin håller i grindstolpen.

”Så konstigt det känns att vara här utan att mor och far är där inne. Nu är det Nils och Elnas hem.”

”Fint ändå att det är kvar i släkten.”

Dörren öppnas på vid gavel och framför dem står en gråhårig Nils. Han tar sin syster i famnen så hon lättar från marken. Hon skrattar och snyftar samtidigt. Elna kommer ut och hälsar dem välkomna.

”Nils, var rädd om Karin nu. Jag hoppas ni är hungriga.”

”Hon har lagat mat i flera dagar för ni ska komma.”

Efter middagen går Karin och Walter till kyrkogården. De har två blombuketter som de plockat i trädgården. Den ena sätter de på Karins föräldragrav, den andra på sin sons.

”Tänker du någon gång på vad annorlunda vårt liv kunnat bli?” frågar Karin.

”Hur menar du?”

”Om Bengt hade överlevt och vi bott kvar här och fått Kerstin.”

”Då hade vi kanske inte fått Gen och Leo. Jag hade kanske inte blivit författare. Jag tror inte det finns något gott med att tänka på hur det kunde ha blivit. Tänker du så?”

”Ibland, inte ofta men det händer. Jag ångrar inte att vi flyttade, men när det varit tufft har jag tänkt att det vore skönt att ha familjen nära.”

”Jo, det är förstås annorlunda för dig. Jag förlorade min familj för så länge sedan. Den enda jag fortfarande kan se framför mig är Georg. Visst saknar jag honom och funderar på hur han har det, men det är som det är och allt kan vi inte styra över. Det är utanför vår makt.”

På kvällen umgås de med Nils och Elna. Talar om gamla minnen och jämför den svenska och amerikanska kulturens likheter och skillnader.

Karin vrider och vänder sig under natten och kliver upp tidigt. Walter vaknar till och går upp även han.

”Slå dig ner ute i trädgården så kommer jag strax med frukost. Vi låter Nils och Elna sova en stund till.”

När de sitter och njuter av stunden och kaffet kommer en bil. Den parkerar bredvid, precis utanför tomten och två män kliver ut.

”Vem kommer nu?” Karin ser på Walter. ”Jag känner inte igen dem.”

Hon ser hur Walters ansikte förändras ju närmare männen kommer. Den ena är i deras ålder och den andra ser ut att kunna vara hans son.

Walter kan inte tro sina ögon. Hjärtat slår hårt. Han ställer sig upp och ser tydligt den äldre mannens ansikte. Ett ansikte han aldrig glömt.

”Georg!”

Kapitel 70

Walter kan inte tro det är sant. Hans storebror Georg är här. Efter dryga fyrtio år isär. De gråter, kramas, skrattar.

Georg berättar om deras biologiska fars begravning. Hur de andra syskonen samlades. Skulden och skammen över att ha övergivit lilla Valter hos CJ för så länge sen. Det var skönt att höra att Georg åkt tillbaka flera gånger och sökt honom även om han inte varit där då. Och tänk att de båda jobbat på samma snickeriverkstad i Mjölby, fast med några års mellanrum.

De sitter tills långt in på natten och samtalar. Byter adresser och lovar hålla kontakten.

När Georg och hans son Helge åkt igen kommer tårarna. Karin lägger en arm om honom.

”Hur mår du?”

”Bra egentligen. Jag tror att mina funderingar kring vad som hänt Georg varit större än jag själv förstått. Nu släpper allt. Jag känner mig befriad och lättad. Det är en obeskrivlig känsla.”

Den natten blir Karin sämre. Hon väcker Walter och berättar att de smärtstillande tabletterna inte hjälper och hon står inte ut.

”Du är alldeles varm.” Walter lägger en hand på Karins panna. ”Vi måste till sjukhuset.”

Han väcker Nils och Elna. Nils skjutsar dem. Karin blir inlagd och får morfin. Walter vill stanna, men läkaren säger åt honom att åka hem. Det finns inget att göra nu. De hör av sig om någon förändring sker.

I sex dagar är Karin kvar på sjukhuset i Mjölby. Walter besöker henne varje dag under besökstiden. En dag har han med sig Kristina. Hon sitter vid sin biologiska mors sjuksäng och stryker henne över pannan. Känner igen sig själv i ansiktsdragen. Det finns inte mycket att säga. De känner inte varandra och samtidigt finns det ett starkt band mellan dem. Kristina känner omtanke och kärlek. Karin plågas av sorg och skuld. Innan Kristina går böjer hon sig fram och viskar i Karins öra:

”Jag har det bra mor. Jag fick växa upp i ett kärleksfullt tryggt hem och har aldrig saknat något. I mig finns inget annat än tacksamhet och kärlek.”

Så kysser hon sin mor på pannan och går ut från sjukhuset. Karins ögon fuktas. Walter kramar hennes hand när läkaren kommer in.

”Karin får åka hem idag. Ni ska få med lite starkare smärtstillande. Jag har skrivit ner råd på en lapp som ni ska få med er.”

De har flygbiljetter hem bokade om en vecka, men Walter förstår att Karin inte kommer klara av det.

”Hur vill du att vi gör med hemresan Karin?”

"Jag har inte långt kvar. Det känns. Jag vill dö här i Sverige och begravas här."

Varje ord skär i Walter. Det är som knivhugg. Men det finns inget han kan göra eller säga som förändrar något.

"Då gör vi så älskling. Jag finns här hos dig hela vägen."

I mindre än tre veckor finns hon kvar. Hon dör stilla i sömnen en natt. Walter inser direkt när han vaknar att hon är borta. Till skillnad från vad han trott kommer inga tårar. Han blir sammanbiten och rationell. Ordnar med begravning och allt praktiskt. Inte förrän kistan sänks ner i jorden kommer de. Han ser kistan försvinna alltmer under jorden som slängs över. Då är det som han går sönder. Han vet inte hur han ska orka fortsätta andas när hon inte längre finns.

Han stannar några dagar extra hos Nils och Elna. Träffar Kristina en sista gång. Funderar på om han behöver ett avslut med CJ. Georg berättade att han och hans son träffat honom. Att han är nersupen och bor i en sunkig lägenhet i Mjölby. Hela livet har Walter tänkt att han aldrig mer vill se honom, men efter mötet med Georg har funderingar på att få någon slags uppgörelse dykt upp. Och nu när han är så nära honom. Han inser att det är sista chansen.

Walter bestämmer sig för att stanna till hos CJ när han passerar Mjölby på väg till

Stockholm. Han berättar för Nils och Elna om sina planer. De har läst Walters bok och hört om Georgs möte med honom.

"Jag kan följa med dig Walter. Du behöver inte göra det ensam."

"Tack Nils. Det uppskattar jag. Jag ska fundera på det."

Kvällen innan det är dags att åka går Walter till Nils.

"Jag behöver göra det här själv."

"Det respekterar jag. Skriv till oss när du kommit hem. Berätta hur det gått. Du är vår familj och du är alltid välkommen hit."

Nils och Elna följer med till bussen och vinkar av. Walter är alldeles omtumlad av allt som hänt den senaste tiden. Han se på landskapet som passerar utanför. Tänker tillbaka på sin första resa hit för många år sen. Han var nyförälskad i Karin. Så unga de varit.

I Mjölby hoppar han av bussen och söker reda på adressen Georg gett honom. Med skakiga händer pressar han in dörrklockan. CJ Axelsson.

Kapitel 71

Det går en lång stund utan att någon öppnar. Walter pressar örat mot dörren. Inget ljud hörs. Han känner på dörrhandtaget. Det är olåst och dörren glider upp. Där inne är det mörkt och stinker så illa att Walter får hålla för näsan. På hallgolvet ligger högar med oöppnad post. Han kliver över och går in genom hallen. Provar att trycka på strömbrytaren, men lampan verkar trasig.

"Hallå?" ropar han och håller andan.

När inget svar hörs går han vidare in i lägenheten. I vardagsrummet går han fram till fönstret och vrider upp persiennerna så en gnutta ljus kommer in. Han ser sig om och ryggar tillbaka när han ser en människa ligga i soffan. Det är CJ. Det är definitivt CJ. Han behöver inte ens peta på honom för att veta att han är död.

Epilog

Walter avlider 1998 i Amerika. På begravningen närvarar sonen Leo med hustru och deras tre barn. Kristina samt Gens make och barn. Gen har avlidit några år tidigare av sjukdom.

Walter var min morfars farbror. Han emigrerade till Amerika på tjugotalet från Malexander i Östergötland. En del i boken är sant, en del inte.